文春文庫

鳥の緑羽

阿部智里

文藝春秋

もくじ

用語解説

山　内（やまうち）
山神さまによって開かれたと伝えられる世界。この地をつかさどる族長一家が「**宗家**（そうけ）」、その長が「**金烏**（きんう）」である。東・西・南・北の有力貴族の四家によって東領、西領、南領、北領がそれぞれ治められている。

八咫烏（やたがらす）
山内の世界の住人たち。卵で生まれ鳥の姿に転身もできるが、通常は人間と同じ姿で生活を営む。貴族階級（特に中央に住まう）を指して「**宮烏**（みやがらす）」、町中に住み商業などを営む者を「**里烏**（さとがらす）」、地方で農産業などに従事する庶民を「**山烏**（やまがらす）」という。

招陽宮（しょうようぐう）
族長一家の皇太子、次の金烏となる「**日嗣の御子**（ひつぎのみこ）」の住まい。

谷　間（たにあい）
遊郭や賭場なども認められた裏社会。表社会とは異なる独自の規範が確立された自治組織でもある。

山内衆（やまうちしゅう）
宗家の近衛隊。養成所で上級武官候補として厳しい訓練がほどこされ、優秀な成績を収めた者だけが護衛の資格を与えられる。

勁草院（けいそういん）
山内衆の養成所。15歳から17歳の男子に「**入峰**（にゅうぶ）」が認められ、「**荳兒**（とうじ）」「**草牙**（そうが）」「**貞木**（ていぼく）」と進級していく。

羽林天軍（うりんてんぐん）
北家当主が大将軍として君臨する、中央鎮護のために編まれた軍。別名「**羽の林**（はねのはやし）」とも呼ばれる。

人物紹介

奈月彦（なづきひこ）
長く若宮・日嗣の御子としてあったが、猿との大戦後、正式に即位。宗家に生まれた真の金烏として、八咫烏一族を統べる。

雪　哉（ゆきや）
地方貴族（垂氷郷郷長家）の次男。かつては若宮の近習をつとめ、勁草院を首席で卒業し山内衆となる。北家当主玄哉の孫でもあり、猿との大戦の際には全軍の指揮を務めた。

浜木綿（はまゆう）
登殿によって選ばれた奈月彦の正室。南家の長姫・墨子として生を受けるが、両親の失脚により、一時身分を剝奪され逃亡していた過去がある。

紫苑の宮（しおんのみや）
奈月彦と浜木綿の娘。

長　束（なつか）
奈月彦の腹違いの兄で、明鏡院院主。日嗣の御子の座を奈月彦に譲るが、復位を画策する母と周囲が奈月彦を暗殺しようとした過去がある。

長津彦（なつひこ）
奈月彦、長束の祖父。捺美彦の父。賢君と名高い。朔王と谷間へ不干渉の密約を結んだ。

捺美彦（なつみひこ）
奈月彦、長束の父。金烏代だったが、奈月彦に譲位した。昔から引きこもりがちで人望がない。

路　近（ろこん）
長束の護衛であり、明鏡院所属の神兵。

清　賢（せいけん）
勁草院の教官。雪哉が勁草院に在籍した際には「礼楽」を担当し、座学教科の主任を務めた。

翠　寛（すいかん）
元勁草院教官。雪哉が勁草院に在籍した際の「兵術」演習担当教官。

山内中央図
神域
桜花宮
招陽宮
禁門
大門
中央山
東
山の手
港町
朱雀門
中央門
中央橋
大路

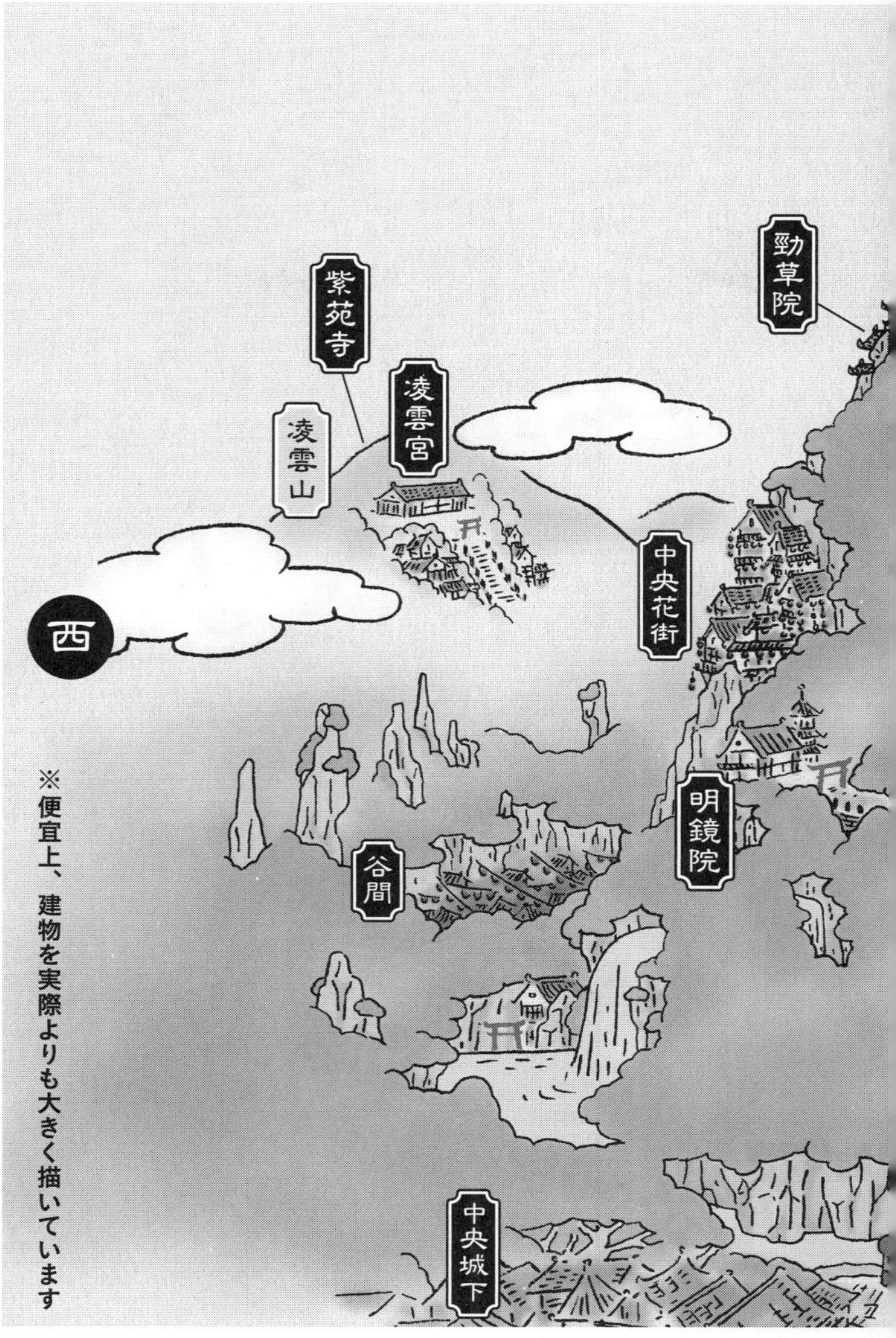

※便宜上、建物を実際よりも大きく描いています

画・上楽藍

烏《からす》の緑羽《みどりば》

序　章

首が飛んだ。

比喩ではない。文字通り人の頭が、跳ね上がった鞠《まり》のように宙を舞った。

滝の如く血が噴き出し、瞬く間に耐えがたい血臭《けつしゅう》が鼻腔《びくう》を満たす。

一拍置いて周囲から悲鳴が上がり、それに背中を押されるようにして、どう、と首のない体が倒れ伏した。

出先の寺院で、初めて会う若い神官から「挨拶をしたい」と請われた直後のことだった。

その者を連れて来た他の神官達すら、何が起こったのか分からない顔で、乾いた地面に血の跡を残して転がっていく首を見送っていた。

正直に言おう。

その時、長束《なつか》は突然の凶行を前にして、ただただ呆然としていた。

まだ少年と言える年の頃である。

八咫烏《やたがらす》が死ぬ瞬間を目のあたりにするのも初めてであり、つい数秒前まで自分と言葉を交わしていた男の頭が、冗談のように吹き飛んでいった現状をにわかには信じられなかった。

動揺しないほうがおかしいというものだ。

それを表に出さなかったのは、自分の一挙手一投足が周囲から注視されているのを自覚していたからにほかならない。

「……何の真似だ、路近《ろこん》」

冷や汗が背中を伝うのを感じながらも、表情だけは変えなかった。

男の首を白刃《はくじん》の一閃《いっせん》で斬り飛ばした護衛へと視線を向けると、彼は豪快に笑う。

「なぁに。こ奴、長束さまに対し、良からぬことを企んでいたようですので」

しれっと言い放ったのは、天井に頭の先が触れそうなほどの大男だ。

適当に括《くく》られた髪は、鬣《たてがみ》のように豊かにうねっている。

その目は炯々《けいけい》と光り、鼻は高く、にんまりと笑う口も大きい。

太刀を振るのがあまりに速かったせいだろうか。馬鹿みたいに大きな刃には、血脂ひとつ付いていなかった。

路近は乾いた地面に投げ出された死体に近寄ると、無造作にその背中を蹴り上げる。

ひっくり返った体、その袂《たもと》から、鞘《さや》のない短刀が転がり落ちた。

「ほら」

これで分かっただろう、と言わんばかりの態度だった。

「どうして……」

「殺気がありましたでしょう？」

声も出ない長束を見返すと、路近は呆れたように言う。

「そのお立場です。これから先、長束さまの御命を狙う輩《やから》は他にも出て来るでしょう。よくよく殺意の匂いを覚えておくがよろしい」

――そんなこと言われても、殺気なんて全然分からなかったのに。

無言のままの長束をどう思ったのか、路近はふさふさと豊かな眉を吊り上げた。

「まあ、殺すか殺されるかを何度か経験すれば、嫌でも分かるようになるでしょう」

そう言いながら、血に濡れた畳を踏み、こちらに歩み寄ってくる。

「大丈夫です」

にいっと微笑《ほほえ》み、路近は自身の袖で、呆然と見上げる長束の頰に付いた血しぶきを拭《ぬぐ》った。

「殺されれば痛いが、殺す分には痛みませぬゆえ！」

えずきそうになるような血臭の中、輝くような笑顔を向ける男を見た瞬間、悟った。

こいつは、自分と同じ八咫烏のような体をしているが、その中身は全く違う。

獣《けだもの》め。

——あの瞬間から、長束は、路近のことがずっと怖い。

第一章　長束

「陛下は、真《まこと》の忠臣とはどのような者であると思われますか？」

呑気に茶をすすっていた奈月彦《なづきひこ》は、唐突に投げかけられた質問に目を丸くした。

神妙な面持ちで白磁の茶器を傍らに置くと、カチン、と冷えた音が響く。

「中々に難しいことを訊かれるが、その答えは、兄上が今どのような立場でお尋ねになっているかによって変わります」

長束《なつか》をひたと見つめる瞳は、黒々として深遠だ。

厚手の寝間着の上に流した髪には癖ひとつなく、その肌は白々として、開いたばかりの白木蓮の内側を思わせた。

もうすぐ三十になろうという彼は、その顔かたちだけを見れば年若い姫君のようでありながら、切れ長の目だけはやわらかな印象を裏切って、ただひたすらに鋭いのだ。

「今の質問は、臣下としての問いだろうか。それとも、私の兄としての問い？」

――この美しい、長束が唯一忠誠を誓う主君は、長束の最愛の弟でもあった。

長束は、山内《やまうち》の地を治める金烏《きんう》宗家《そうけ》の嫡子《ちゃくし》、八咫烏《やたがらす》の一族をいずれ統《す》べるべき「長束《なつか》彦《ひこ》」としてこの世に生を受けた。卵の頃から、考えられる限り最高の環境の中、この上なく大切に育てられたと自認している。

しかしその立場は、ある時を境に一変した。

父の側室から生まれた弟が、神官達によって「真の金烏」であるとされたためである。

金烏宗家には時折、「真の金烏」が生まれるとされている。

「真の金烏」とは、山内を守るための特別な力を持った存在であり、側室の子であろうが上に何人兄がいようが、この世に生を受けた瞬間に即位することが定められた存在であった。

一口に族長を示す「金烏」という語も、正確に言えば「真の金烏」と、「真の金烏」が不在の間に玉座を守る「金烏代《きんうだい》」に分けられる。

あくまで「いずれ金烏の代わりになる者」と目されていた長束彦は、「真の金烏」である奈月彦の誕生によって、日嗣《ひつぎ》の御子《みこ》として不動だった立場を失ったのである。

前《さき》の「真の金烏」は百年も前に現れたきりで、その存在すら忘れているような貴族も多かった。長束を産んだ皇后の一族は陰ながら憤激し、長束もさぞや悔しく思っていることだろうと盛んに囁《ささや》き合ったのだった。

だが、出家し、「長束彦」からただの「長束」になった後も、本人は全くそれを嫌だとは思わなかった。

その背景には、長束を親代わりになって育ててくれた祖父の存在がある。

幼い長束彦を早くから手元に置き、金烏宗家としての心構えを叩き込んだのは、当時上皇であった祖父である。長束が長じるに従い、「上皇に似ている」と盛んに噂されるようになると、彼はことのほかこれを喜んだ。

それというのも、当時金烏代として山内に君臨していた長束の父が、祖父を心底から失望せしめていたためである。

長束の父である捺美彦《なつみひこ》は、優秀な兄達の不慮の死によって金烏代の地位についた男である。

彼は幼少の頃から引きこもりがちで、決して出来の良い子どもではなかったらしい。案の定というべきか、朝廷を牛耳る大貴族達は捺美彦を傀儡《かいらい》にすべく動き、家の意向を受けた娘がその正室におさまったのだ。

祖父は、捺美彦が日嗣の御子となった時点で、すでに健康上の不安を抱えていた。

自分の身はいつ果てるとも知れない。だがもし今自分が死んだとしたら、捺美彦の統治は臣下本位のむちゃくちゃなものになるに違いない。そう考えた挙句、早くに譲位し、上皇として息子の統治体制を固めることを目指した。そして、自分に似ていると噂の孫を、真の後継者にすべく熱心に教育したのだった。

幸か不幸か、父も母も長束には肉親としての情どころか、ろくな関心さえも向けようとしなかった。長束自身、自分の育ての親は祖父であると思っているし、父母には自分を産んだ人と産ませた人という以上の感慨はない。名君と名高かった祖父のもとで養育してもらったことは、幸運であったとさえ思っている。

そんな長束の最も古い記憶は、先を行く誰かを追おうとして転んだ時のものである。号泣する自分に、多くの者が慌てて駆け寄って来た姿を覚えている。そして怪我の有無を確かめ、優しく慰めようとする声とは別に、雷のような怒号が響き渡ったのだ。

後に聞いたことであるが、幼児だった自分は去っていく祖父を追おうとして、庭に出る階段を踏み外したらしい。あの怒号は、それに対処出来なかった羽母《うば》や護衛の者を叱責する祖父のものであった。物心ついて最初の記憶がそれになったのは、きっと、落ちたことの痛みよりも、そのあまりの剣幕に驚いたせいだろう。

――己の身は己ひとりのものではなく、己の失敗は己ではなく周囲の者の失態となる。

早々にそれを理解させられた長束は、傍《はた》から見ても、非常に賢い子どもであったはずだ。

周囲が己に何を求めているかを察することが出来たし、その期待通りに振舞うことも出来た。配下の者への適切な振る舞いを学び、早くから千字文《せんじもん》を諳《そら》んじ、己が特別な存在であることを自覚しつつも、それに驕《おご》って我《わ》が儘《まま》を言うわけでもない。

賢い子どもであり続けるのは、決して苦痛ではなかった。

そうすることで、周囲の者が喜んでくれるのが嬉しかったからだ。

「そなたは私によく似ている。それでこそ、宗家の男子だ！」

特に祖父に褒められれば、全てが報われる心地がしたものだ。

「そなたこそ、真の宗家の者だ。宗家としての責務から逃げた、ろくでもない父母とはまるで違う。必ず、己《おの》が責務を果たすのだぞ」

そんな祖父が重々しく語る、宗家の責務の最も重要な事項こそが、「真の金烏」についての心構えであった。


曰《いわ》く、我欲によって、金烏の座を求めてはならない。

曰く、最も優先すべきは山内の安寧《あんねい》であり、そのために奉仕し続けなければならない。

曰く、金烏代は、あくまで「真の金烏」の代わりであることを心得ねばならない。

曰く、主君たる「真の金烏」が現れた時には、その幸運に感謝しなければならない。

曰く、宗家の男は、「真の金烏」に忠誠を誓い、常にこれを守り支えなければならない。


偉大な祖父の言葉は長束にとって揺るがぬ指針であり、祖父のありようこそが、長束の目指すべき姿そのものであった。

実際、祖父によって引き合わされた弟の奈月彦は、幼い身でありながら「真の金烏」としての片鱗をすでに感じさせた。共に遊んだりする時は幼子そのものなのに、時折、妙な勘の鋭さを発揮し、明らかに子ども離れした視点で物事を捉えるのだ。

それは質問の形を取ってはいたが、貴族としての在り方を問うものであったり、政治的理想が孕《はら》む欠陥を指摘するものであったりした。時には祖父をも唸《うな》らせたほどだ。

――自分には見えていない何かが、この弟には見えている。

それを実感すれば、弟を金烏として盛り立てていくことに、否やがあろうはずもない。長束からすれば「弟の存在を疎《うと》ましく思っているに違いない」と決めつけてくる周囲の存在は、ただただ鬱陶《うっとう》しいだけであった。母の生家たる南家《なんけ》がその血筋を頼ってすりよって来ることはあれど、自分は南家の者ではなく宗家の者だという揺るがぬ自負があったのだ。

以来、本人の意思を無視して長束を即位させんとする者の卑劣な妨害を受けながら、兄弟は助け合ってここまで来たのである。

弟が正式に即位をして、もうすぐ三年が経とうとしている。

即位に至るまでの道のりは、波乱尽くめであった。

権力闘争に余念のない貴族を身の内に抱えながら、八咫烏の一族を滅ぼさんとする猿を撃退し、この山内を創った山神《やまがみ》とやり合わなければならなかったのだ。

前例のない数多《あまた》の危機の中、自分達が最善の道を選べたかどうかは、今に至っても自信がない。

山内の政情は奈月彦の即位によって安定したように見える。だが、山神の力は止めようもなく低下しており、いつか、山神の荘園たる山内の存続そのものが難しくなるだろうと予見されていた。

――「真の金烏」の力を以てしても、山内の滅びは避けられなかったのだ。

今はただ、いつか必ずやって来る滅びに備えるしかない。

即位してからというもの、奈月彦は度々人払いをした私的な空間に仲間を呼び寄せ、それぞれの意見を聞きたがるようになった。

今日も、奈月彦のほうから久しぶりに話がしたいと、長束を誘ってくれたのである。

歴代の金烏の夜を守って来た御座所《ござしょ》は、文字通り山の中――岩を穿《うが》った空間にある。いくら雅《みやび》に装飾したところで、ここが洞穴《ほらあな》であることに変わりはない。外は春の気配が感じられるが中はひんやりと肌寒く、豪奢な衣で着ぶくれながら、酒の代わりにあたたかい茶を飲み交わすことになった。

真の金烏自ら茶を淹れてくれるのだから、思えば贅沢なものである。

本来であれば自分が重責を背負う金烏を労《いた》わってしかるべきだったが、つい口が滑ったのは、自分にとっても奈月彦が他に代えがたい存在であったからだ。

――真の忠臣とは何か？

生まれながらにしての統治者である弟は、どう考えているのかが知りたかった。

「そなたの兄として、真の金烏であるそなたの見解を聞かせて欲しい」

「では、同じく臣下を持つ立場の弟として、正直なところをお答えしよう」

奈月彦はこだわりなく頷《うなず》いた。

「もし臣下に同じ問いを投げかけられたら、『私を正しく理解し続けようとする者だ』と答えただろうな」

「そなたを、正しく理解……」

長束は目を瞬いた。

もとから古典に則《のっと》った答えが返って来るとは思っていなかったが、それにしても想像していない答えではあった。

「随分と曖昧《あいまい》なのだな？」

「現実問題として、曖昧にならざるを得ないのだ」

奈月彦は外界じみた動作で肩を竦《すく》めた。

「考えてもみろ。私にも兄上にも多くの臣下がいるが、彼らが我々に仕える理由は十人十色だ。そして彼らには、彼らの信じる忠誠の形がそれぞれにある」

腑に落ちかねている長束の表情を見た奈月彦は、たとえ話をしましょう、と言った。

「兄上は、もし私が『山内を滅ぼしたい』と言い出したら、どうする？」

長束はぎょっとした。

「お前はそんなこと言わんだろう！」

「ではこの瞬間、兄上の中の私と、現実に存在する私の間で、ずれが生じてしまったわけだ」

奈月彦はにこりと微笑《ほほえ》む。

それは、なんとも底の知れない笑みであった。

「私が間違っていると思って諫《いさ》める者。私の願望を知って、忠実にそれを実行に移す者。果たして、どちらが忠臣だろうか？」

「それは――」

長束は音もなく唾を飲み込んだ。

「それは、そもそも山内を滅ぼそうなどと、そんなことは間違っている。お前が本気で山内を滅ぼしたいと思うわけがないのだから、諫めるほうが正しいのではないか……？」

「本当に？　それは兄上が、山内が滅ばないほうが兄上にとって都合が良くて、私にも同じように思っていて欲しいと望んでいるだけではないのですか？」

からかうような口調に、長束は返す言葉を失った。

そんな兄を嗤《わら》うでもなく、「いささか極端な例だが、つまりはそういうことです」と奈月彦は続ける。

「忠誠心の裏付けになっているのは、それぞれの思う『理想の主君』だ。そしてその像は、絶対にひとつになることはない。臣下個人の損益によって『理想の主君』が作られているのだから当然だ。主君本人が本当は何を望んでいるのかは、実はあまり関係がないのではないかと私は考えている」

「だから、そなたを理解しようとする者が忠臣だと……？」

「それを知った上で何を思うのかはまた別問題なのだけれどね。まずはそうしようと努める者でないと、私としては話し合いすらままならないから」

想像以上に厳しい考え方に、長束は押し黙るしかない。

奈月彦はわずかに声を落とした。

「だが、我々のほうから彼らの忠誠心を否定することは出来ない。我々は、彼らの信じる忠誠の上に、主たりえているからだ。誰か一人のための主君になれない以上、彼らが無邪気に忠誠を捧げてくれている間は、ひたすらそれに縋《すが》るしかない」

極めつけのように、「だから、今のは兄上相手だからこそ言える本音だ」などと言う。

長束は暗澹《あんたん》たる気分になった。

「そなたに忠誠を誓う臣下の身としては、実に居心地の悪い答えだ……」

「仕えるのが嫌になった？」

「まさか！」

やはり奈月彦は、自分などよりもよほど深くその立場の重みを理解している。自分が仕えるに足る相手だと思った。

そう答えると奈月彦は小さく苦笑を漏らし、首を傾《かし》げた。

「しかし、いきなりどうしてそのようなことを？」

何かあったかと言外に問われ、長束は下唇を噛んだ。

「先日、路近《ろこん》のことで、少し」

「ああ」

それだけで、奈月彦は何事かを察した顔つきになった。


路近。

生まれついての名は、南橘《みなみたちばな》の路近《みちちか》。

長束の側近であり、護衛を務める大男である。

南橘家は山内に聞こえた大貴族の名門であり、彼はその長子として生まれながら、宗家の近衛《このえ》、山内衆《やまうちしゅう》となるだけの実力を有する出来物《できぶつ》であった。

出会った当時、既に出家済みであった長束に忠誠を誓い、大貴族の御曹司《おんぞうし》の身分を捨てて、表向きは一神官としての立場を選んでいる。今でも第一の側近として、長束の傍らに控えていることが多いのであった。

長束が院主を務める明鏡院《めいきょういん》は、正規の手段で訴えを受け入れられなかった地方の平民が中央に陳情する際にも利用される神寺《しんじ》である。

当然、平民が直接長束に目通りが叶うわけでもなく、神官らがよくよく精査し、陳情に値すると判断された書状だけが上げられてくる。長束の仕事は、その陳情内容を朝議にかけることであり、それ以外の時間は山神に祈り、神事を執り行うのが常であった。

弟が即位した当初は政情も不安定で上訴の数も多かったが、今では大分少なくなっている。

――このまま真の金烏の御代《みよ》が落ち着いて行けばいい。

そう、思っていた矢先のことであった。

「最近は平和に過ぎますな」

執務室において陳情書に目を通す長束の傍らに控えていた路近が、うんざりしたような声を上げた。

「何を言う。ただでさえ、山内は滅びに瀕して余裕がないのだぞ。この上、八咫烏同士で足の引っ張り合いなど御免だ」

軽く返そうとした長束は、次に発せられた路近の言葉に息を呑んだ。

「なんとも、退屈だ……」

思わず漏れ出たようなそれは、戯《たわむ》れとして聞き流すには、あまりに実感に溢れていた。

「貴様！」

長束は書状を放り出し、憤りに任せて路近へと詰め寄った。

「まるで、太平の世が不満であるかのような言いぐさだな」

「これは失敬。つい本音が」

本音。本音と来たか。

茶化した物言いに誤魔化《ごまか》されるわけにはいかない。

「動乱の世が恋しいと申すか？」

「恋しいとまでは言いませんが、昔のほうが退屈しなかったことは確かですな。最近じゃ長束さまも書類仕事とお祈りばっかで、大した刺激もないでしょう」

あまりに不遜《ふそん》な言いように、ぐっと脳みそが煮詰まる感覚があった。

「馬鹿な……！　私のためとほざくならば、二度とそのようなことは申すな。私は今の安寧を永遠のものとしようと望んでいる。刺激なんぞあってたまるか」

路近は呆れたような顔になって、ぷらぷらと片手を振って見せた。

「ええ、まあ、そうでしょうとも。私はあなたさまの忠臣ですから、あなたさまの本意でないことはいたしませんよ」

「分かればそれでよいのだ」

ふんと息を吐いた長束は、しかしその瞬間、路近が自分に向ける視線に気付き、ぎくりと体をこわばらせた。

――路近の目は、ひどく冷たかったのだ。

間違っても、忠誠を誓う相手に向けて良い眼差しではない。不届き者の首を刎《は》ねる時、いつもこんな目をしていたことを思い出し、ぞっとした。

これまで長束の言動を面白がることはあっても、こんなにつまらなそうな目を向けられた覚えはない。

瞬間的に脳裏を駆け巡ったのは、まだ政権争いが激しかった頃に交わされた会話だ。長束に忠誠を捧げていると言いながら、勝手に奈月彦を暗殺しようとした馬鹿な男を、路近は嘲笑《あざわら》った。

忠誠を、ただの美しい言い訳だと言い切ったのだ。

そんな男の自称する「忠臣」が、文字通りの意味であるはずがない。今更のようにそのことに思い至り、全身から血の気が引いていく気がした。

「そなたにとって、金烏にならない私はすでに用なしなのか……？」

なんとか声を振り絞って問えば、路近は大げさに驚いた顔になった。

「いきなり何をおっしゃる！　あなたさまがそれを望むのならば万難を排してそれを目指しますが、そういうわけではないのでしょう？」

しれっと返されて、どんどん路近が分からなくなる。

「だがそなた、以前、私に仕えるのはそなたに利益があるからだと言っただろう。そなたは、私の何がそなたに利益をもたらすと思って配下となった？」

「それこそ何度も申し上げたはずです。あなたがあなたの口で命令を下さることが、私の利益だと。それを守って下さる限り、私はあなたの忠臣であり続けますよ」

まるで答えになっていない。

猛禽《もうきん》に睨《にら》まれた小鳥になったような心細さで、自然と息が浅くなる。

「分からん……。そなたは忠誠を馬鹿にしたのと同じ口で、自分を忠臣だと言う。そなたにとって、忠誠とは何なのだ？」

それを聞いた瞬間、路近はパッと、子どものように笑ったのだった。

「道楽です」


ふざけている、と長束は毒づき、いささか荒っぽく茶を呷《あお》った。

「道楽。言うに事欠いて、道楽だぞ！　仮にも主たる私を前にして言うことか」

祖父がこの世を去ってから、実質、長束の手となり足となり、一番の後ろ盾となってくれたのは他でもない路近である。

祖父に忠誠を誓っていた者はいずれも老齢であり、世代交代を迎えるに従い、長束を直近で支える者が必要となった。

過去にそうなろうとした者は他にもいたが、いずれも長束の望まぬ政権争いに躍起《やっき》になり、時には自ら足を踏み外し、路近しか手元には残らなかった。

路近は出家した身であるが、未だ南橘家との縁は切れていない。時にその縁故を利用し、あるいは彼自身の腕力で烏合《うごう》の衆をまとめ上げ、長束のもとに集う貴族連中の音頭を取ってくれた。

行いだけを見ればたいそうな忠義者であるのだが、彼が護衛兼側近となって二十年以上経った今も、長束は路近を信用しきれずにいる。

「なるほど。兄上は、路近が何を考えているのかを知りたいのだな」

「いくら聞いても分からんのだ！　あいつが、何を考えて私に仕えているのか……」

忠誠を誓っていると言いながら、その態度はいつもどこか突き放した風で、長束が失敗し、狼狽《ろうばい》するさまを楽しんでいる節すらある。

自分の一番の側近の考えすら分からないのは情けなかったが、路近がその気になりさえすれば、今の統治を揺るがす事態にもなりかねない。

今のうちに、金烏と情報を共有しておく必要があると思った。

「お前の目に、路近はどう見えている？」

長束の問いに、ふむ、と奈月彦は己の白い顎《あご》を撫《な》でた。

「おそらく彼の視点は、忠誠を捧げる側ではなく、忠誠を捧げられる側に近いのだろう」

綺麗ごとで済まない部分への眼差しは、かなり我々と近いものを感じる、と奈月彦は言う。

路近は、表向き長束が弟と対立しているかのように振舞っていた頃から長束に仕えていた男だ。長束が奈月彦を疎んでいると思い込み勝手を働く者が少なくなかった中で、一度も道を踏み外さなかったのは、今から思えば驚異的である。

路近はある意味で、唯一無二の綱渡りの勝者なのだと本物の金烏は嘯《うそぶ》く。

「すなわち、兄上の望みを正しく理解しようと努めている。私の定義で言わせてもらえば、かなり理想的な臣下であるように思うのだが」

思いがけず、弟の路近への評価は高かったようだ。長束は、自身の不安を共有出来ないことがもどかしくてならなかった。

「私には、そうは思えない」

何せ、根本的に路近の考えていることが不明なのだ。

「私の命令を聞くと言っているが、それがどこまで本気なのかも怪しい。動機が分からぬのだぞ。いつ、気まぐれを起こすか分かったものではないではないか！」

うーん、と奈月彦は唸る。

「本人が道楽と言っているのだから、兄上に仕えることを面白がっているということなのではないのか？　それ以上、何に引っかかっておられるのかがよく分からないのだが
……」

長束が渋い顔になったのを見て、奈月彦は首を捻《ひね》る。

「では、逆にお尋ねしよう。兄上にとって理想の忠臣とは、一体どのような者なのです？」

長束はハッとし、慌てて姿勢を正した。

「そなたが、主君の立場から『主君の望みを正しく理解せんとする者』と言うのであれば、私はそなたに忠誠を捧げる身として、『主君の求めることを正しく理解し、それを果たさんとする者』でありたいと思う。そして、私に仕える者にもそうであってほしい

とも思っている」

奈月彦の顔から表情が消える。

長束を見つめる目は、いつの間にか弟としてではなく、金烏としてのものになっていた。

「では、兄上にとって、忠誠を形作るものとは何だ？」

「誠実さだ」

今度は、即座に言い切った。

ここで即答出来ない男だと思われたくはなかった。

「私は、可能な限りそなたに誠実でありたいと思っている。宗家の八咫烏として、この身は真の金烏陛下と、山内の安寧に捧げられている。そこに一片の偽りも打算もない。その心ひとつを真実としたい」

真剣に見つめ返すと、急に、奈月彦は困ったような顔になった。

「ううーん。そうかぁ……」

てっきり、「それでこそ兄上だ」と喜ばれるかと思っていたので、言葉に窮したような弟の反応は意外なものであった。

何か自分の返答に問題があったのだろうかと思い返しても、これ以上の答えはないように思える。

奈月彦はしばし茶碗のふちを撫ぜ、視線を遠くに巡らせた。

どこか深く思い悩んでいる風であるのを怪訝《けげん》に思っていると、何かを思い切るようにして顔を上げる。

「今度の勁草院《けいそういん》の峰入《みねい》りの儀式だが、兄上に同行してもらうことは可能だろうか？」

「勁草院に？」

「本来であれば院士《いんし》達とじっくり誼《よしみ》を通じたいのだが、時間は有限だ。兄上に補助を頼みたい」

「それはもちろん、構わないが……」

いきなり何を言い出すのだろうと面食らう。

「さっきの話と、何の関係が？」

「勁草院には、路近の師がいるだろう」

路近は一度、宗家近衛隊である山内衆となる資格を得ている。

当然、その養成所である勁草院にも在籍していた過去があり、首席で卒院したのだとも聞いていた。

「彼と路近は、かなり親しい間柄だったと聞いている。少し、彼の意見を聞いてくると良い」

「師……？」

「そう。兄上も話したことはあるのではないかな。教育者としては勁草院で一番の院士だと思うのだが」

「その者の名前は？」

「清賢《せいけん》」

相当に骨のある男だよと言って、奈月彦は笑った。

＊　　＊　　＊

「明鏡院さまとこうしてゆっくりお話し出来る日が来るとは、いやはや、人生、何が起こるか分からないものです」

真の金烏をして「相当に骨のある」と称された男は、室内に差し込む春の日差しの中でおっとりと微笑んでいる。

髪は神官にしては珍しく緩くまとめられており、笑い皺《じわ》の刻まれた面差しと合わせて、とても勁草院の院士には思えない。すでに五十も半ばを過ぎたはずであり、年相応の見た目ではあるのだが、その表情は初めて会った頃とまるで変わらず、どこか仙人じみた雰囲気を持っている。

ゆるやかに編まれた羽衣《うえ》の上に長衣を羽織っているので分かりにくいが、本来右腕があるべき場所の袖はぺたんと潰れていた。

人払いを済ませた、勁草院の講堂の一角である。

既に峰入りの儀式は済んでおり、訓示を垂れ、院長らと話を終えた奈月彦は朝廷へと戻っていた。こうして個人的に院士と話をするのは、長束にとって初めての経験である。普段、長束についてまわっている路近には、適当な所用を言いつけて同行できないようにした。

例の一件以降、長束が自分を警戒しているのを、当然のように路近も気が付いている。自分の不在を狙うようにして長束が勁草院へ行くと知った時、わずかに笑ったのが気にかかったが、もはやそれを気にしているようなゆとりもなかった。

「折り入って、相談があって参った」

「陛下より伺っております。路近との関係に悩まれておいでだとか？」

既に奈月彦が連絡をしていたことに驚いたが、それならば話は早いと、早々に本題に入る。

「路近には感謝している。あれがいてくれたからこそ、今の私があるのは間違いない。だが、もう随分長い付き合いになるというのに、奴が何を考えているのか、私には全く分からんのだ」

流石《さすが》にここまで来ると、路近が求めているのが地位や財、ましてや自分からの信頼などではないことは分かっている。それだったらどんなにか良かったかとも思うが、路近は自分などに頼らずともあらかたのものを既に持っているし、長束個人を信奉しているわけでもないのだ。

「どうして、あれが私につこうと思ったのか、全く見当がつかん。あれの本当の狙いを知りたい」

「狙いを知って、どうなさりたいのです？」

穏やかに尋ねられ、長束は答えに詰まった。

「どうとは？」

「失礼ながら、明鏡院さまは今の時点で、路近を全く信用していないようにお見受けいたします。もし、路近があなたさまの何を好み、何故あなたさまに仕えたいと考えたのかが分かったら、どうなさるおつもりなのですか？」

「どうする、と言われても……。私はただ――」

言いかけて、自分が何を求めているのかに初めて気が付いた。

「私はただ、安心したいのだ」

少年の頃、遊びのような気軽さで同族の首を刎ね飛ばした路近を見た時に芽生えた恐れは、拭《ぬぐ》い難く長束の胸に巣くっている。

路近が、絶対に自分を裏切らない、という確証が欲しい。

それを聞いた清賢は苦笑した。

「路近があなたさまに忠実であることは、これまでの行いで明らかなはず。その利益を一身に享受しておきながら、まだ路近が信じられないということは、どのような言葉を尽くしたとしても、あなたさまを納得させるだけの答えは得られないのではないかと愚考いたします」

長束はぽかんと口を開いた。

微笑みとやわらかな物言いに誤魔化されそうになったが、今、恐ろしくきついことを言われた気がする。

「私の……主としての私の度量の問題だと言いたいのか……？」

「はい」

一切の躊躇《ためら》いもなく首肯《しゅこう》され、長束は今度こそ絶句した。

「ですがまあ、あなたさまだけの問題とも言えませんね。あなたさまの信頼を得られなかった、臣下としての路近の問題でもありますから」

要は、主従が成り立つほどの信頼関係を築けなかったあなた方の問題ということですと告げられる。

「ろ、路近は、道楽で私に仕えていると申したのだぞ！　そこに問題があると、不敬だとは思わんのか？」

「これは純粋な忠告ですが、敬意を向けられるべき立場の者が不敬を語るほど、見苦しいものはありませんよ」

お気を付けになったほうがいい、と清賢はさらりと言ってのける。

「それに、路近があけすけに自身の忠誠を道楽だと申し上げていること自体、相当な歩み寄りであるように私は思うのですが」

一体何が不満なのかと言わんばかりの態度だ。教え子が教え子なら師も師である。よっぽど「もういい！」と言ってやりたかったが、金烏のお膳立てを無駄にするわけにもいかない。

悪態をぐっとこらえていると、すぐ傍で吐息が震える気配があった。

顔を上げると、清賢は愉快で堪《たま》らない、といった様子で声もなく笑っている。

「何がおかしい」

「――失敬。なるほど、陛下のおっしゃることが、少し分かったような気がします」

朗らかに笑われても、長束はわけが分からない。

「何だ？　陛下が、私のことを何か言っていたのか？」

「ええ。まあ、ちょっとだけ」

にこやかに指先で塩でもつまむような動作をされて、長束はいよいよ閉口する。

これまでに味わったことのない扱いを受けている、と思った。馬鹿にされているわけではないのだろうが、からかわれているような、変な居心地の悪さがある。

金烏の言には深く触れないまま、清賢は軽く頭を下げた。

「すみません。意地悪を申し上げましたね。私にとって路近は可愛い教え子ですので、つい、肩を持ちたくなってしまったのです」

「あれが、可愛い教え子か……」

「はい」

力なく繰り返す長束に、清賢は平然と続ける。

「しかし残念ながら、私には彼が何を考えているのか、本人の言っている以上のことは分かりかねます。あの子が道楽で忠誠を誓っていると言っているのなら本当にそういうつもりなのでしょうし、あなたの言葉に従うと言っているのなら、本当にそうするつもりなのでしょう。そこを違えるような子ではありませんから、もし考えが変わったのなら、はっきりそう申し上げるはずですよ。本人が従うと言っているうちは、素直に甘えておいてはいかがです？」

「本当に何の解決にもならんではないか……」

「お力になれず申し訳ありません」

「お主、本気で路近がまともだと思っているのか？」

「まともかどうかは分かりかねますが、あれも普通の八咫烏です。他の者と少しばかり違う価値観の中で生きているだけで」

　言ってから、ああ、と清賢は笑みをおさめた。

「これは、最初から人選が間違っていたかもしれませんね。そういった認識で彼と付き合った結果、私は片腕を失うことになりましたから」

　長束は思わず、質量を失った右腕へと視線を向けた。

「その腕は、路近がらみで失ったのか！」

「色々ありまして」

「現に実害が出ているではないか。それでもまだ、路近が普通の八咫烏だと申すか？」

「少なくとも、私にとっては」

あっけらかんと言い放たれ、長束は返す言葉を失った。

この男、確かにただ者ではないようだ。ただし、悪い意味で。

清賢は、どこか面白がるような眼差しで長束を見つめる。

「私よりも、彼との付き合い方をよく承知している男がいます」

「何……？」

「路近とこれからも付き合うつもりがあるなら、ご紹介いたしましょう。何だったら、あなたの側近として迎えるといい。あの子なら、おそらくは私と違った視点で、あなたを導けるはずですよ」

「いきなり何を言い出すのだ」

長束は慌てた。

ただ路近に対する助言が欲しかっただけなのに、話の雲行きがどうにも怪しい。

「誰を側近に迎えるかは、私自身が決めることだ。貴様の指図は受けん」

「そう言ってろくな側近も得られないままここまで来てしまったのでしょう？　挙句、一番の側近である路近すら信用出来ないとぐずぐず言っているのですから、ここは年長者からの助言を素直に受け入れておきなさい」

あんまりな言いぐさだったが、長束には、反論出来る要素は何一つ残されていなかった。

＊　　＊　　＊

後日、文箱《ふばこ》が明鏡院へと届けられた。

その中には、三通の書状が入っていた。

最初の一通は長束宛。

もう一通は側近候補への紹介状。

最後の一通の表書きは真っ白で、何も書かれていなかった。

最初に長束宛の手紙を開くと、「もし彼が協力を嫌がるのであれば、無記名の手紙を渡して下さい。ただし、対面の場合に限ります。内容が気になるなら覗いてみても構いません」と、あの貴人を貴人とも思っていないような調子で書かれてあった。

何故か清賢に試されているような気がして、長束は半ば意地になり、表書きがない手紙は絶対に開封しないことに決めた。

そして紹介状に改めて目を通し、その名前に目を剝《む》いたのである。


「これは駄目だろう……」

再び御座所で奈月彦に顔を合わせた長束は、開口一番、嘆いてみせた。

「あの男、よりにもよって、放逐《ほうちく》された参謀役を側近へ迎えろと言ってきおったぞ！」

奈月彦は一瞬目を丸くしてから、優美に口端を吊り上げた。

「なるほど。翠寛《すいかん》か」

翠寛は、大戦直前まで当代一の知略家と称されていた男である。

緊急時に全軍参謀に任命される予定の軍師は、勁草院において兵術の実技指導に当たることになっている。翠寛も過去には勁草院において教官として勤めていたが、現在ではその地位を追われていた。

真の金烏の懐刀《ふところがたな》と称される側近、北家《ほっけ》の雪哉《ゆきや》と敵対したためである。

もともと、雪哉は翠寛の教え子であった。しかし猿との大戦の折、北家当主の孫という身分が後押ししたこともあり、全軍参謀には翠寛ではなく若き雪哉が指名された。それだけでも確執を想像するのはたやすいが、彼ら二人の間で防衛の方針が真っ向から対立してしまったのだ。

翠寛の強硬な態度が問題視され、開戦時には強制的に隔離されていたほどである。長束は、他でもない路近によって、軟禁中の翠寛と引き合わされたことがあった。すぐに雪哉がやって来たせいでろくな会話も出来なかったが、今でも、その時の格子越しに相対する二人の不穏な空気は、昨日のことのように思い出せる。

雪哉は避難勧告を無視した貴族やその妻子を囮《おとり》として利用しようとしていたが、翠寛はそれを悪手であると断じ、彼らを退避させろと声高に主張したのだった。

雪哉は、己の行為が山内のためになることを、いささかも疑っていなかった。

「そちらの院士《せんせい》に何を吹き込まれたかは知りませんが、山内の不利になるような真似などしませんよ」

そう言ってこちらを安心させるように微笑む雪哉に、翠寛は吐き捨てたのだ。

下種《げす》め、と。

そんな翠寛をちらりと見やった雪哉の目は氷のようで、それを睨み返す翠寛の目は、まさしく燃えるようであった。

結局、八咫烏の一族が勝利を収めた後も翠寛は現政権における危険人物と目され、地方へと左遷されたのだった。

「私が翠寛を囲い込むなど、金烏陛下に叛意《はんい》ありと見なされかねん行為ではないか。清賢は、政治的な事情が全く分かっていないのだな」

翠寛を取り立てるなど、全く馬鹿げている。

嘆息した長束に、しかし奈月彦はけろりと言い放った。

「良いのではないか？」

「は……？」

「周囲がどう思うかはともかくとして、私自身は清賢の意見に賛成だ。他でもない私が兄上に叛意はないと分かっているのだから、何も問題ないだろう」

長束は「そんな！」と狼狽した。

「翠寛は、そなたと敵対した過去があるのだぞ！」

「勘違いしてはいけない。翠寛が敵対したのは雪哉であって、私ではない」

「同じことだ。その雪哉が、私の側近に翠寛を迎えるなど許さないだろう」

「それこそ、私が許せばいいだけの話だ。何より、雪哉と真正面からやり合えるだけの能力のある者を遊ばせておくのはもったいない。ふらふらしているところを本当の敵対勢力に押さえられるほうが問題だ」

「それは、確かにそうかもしれんが……」

「そうなる前に、兄上のもとに引き留めておいてもらえるなら、私としても助かる。もしただの側近の立場が気に入らぬようだったら、少々横紙破りだが、学士として迎えればよい。翠寛はもともと院士であるし、ちょうどよかろう」

「待て、待て、待て！」

学士は、通常、若い皇子に付ける教育係である。

長束の意思とは関係なしに、何故かどんどん翠寛の地位が上がっていこうとしている。

奈月彦といい清賢といい、どうしてこうも長束の話を聞いてくれないのか。

「そこまで配慮する必要があるか？」

大体、清賢が「もし翠寛が渋ったら」と書いてきたのも解せなかったのだ。

翠寛は、雪哉に政治的敗北を喫し、地方に追いやられた身だ。中央に戻れる機会を与えたら喜んで駆けつけるだろうに、清賢も奈月彦も、そうは思っていない様子なのが不可解だった。

奈月彦は真顔で言う。

「本人は地方行きを喜んでいたようだから、そう簡単にはいかないかもしれないぞ。厄介なお役目から解放されてせいせいするなどと言っていたらしいから」

「それは、単なる負け惜しみではないのか……？」

弟に皮肉は通じないのかと、長束は少し呆れた。

奈月彦は「ふふっ」と無邪気に笑う。

「そうかもしれないが、その全てが嘘とも思えない。いずれにしろ、私としては是非、兄上に翠寛を迎えて頂きたいな」

長束は思わず顔を引きつらせた。

「それは、金烏としての意向か？」

「金烏としても、弟としても。翠寛を迎えるのは、兄上にとってきっといい影響があるのではないかと期待している」

奈月彦は、渋る長束をあっさりと突き放した。

「すぐに応じてもらえなくても諦めてはいけないですよ、兄上」

頑張って、と気軽に言われ、長束は不承不承に頷いたのだった。


かくして、金烏の予想は当たっていた。

長束の想定に反し、翠寛は呆れるほどに頑固だったのだ。

地方にいる翠寛に対し、まずは書状で中央へ来るように要請したのだが、「病につき致しかねます」と返って来たのである。

正直なところ、長束は金烏にああ言われても、翠寛をすぐに側近に迎え入れるつもりは全くなかった。以前はろくに会話も出来なかったし、まずはきちんと会ってみて、その人品を確かめようと慎重な姿勢を取っていたのだ。

返信の形式は完璧で、内容もけちのつけようがない丁重さではあったものの、絶対に会わないし会いたくもない、という強硬な意思が端々から感じ取れた。何度も文を送ったが、返信はいつも同じで、徐々に慇懃無礼《いんぎんぶれい》さを隠さなくなってきた。

気のせいではない。

あなたに仕える気はないと言われているのだ。

書簡をくしゃりと握り締め、長束は苦々しく呟《つぶや》いた。

「この下郎……」

まだこちらからそれを請うてもいないうちから、袖にされてしまったようなものだ。屈辱にもほどがあった。

とはいえ、金烏に言われたこともあるし、路近の扱いに困っているのは相変わらずだ。

当の路近は、長束が自分に隠れて動いていることにも気付いているようだったが、ニヤニヤしてばかりで咎《とが》めようともしない。

長束の身の回りの世話をする神官見習いや護衛の神兵の中には路近の信奉者もいるか

ら、どこまでこちらの動きを見透かされているのかも分かったものではなかった。

そう考えると、やはり自分は、路近に依存し過ぎているのかもしれない。

あえて傍観の姿勢を取られるのも居心地が悪く、ついに、現状打破に打って出ることにしたのだった。

＊　　＊　　＊

「お帰り下さい」

ぴしゃりと、目の前で勢いよく戸を閉められ、長束はしばし言葉を失った。

東領《とうりよう》が鮎汲郷《あゆくみ》、山の端《はた》にほど近い神寺の坊である。

この辺境にまで足を運んだ長束の姿をしかと認めておきながら、翠寛は頑《かたく》なな態度を崩さなかった。

読んでその字の通り、長束を門前払いしたのである。

「き、貴様、長束さまになんという無礼を……！」

同行した神兵が叫ぶが、翠寛の返事は変わらなかった。

「書状にて申し上げたように、私は病を得ております。尊い御身に禍《わざわい》があっては一大事です」

木で鼻をくったような言い方だ。長束は苛立ちを抑え、低い声で言い返した。

「先ほど、他の神官に確かめた。そなたはここに来てからというもの風邪ひとつ引かず、日々まこと健やかに過ごしておるとな」

閉ざされた戸の向こうは静かだ。

「病を得てなどいないのは分かっている。そこを開けなさい」

ややあって、引き戸が細く開かれた。

隙間からじっとりとこちらを覗くのは、怪しく光る眼鏡をかけ、眉間《みけん》にこれ以上ないほど深い皺を刻んだ青白い顔である。

「それでは、謹んで申し上げます。恐れ多くも明鏡院さまにお越し頂くには甚《はなは》だ恥ずかしき陋屋《ろうおく》なれば、下賤《げせん》な身の私から申し上げることの出来る言葉はただ一言に尽きます。お帰り下さい」

この男、貴人への礼節は卵の殻と共に捨てて来たと見える。

「用向きを聞く前に追い返すか……」

「聞いて楽しいご用とも思えませんので」

ふん、とこれ見よがしに鼻で笑われ、このまま踵《きびす》を返してやりたい気持ちがこみ上げたが、脳裏に「頑張って」と能天気に微笑む弟の顔が浮かび、ぐっと堪《こら》えた。

「……中央を追われて、この地で子ども達相手に学問や武術を教えているそうだな」

「その後に『中央に戻りたくはないか』と続けるおつもりなら、的外れもいいところです。私は、自分から望んでこちらにやって参りましたので」

皮肉っぽい口調で図星を指され、長束は喉元まで出かかった言葉を慌てて飲み込んだ。

「誤解があるようですが、私はもともと、地方への派遣を望んでいました。本部にいたのは、あくまで参謀役として召集されたためであって、私の希望ではありません。今回、ここに来ることになったのも、それを清賢院士が汲んで下さったからです」

「その」

突き放すような言葉の中に取っ掛かりを見つけ、長束は咄嗟《とっさ》に食いついた。

「清賢院士からの紹介で、私はここに来ているのだが」

不快一辺倒だった眼差しが、清賢の名前が出て初めて揺らいだ。

「……院士《せんせい》の？」

「そうだ」

「どうして」

こちらに問いかけるというよりも、自問するかのように呟かれた言葉に、そんなのは私のほうが訊きたいと長束は思う。

「とにかく、これを見ろ」

側仕えに命じて紹介状を渡すと、さっと目を通した後、ますます眉間に深い皺を寄せた。

じろじろと書状と長束を見比べ、口をへの字に曲げる。

「さすがに、清賢院士のご紹介がある方を、門前払いするわけには参りません」

お入り下さい、と一歩引いて、ようやく長束を中へと招き入れたのだった。

とはいえ、神官個人に与えられた坊は、「陋屋」の名に恥じぬ粗末な小屋であった。到底、引き連れて来た者達全員を中に入れることは出来そうにない。

護衛の者は渋ったが、最低限の側仕えだけを戸の前に立たせ、翠寛と囲炉裏《いろり》を挟んで向かい合う羽目になった。

「三年……いや、もう四年ほどになるか。大戦の折に顔を合わせて以来だな」

「はあ、そうですね」

こちらは何とかまっとうに会話の糸口をつかもうとしているのに、翠寛は長束のことを毛嫌いしているのを隠そうともしない。

前置きは無駄と気付き、さっさと本題に入ることにした。

「単刀直入に言おう。そなた、側近として私に仕える気はないか」

「ございません」

即答され、内心で「だろうな」とは思ったが、ここではいそうですかと引き下がるわけにもいかない。

「何故だ。せめて理由を聞かせてくれ」

長束自身、翠寛に側近になってもらいたいとは全く思えなくなっていたのだが、せめて中央に戻った時、金烏に仕方ないと思ってもらえるだけの理由が欲しかった。

そんな長束の考えが透けて見えていたのだろう。

翠寛は、これ見よがしに皮肉っぽい笑みを浮かべた。

「私は、貴族連中が大嫌いなのです。特にあなたのような、尊大で苦労を知らぬ、傲慢極まりない生粋《きっすい》の貴人は」

側仕えや護衛が色めき立つのを、長束は「構わん」と鷹揚《おうよう》に抑えた。ここまで来ると、むしろ言い訳に使うことを前提に「もっと理不尽に私を拒絶してくれ！」といった心境である。

「そなた、私の何を知ってそんなことを言うのだ？」

「あなたさまのことは何も存じ上げませんが、路近《みちちか》のことはよく知っているもので。あれを平然と身近に置いている時点で、全くまともではないでしょう」

長束は鋭く息を呑んだ。

様子の変わった長束には気付かず、翠寛は悪態を吐き続ける。

「あれを重用するなんて、腹をすかせた熊と同衾《どうきん》するようなものです。同じような獣《けだもの》でなければ、とっくに食い殺されているに決まっている。清賢院士が何を思って私を紹介したのかは存じませんが、私は、路近の同類と仲良くするつもりは毛頭ありません」

きっぱり言ってこちらを睨む男が、先ほどとはまるで違って見えた。

奈月彦も、清賢も、路近の異常さには共感を示してくれなかった。

明鏡院で働く者の多くは、路近の選定を受けた者ばかりだ。彼を恐れる者は長束に寄っては来ないし、身近な者は路近を信奉している。

ここまではっきりと路近を嫌悪する者を、長束は久しぶりに見た。

いや、久しぶりどころか、初めて、その異常さを堂々と批判し、その恐ろしさに共感してくれる者を見つけたと思った。

今になって、清賢の言葉の意味を正しく理解する。

――なるほど、確かにこの男は自分の側近として適任らしい。

「待ってくれ。私は、路近《ろこん》と同類などではない」

「自覚がない分、余計にたちが悪いですね」

お引き取りを、という声に温度はない。

この少しの間で劇的に内面に変化のあった長束とは異なり、翠寛は相も変わらず冷ややかだ。取り付く島もない態度に焦った時、ふと、まだ自分には説得の材料が残されていることを思い出した。

「清賢からもう一通、書状を預かっている」

清賢の名前を出した瞬間、翠寛の眉間に深く刻まれた皺が再び歪《ゆが》んだ。

側仕えにすぐに文箱を出させて、真っ白いそれを自ら差し出す。

「そなたが話を聞いてくれなかったら、これを渡せと言われている」

不審そうな様子を隠しもせずに、しかし翠寛はそれを素直に受け取った。

そして紙を開いた瞬間、その眉間の皺が吹き飛んだ。

「アア？」

翠寛は思わず、といったように素《す》っ頓狂《とんきょう》な声を漏らした。

それから、手の中の紙と長束の顔を交互に見比べる。

「何だ……？」

痺《しび》れを切らして長束が尋ねるも、翠寛はまずいものでも食べてしまったような表情で口を開きかけ、結局何も言わずに閉じてしまった。

それから眼鏡を外し、ぎりぎりと額をもむ。

しばしの沈黙の後、上げられた顔に浮かんでいた表情は、先ほどまでとは全く異なっていた。

「……あなた、これを読まれました？」

何故か、ほとほと弱り切った顔をしている。

長束は問われた内容に思わず息を吐き、「いいや」と自信をもって答えた。

「何故」

「それが、そなたに対する誠意であると思ったからだ」

長束の返答を聞いた翠寛は、今度こそ呆気にとられたような顔になった。

誘惑に負けず、覗き見たりせずに良かったと密かに胸を撫でおろす。

――おそらく、自分はこれを清賢に試されていたのだ。

「ああ――……」

がっくりと項垂《うなだ》れた翠寛は疲れたように顔を覆い、ややあって、囲炉裏の中に白い紙を放り込んだ。

長束が止める間もない。

瞬く間に、紙きれに火が燃え移る。

「分かりました」

音もなく灰になっていく手紙を目で追っていた長束は、翠寛に視線を戻した。

彼はすでに姿勢を正し、まっすぐにこちらを見つめていた。

「いつまでとは申しませんが、しばし、あなたさまにお付き合いいたしましょう」

「まことか！」

「ただし、まずは金烏陛下にお許しを得て下さい。可能であるならば、直接お目通りしたく存じます。私があなたさまの下につくことの意味を、しっかり把握して頂かなければなりません」

最初に出て来る条件がそれであることに、長束は何よりも安堵した。

「もちろんだ！　とはいえ、すでに陛下からはお許しを頂いている。きっと、喜んで下さることだろう」

ならば良かった、と苦笑する翠寛の顔に、さっきまでの険はない。

眉間に皺を寄せられていないと、その印象は存外に若い。ふと、彼はしかめっ面さえしなければ、中々に整った造作をしているのかもしれないと思った。

しかし、あれほど頑なだった様子が嘘のような態度には疑問もわく。

覗き見なかった以上、それを今更尋ねることは憚《はばか》られるが——清賢からの手紙には、一体、何が書いてあったのだろう？

第二章　清賢

清良《きよら》は、中央城下の大店《おおだな》、薬種屋七清《しちきよ》の次男坊として生を受けた。

兄よりも随分遅れて生まれたため、父母からも兄からも相当に可愛がられて育った。

年の離れた兄は優秀で、清良が十を数える頃には、すでに跡継ぎとしてゆるぎない地位を築いていた。清良は次男の気軽さで、将来のことを自由に選べる立場にあったのだ。

兄の手伝いとして家に残るか、付き合いのある店の娘のもとに婿に行くか。

いくらでも食うに困らない選択肢がある中で山内衆《やまうちしゅう》を目指そうと思ったのは、せっかくなら、家とは関係のない世界で自分の力を試してみたいという気持ちがあったからだ。

中央城下には絵草子屋があり、そこでは現役の山内衆を描いた綺羅絵《きらえ》が溢れていた。

凜々《りり》しくも猛々しい宗家《そうけ》近衛《このえ》隊《たい》は、そうなった時点で貴族としての身分も得る。中央の庶民の羨望《せんぼう》の的であり、例に洩れず、少年であった清良も憧れる部分があったのだ。

幸い、家族はそれを応援してくれたし、元山内衆の武人を雇って手ほどきを受けてみると、清良には武人としての素質もあると分かった。

推薦を狙う平民出身者の数は多く、順番を待つ必要はあったが、商家の伝手《つて》を頼り、大貴族である南橘家《みなみたちばなけ》に推薦をもらい、年齢制限のぎりぎりになって、ようやく勁草院《けいそういん》への峰《みね》入りを認められたのである。

念願かなって峰入りした勁草院は、清良にとってこの上なく楽しく、学びの多い場であった。

それまでほとんど縁のなかった北家《ほっけ》系列の貴族から、他に身よりがない貧しい山村の出身者まで、さまざまな八咫烏《やたがらす》が在籍していたからだ。

俗に里烏《さとがらす》と称される階級出身の清良は、勁草院において、最もしがらみの少ない立場にあった。

峰入り前にある程度の手ほどきを受けていたので、一年目から落ちこぼれて劣等感を抱えることもなければ、実家が裕福であるのをやっかまれはしても、心底憎まれる対象になることもない。

時に高慢で、時にその身分ゆえの優しさを見せる宮烏《みやがらす》とも、そんな連中を裏で馬鹿にしているとびきりの身体能力を持った山烏《やまがらす》とも、分け隔てなく付き合えたのだった。

貴族と平民の間には、越えがたい壁があった。

身分によって下駄を履かされている事実を密かに気にする貴族の悩みも、これを逃したら人生が変わってしまうと切羽詰まった平民の必死さも、この立場でなければしっかり目にする機会はなかっただろう。

自分がいかに恵まれていたかを身に染みて知ったし、山内に存在するあらゆる階層の者が、それぞれに悩みを抱えている事実も思い知らされた。

それを今の時点で気付けた自分は、勁草院に所属する恩恵を最も受けた八咫烏であると清良はしみじみ感じたのだった。


山内衆は、勁草院を出たというだけで輝かしい未来が約束された存在である。

立場が違い、身分が違う院生達は、しかしいずれ同じ主君に仕える者として、時にぶつかりつつも、確固たる仲間意識を築く。

——そんな状況に陰りが見え始めたのは、清良が勁草院に在院中のことであった。

常とは違う形で、金烏《きんう》の代替わりが行われることに決まったのである。

それまで金烏代《きんうだい》であった長津彦《なつひこ》は、賢帝として名高かった。

政策は理にかない、臣下には慕われ、山内衆のこともよく気にかけ、多くの武人から慕われていた。しかし、兄らの急逝を受けて思いがけずその後継者となってしまった日《ひ》嗣《つぎ》の御子《みこ》——捺美彦《なつみひこ》は、そうではなかったのである。

通常、自身を最も身近に守ろうとする山内衆に対し、宗家の者はよく気を配るものだ。

日嗣の御子の座にある者はその筆頭であり、亡くなった兄宮らは勁草院にも足を運んでいた。だが、捺美彦は全くそのようなことをせず、山内衆を疎《うと》んでいる節すらあった。

急な兄宮の死を嘆く者、死の裏に陰謀の匂いをかぎ取る者は多く、それだけで捺美彦は白眼視されていた。その上、誠心誠意自分に仕えようとする数少ない者に対しても、捺美彦の態度は異様に冷たかったのだ。

新たに忠誠を誓う者にもろくに声をかけず、その労をねぎらいもせず、ただ当然の顔をして恩恵を受け、心を許すことは絶対にしない。

先代が山内衆を大事にしていただけに、これに失望を隠せぬ者は少なくなかった。

現役の山内衆は言わずもがな、勁草院の院生にも大いに影響を及ぼしたのである。

不甲斐ない捺美彦を案じ、上皇として後ろ盾になることで政権の基盤を固めようとした長津彦の狙いは、ある意味で的を射ており、しかし捺美彦自身に全くその気がなかったせいで、大失敗に終わってしまったとも言える。

長津彦が健在のうちは何事もないだろうが、いざとなった時、どれほどの山内衆が山内衆で居続けたいと思うかすら、全く読めない状況になってしまったのだ。

――この分では、勁草院を出た後は、その経歴を利用して大貴族のお抱えとなった方が良いかもしれぬ。

表向き口にされることはなかったが、勁草院の中でもそういった嫌な空気が醸成されつつあった。

そんな中、清良は山内衆になることを選んだ。

前評判に反し、卒院にこぎつけた者はほとんどが同じ道を選んだが、清良の知る限り、やはり誰もが多かれ少なかれ、新たに即位する金烏には不満を抱いているようだった。

清良自身、卒院の儀に際しても顔を見せることをしなかった「主君」に対し、大真面目に忠誠を誓う気には到底なれずにいた。

先代にまっとうに仕えて来た勁草院の院士《いんし》らがこれを聞いたら卒倒するだろうが、捺美彦のために命を捨てろと言われても、まあ、出来ないだろうなと思っている。こんな不埒《ふらち》な臣下は、向こうだって御免であろう。

とはいえ、せっかく山内衆になったのだ。

山内衆は禁中に入ることが許され、山内の至る所に派遣される。地方への派遣を嫌がる者もいたが、清良としてはまだ見ぬ地で経験を積むことは大歓迎である。どうせなら、この立場で経験出来ることを全て味わい尽くしてから辞めてやろうと思っていた。

そして、山内衆を辞めた後は、南橘家のお抱えにでもなれないものかと考えていた。

南橘家は、南本家《みなみほんけ》に次ぐ大貴族のお家だ。あるいは、実権だけを見ればそれを凌《しの》ぐかもしれないとさえ噂されている。推薦の恩もあって折々の挨拶に足を運んだ清良に対し、直々に当主が面会に応じてくれるあたり、感触も決して悪くはない。山内衆とのつなぎを付けたいという狙いがあるのだろうが、もし自分がその立場を降りて南橘家に仕えたいと言ったとしても、嫌な顔はされないのではないだろうか。

そんな下心を持ちつつ、卒院の儀を終えた清良は、山内衆になった報告をするため、その足で南橘家へと向かったのだった。

南橘家当主が普段暮らしているのは、南領《なんりょう》ではなく中央の屋敷である。そのすぐ近くに構えられた南本家の朝宅《ちょうたく》にも、全く引けを取らない豪邸だ。

通常、宮仕えをする中央貴族は、中央山《ちゅうおうざん》の中腹に居を構えている。

中下級貴族の邸宅は岩壁にへばりつくようにして建てられており、棟を橋でつないでいる形であることが多いのだが、南橘家の屋敷ともなると、広々とした岩棚の上に邸宅を構え、山の斜面に作られた石の通路が門へとそのまま続いている。

それは南橘家が古い歴史を持ち、それを維持し得るだけの力を今も有しているということの証《あかし》であった。

今日、清良が南橘家に挨拶に訪れることはあらかじめ連絡してある。

当主もそのために時間を割いてくれるつもりであったようだが、ただでさえ多忙なのだ。丁重に屋敷の中に通されたものの、清良の前の来客の対応が中々終わらぬと見えて、しばし待たされることになった。

「お時間を取らせてしまい、申し訳ございません」

年老いた家令に言われ、清良は鷹揚《おうよう》に返す。

「とんでもないことです。当主さまのお時間を頂けるだけでもありがたいのですから」

「そうおっしゃって頂けると助かります。しかし、まだまだお待ち頂かなくてはならないようです。もしよろしければ、お待ち頂く間、お庭を散策されてはいかがでしょう」

桜が見頃でございますので、と気を遣われて、その言葉に甘えることにした。

見事な造作の南庭は、春爛漫の景色である。

ここ数日は花曇りであったのに、清良の卒院を祝福するかのように、今日は光をいっぱいにはらんだ青空だ。

至るところに植えられた桜は満開を少し過ぎたあたりで、花吹雪がいかにも眩《まばゆ》い。

鮮やかな金色の山吹がほとりに植えられた池には桜の花びらが浮かび、風に吹かれた水面に複雑な模様を描いている。

広々としているのに、手入れが一分の隙もなく尽くされた名園だ。

誰か呼びに来るまでの間、池の周囲をのんびりと散策することにしたのだが、どこを歩いても植栽の陰にすら雑草のひとつも生えていない。それに感嘆する一方で、ぺんぺん草の一本も許されないあたりには癇性《かんしょう》も感じられて、少しばかり息苦しくもあった。

「そのほう、山内衆か」

唐突に声を掛けられた。

気配を追えば、行く手に生えた桜の巨木の枝に腰掛け、こちらを見下ろす人影がある。

枝に隠れて顔は見えないが、くつろいだ狩衣《かりぎぬ》の袖から伸びた手は、清良の腰を指していた。

そこには、先ほど拝受したばかりの儀式用の太刀《たち》がある。

院生用の竹光である珂仗《かじょう》に慣れた身には重く感じられる、山内衆の証である。それを吊るす赤紐は絡新婦《じょろうぐも》の糸が編みこまれており、使えば使うほど馴染んで滑りが良くなるのだが、おろしたばかりのそれはまだ真新しくて固かった。

その太刀を無遠慮に指さす者の悠揚迫らぬ物言いに、すぐさま生まれながらの貴人であると見当をつける。

「左様でございます」

見上げたまま丁重に答えると、人影は「ふうん」と呟《つぶや》き、全く躊躇《ちゅうちょ》なく飛び降りて来た。

枝が跳ね上がり、桜の花びらが、わっと乱暴に枝から離れ落ちる。

雨のように降りしきる花びらの中、危なげなく清良の目の前に両足で着地したのは、いつ元服を迎えてもおかしくはない年頃の少年であった。

鼻梁《びりょう》は高く、目も口も大きい。犬歯は白く尖《とが》り、睫《まつ》毛《げ》がみっしりとしている。ひとつに括《くく》られた髪は豊かにうねり、眉も濃くきりりとしていた。

顔立ちにはまだまだあどけなさが残るが、既に体格はかなり良い。長い手足には、伸び盛りの気配が濃厚に感じられる。

面差しが特別整っているわけではないのだが、まとう空気がなんとも華やかだ。

表情には、この屋敷において木登りが許される身分であるということを差し引いても、隠しきれない高慢さ——たわむことのない、大貴族特有の色があった。

年の頃からして、南橘家の嫡男《ちゃくなん》、路近《みちちか》に違いない。

一瞬、膝をつくべきか迷ったが、自分はこの太刀を受け取った時点で一応は貴族の身分を与えられている。

失礼にならないよう、軽くお辞儀をするだけに留めた。

「南橘家の路近殿とお見受けいたします。わたくし、本日より山内衆のお役目を賜《たまわ》りました、清良でございます」

「薬種屋七清の末だったか」

さらりと返されて驚いた。

「はい。その通りです」

「何を思って太刀を受けた。そなたの主君となる男は、山内衆からまことの忠誠を得られる器とは思えぬが」

首をかしげながら問われ、これはなまじっかな返答は出来ないぞ、と気を引き締める。

「確かに今のままですと、忠誠を誓うことは出来ませんね」

「山内衆になったくせに、否定せぬのだな」

「それは事実ですので。でも、それは殿下と直接お会いしたことがないからであって、器どうこうとは関係がありません。もしかしたら実際にお会いしてみたら、そういう気持ちになるかもしれませんよ」

「ひどい詭弁《きべん》だな。それでどうして山内衆になろうなどと思った」

「綺羅絵が格好良かったので……」

「そんな不純な動機が許されるのか？」

「許されたかは知りませんが、駄目とは言われませんでした」

それを聞いた少年は、とんだ不忠者だ、と皮肉っぽく笑った。

「山内衆は忠直なる者しかなれぬと聞いておったのだがな。勁草院では何を教えておるのだか」

「勁草院で私が学んだのは、『こうあるべき』ではなく、『どうあるべきか』でしたね」

少年はきょとんと、大きな目を丸くする。

「どういう意味だ？」

「授業で教わった内容が何であれ、他人の唱えた字義を諳《そら》んじるだけでは、ただの阿呆だということです」

仁とは何か。義とは何か。礼とは、智とは、忠とは、信とは――？

勁草院には色々な育ち、色々な身分の者がいて、それぞれに違う価値観を持っていた。同じことを教わっても、そこから出した仲間の解釈は、一人一人違ったように思う。

清良にとっては授業そのものよりも、同輩達が何を考えていたのかを垣間見られたことのほうが、はるかに意義が大きかったと思っている。

「勁草院には、山内における全ての階層の者が揃っております。それぞれがそれぞれのくびきを持ちながらぶつかり合って、人として磨かれていくのです。その中で得た学びは、机の上では見えぬもの、勁草院に入れなければ到底思いつきもせぬものでした。不忠者の私がいつまで山内衆でいられるかは分かりませんが、少なくとも勁草院に入れたことは、一八咫烏《やたがらす》として他に替え難い財産であったと確信しております」

自分は幸いなことに、貴族からも平民階級からも本音を聞かせてもらえる立場にあった。

それは忠実な護衛を作り出そうとする勁草院の趣旨にはそぐわなかったかもしれないが、清良個人としては、覚えるべきと教えられた貴族の考え方をそのまま飲み込むのではいけないと気付けただけでも、相当な収穫であったと思っている。

「なるほど……」

少年は真顔になり、ひとつ、大きく頷《うなず》いた。

「面白いな」

ぽつりとした呟きには、純粋な感嘆が込められていた。

「ええ、とても面白い所でしたよ」

「私も勁草院に行ってみたいものだ」

少年の言葉を、清良は本気だとは捉えなかった。

当時、山内衆を目指す貴族は北家系列の者がほとんどで、そうでなければ蔭位《おんい》の制《せい》を使うことすらおぼつかない没落貴族がわずかにいるだけであった。山内衆は平民から見れば憧れではあるが、間違っても、すでに大貴族の嫡男の立場にある者が目指すような存在ではなかったのだ。

「路近殿なら、きっと優秀な院生になられることでしょうね」

彼が勁草院に入るとは全く思わなかったが、その言葉はまんざらお世辞ではなかった。少し言葉を交わしただけでも、この少年の少年らしからぬ明晰さは十分に窺《うかが》い知れたからだ。

路近が返答する前に下男が呼びに来たので、それ以上の会話が続けられることはなかった。

清良は丁寧に礼をして母屋に戻り、つつがなく当主に挨拶を終え、祝支度を整えた実家へと帰ったのだった。

それからしばらくの間、庭園での一時の出会いについて、思い出すようなこともなかった。

適度に忙しく、特に問題もなく、山内衆として勤め続けた。

卒院時の成績は悪くなかったため、新たに即位した金烏の護衛に充てられる機会もあった。しかし金烏は、噂に違《たが》わず新顔の山内衆に対しても冷淡であり続けた。

清良の周囲で勁草院時代以上に不満を持つ者は多くおり、真面目に仕えようと思っていた者ほど、その傾向は顕著であった。

新金烏の態度に最も焦っていたのは、勁草院の新院長であっただろう。

勁草院の院長は、代替わりに合わせて替わるのが慣例だ。捺美彦を守り仕える者を育てるべく、先代金烏によって選ばれた新院長の尚鶴《しょうかく》は真面目な男で、なんとかして捺美彦とまっとうな関係を築こうと必死だった。

尚鶴はもともと勁草院の院士である。

清良も在院時に直接教えを受けたが、厳しい院士が多い勁草院の中ではかなり柔軟な部類であった。

以前は院長候補に数えられてもいなかったのだが、元の院長候補は亡くなった兄宮と懇意にしていたため、その急逝を受けて候補の座を辞退してしまったのだ。野心があってその地位についたわけではないから、厄介な席を押し付けられてしまった感もある。

捺美彦に対しても真摯な態度をとっているように見えたのだが、当の金烏は自分の置かれた状況が本当に分かっているのかいないのか、尚鶴を邪険に扱った。

当然の結果として、清良が山内衆になってからも、目に見えて山内衆の士気は下がっていったのだった。

――山内衆になれたことは誇らしくとも、山内衆であり続けることは決して誇らしくない。

優秀な先輩諸氏はどんどん辞めていき、傍《はた》から見れば無謀な改革を志す熱血漢か、あるいは清良のように不真面目な者ばかりが山内衆に残ってしまっていた。

最低限の義務として、新金烏の体たらくを口外せぬようにはしていたが、世間が夢見るような「名誉なお役目」「輝かしい勇士」としての山内衆は、有名無実なものになりつつあったのである。

そんな折、不真面目な山内衆であった清良に対し、南橘家から呼び出しがかかった。

これまで清良から挨拶に向かうことはあったが、南橘家のほうから呼び出されたのは初めてである。

何事だろうかと訝《いぶか》しく思う一方で、この山内において最も政治に鼻が利く南橘家が今の山内衆の現状を知らないはずがないから、もしや自分の進退に関わる話やもしれぬと期待した。

季節は春から夏に移り変わる頃だ。

かつて花を咲かせていた桜の枝には、色濃く緑が茂っていた。

これまで、面会をする際は待たされることのほうが多かったというのに、今回は約束の刻限より早めに訪れて、すぐに奥へと通された。

清良を上座で待ち構えていたのは、心なし物憂げな顔をした南橘家当主安近《やすちか》と、以前会った嫡男よりも、幾分年下と思《おぼ》しき少年であった。

その少年は、路近と同様に立派な体格をしてはいたが、才気煥発《かんぱつ》を体現していたような路近とはかなり雰囲気が違った。思慮深そうと言えば聞こえはいいが、表情はどこか冴えず、陰鬱な印象を受ける。

彼は、国近《くにちか》と名乗った。

路近より三つ年下の、同腹の弟であるという。いずれ南橘家を継ぐ身であると告げられ、清良は思わず「えっ」と声を出した。

「失礼。国近殿が、南橘家の次の当主になられるのですか？」

「左様」

「私の勘違いでなければ、以前は路近殿が次の当主になられると伺った記憶があるのですが……」

何故嫡子が替わることになったのかと問うた清良に、当主は重苦しく息をついた。

「あれは今、勁草院にいる」

清良は仰天した。

「路近殿が院生に？　一体なぜ！」

「それは、そなたが一番よく分かっているのではないか？」

淡々と言われ、咄嗟《とっさ》に意味を理解し損ねて閉口する。

一拍を置いて、以前に路近と会った時の会話が頭を駆け巡った。

「まさか――私が言ったことを真に受けて、本気で勁草院に入られたのですか」

大した話はしなかったはずだ。

社交辞令混じりに、差しさわりのない会話をしただけである。自分が言ったことがそんな大事《おおごと》になるはずがない、と半ば冗談のような心地であったというのに、当主は無情にもはっきりと首肯《しゅこう》を返したのだった。

「まさしく、そなたの話を聞いた後、勁草院に行きたいと言い出しおった」

「なんと」

とんだことになったものだ。

清良は動揺のおさまらぬまま、胸に手を置いて息を吐く。

「私が余計な事を申し上げたせいで……」

「それは、さほど問題ではない。私はむしろ、そなたに感謝しているほどだ」

その言葉に違和感を覚え、清良は口を噤《つぐ》む。

小耳に挟んだ限りでは、路近は非常に優秀であるとのことだったし、実際言葉を交わしてみてもそれは感じた。次期当主として何ら不足はなかったであろうに、何故、弟にその座を譲るのが許され、それが歓迎されているのだろうか。

怪訝《けげん》に思ったのが表情に出ていたのだろう。

当主は清良の顔を見て目を細め、いかにも億劫《おっくう》そうに口を開いた。

「もはや、当主につく、つかないの問題ではないのだ」

――私は、一刻も早くあれに死んでほしいと願っている。

＊　＊　＊

路近は、安近にとって待望の第一子であった。

有力貴族出身の正室の子であり、それだけで将来は約束されたものであったというのに、物心ついた時から恐ろしく聡明な子でもあった。

戯《たわむ》れのつもりで教えた難解な漢詩をすらすらと諳んじ、家の関係もよく理解した。配下の顔と名前も一発で飲み込み、他の貴族との社交の場に連れて行っても、小さな大人であるかのようなふるまいをする。

同年代の貴族の子の中でも飛び抜けて優秀であり、これは南橘家の次代も安心であると、褒めそやされるばかりであったのだ。

息子を誇らしく思う安近に最初に異を唱えてきたのは、路近を産み、その成長を誰よりも喜んでいたはずの正室であった。

あの子はどこかがおかしい、と言い出したのだ。

「確かにすこぶる賢いですが、どうも、賢過ぎるところがあるように思います」

そう語る正室の顔は暗かったが、安近は言っていることの意味がまるで分からなかった。

「賢くて、それの何が悪いというのだ」

「物事を、理屈で捉え過ぎている向きがあるのです。情緒が育っていないように感じます」

詳しく話を聞いてみると、どうも、息子と会話が嚙み合わないのだと言う。

路近は安近の教えには完璧に従ったし、質問に対する答えも明快で、そのように感じたことはなかった。気のせいではないかと笑ったが、「あの子は、こうした時にはああせよ、と言われた通りのことをしているだけなのです」とじれったそうに返される。

もっぱら安近が路近とする会話は、多くが貴族としての教えを伴うものだ。路近はそれをよく飲み込むので感心するばかりであったのだが、逆に言えば、確かに言われた通りのことをしているだけとも言える。

しかし、普段の生活においてはそうもいかないらしい。

「最初におかしいと気付いたのは羽母《うば》なのです。わたくしもその時はよく分かりませんでしたが、国近を育てているうちに、段々と分かって参りました。比べてみると分かります。あの子は、七つにしては異様に賢いですが、七つにしては思いやりがありません」

大人でさえ苦労する難しい古典などは一瞬で覚えるのに、隣にいる羽母子《めのとご》が何を考えているのかは全く分からないし、分かろうともしない。

最初は命令することに慣れているせいかとも思ったが、それではいけないと教えても、全く理解しようとしないのだ。

最近ではその容赦のなさに、羽母子も、羽母さえもが怖がっている始末だと言う。

彼女が夫にそれを言おうと思ったきっかけは、先日あった諍《いさか》いであった。

つい最近まで、巣から落ちた燕《つばめ》の子を、路近の羽母子が拾い、自室で育てていたらしい。せっせと世話をし、もうすぐ外に放せるという段になり、路近はその燕を殺してしまったのだと言う。

なぜそんなことをしたのかと狼狽《ろうばい》する羽母子に、彼は答えた。

うるさかったから、と。

羽母子に与えられた部屋は路近の自室からは離れていた。羽母子は必要な時には路近につき従っていたし、その役目をおろそかにすることもなかった。路近は、たまたま庭先を歩いている時に燕の子を見つけ、餌《えさ》を貰えるものと思って鳴きだしたそれを、「うるさい」と鬱陶《うっとう》しがって握りつぶしてしまったのだ。

それを聞いた羽母子は大泣きして非難したが、路近は全く意に介さなかった。それどころか、泣き続ける羽母子にも「うるさい」と言って、その顔を地面に叩きつけた。

羽母子は昏倒《こんとう》し、前歯を折った。

仰天した羽母は路近を叱ったが、今度はなんとその羽母さえも、路近は蹴り飛ばして無理やり黙らせたのだと言う。

——これは流石《さすが》に目に余る。

困り果てた羽母が正室に注進し、実母から直接叱ってもらおうとした。

正室も驚き、路近を呼び寄せてまずは本人の話を聞いたのだが、その言い分は全く要領を得ないものであった。

「うるさいと私が申しても止まらぬので、黙らせただけでございます。どうして、母上までそのように怒るのですか」

不思議そうに、あるいは叱られているのを理不尽だとすら思っているような様子に、母は困惑した。

「そもそも、鳥の子はお前の部屋で鳴いていたわけではないでしょう。お前がそこから離れれば良かっただけのことです」

「どうして私が我慢しなければならないのです?」

この家は私のものでしょう、と路近は言い返す。

「そうです。お前の家です。でも、住んでいる者はお前だけではありません。この家の主になるのですから、この家を支える配下の気持ちをきちんと考えなければなりません」

「なぜです?」

そう尋ねる路近の瞳は澄んでいた。

「私は、教わった通り、ちゃんと彼らの主として振舞いました。そうしたら、配下は私を敬うのが正しいあり方です。反抗した彼らが悪いのに、どうしてその気持ちを考えなければならないのです」

「暴力をふるうことが主としてのふるまいですか? 違うでしょう。逆らえないからと言って、横暴が許されるわけではないのですよ。いくら仕える立場にある者でも、酷《ひど》いことをされれば誰しも不満を抱くのです」

「不満を抱いて離れるのなら、新しい配下を迎えればいいだけのことではありませんか。何の問題があるというのです」

羽母は、生まれてからずっと路近を育ててくれた女だ。羽母子との付き合いも随分と長い。それなのに、自分の思うようにならないのなら取り換えればいいと平気で言う。

虚勢であったとしてもこれはいけないと思った。

「彼らには彼らの心があります。それを無視しては、いずれ、誰もそなたについて来なくなりますよ」

「いいえ、そんなことにはなりません。南橘家の力はとても強いから、必ず、代わりとなる者が来ます」

「たとえそうだったとしても、それは家の力について来るのであって、そなたについて来るわけではないのです！」

「それの何が駄目なのですか。私は南橘の路近です。同じことではありませんか」

「では、もし母がそなたにはもう会いたくないと言い出したらどうするのです」

「母上がそうなさりたいなら、会わなければよいだけなのでは？」

平然とした、当たり前のことを訊かれたと言わんばかりの返答に、むしろ虚を突かれて母のほうが狼狽《うろた》えた。

「母は――母は、そなたと会えなくなったとしたら、とても悲しいですし、辛いです。それなのに、そなたは胸が痛まないのですか」

「辛いのは母上なのに、どうして私の胸が痛くなるのです？」

心底不思議そうに問われ、母は今度こそ絶句した。

そして悟った。

これは、虚勢ではない。この子は、本気で羽母子に対しても、羽母に対しても、果ては実の母に対しても、大した思い入れがないのだ。

大切な人が苦しんでいるのが嫌という感情がないのかもしれませんと、正室は切々と夫に訴えた。

「あくまで自分が中心で、自分以外の全てがどうでもいいと考えているようなのです。四つになる国近のほうがまだ思いやりがございます。わたくしでは、力不足でどうともなりませんでした。あなたさまから、路近にそれを分からせてやって下さいませ」

完全無欠と謳《うた》われた嫡男の思わぬ欠点に、安近は少しばかり動揺した。だが、日頃からよく出来た妻がここまで言うのは尋常ではない。

「分かった。よく知らせてくれた。後は私に任せなさい」

そう言うと、正室はほっとした顔で、「何卒《なにとぞ》お願いいたします」と深く頭を下げたのだった。

あの賢い息子が、と未だに信じられない気持ちはあったが、心情的に分からぬと言うのであれば、理屈で分からせればよいだけのことだ。

――それがとんだ甘い考えだったと思い知るまで、そう時間はかからなかった。

「一体何をやっているのだ。配下の者へのふるまいにこそ、主たる資質が問われるのだぞ。どうしてこのような非道な真似をした」

「私は主として、きちんと彼らを遇したつもりです。この家において、私は君であり彼らは臣です。臣下の礼を尽くさなかった者に非があるでしょう。彼らは分《ぶん》をわきまえませんでした」

「それこそ臣下としてあるべき諫言《かんげん》ではないか！　そのような態度で、他の貴族と渡り合っていけると思うてか」

「もちろん、受け入れるべき諫言をする相手ならそのように遇します。でも、羽母や羽母子はそういう身分ではありませんし、わめくばかりで、意味のある諫言とも思えませんでした。どうして貴人と同じように接する必要があるのです？」

「この……痴《し》れ者め！」

　身分で全ては解決出来ない。大勢の者に恨まれて、あるいは恨みが積もりに積もれば身分に関係なく報復される。むしろ、身近な身分の低い者ほど丁重に扱ってやらねば足をすくわれるということを諭しても、路近は首を捻《ひね》るばかりであった。

「足をすくわれるというのは？」

「いざという時、鐙《あぶみ》に傷を入れられて落馬するやもしれん」

「そんなことをされたとしても、転身《てんしん》して自分の翼で飛べばいいだけの話です」

「食事に毒を盛られるやもしれんぞ」

「毒の見分けは学んでおります」

「大勢によってたかって棒で叩かれるやもしれんというに」

「私は剣術を身に付けております。斬り伏せればいいだけのことでしょう？」

「お前――自分に従わぬ者は、全て死なせても良いと申すか？」

「私はちゃんと主として振舞っています。己が礼を失したことを逆恨みして、私を殺そうとする者のほうこそ死ぬべきです。逆にお尋ねしたいです。そういう者に、生きている価値がありますか？　どうして殺してはいけないのです？　下男や下女を排したところで、いくらでも代わりはいるというのに」

使い物にならなくなったら補塡《ほてん》すればいいだけのことと平然と返され、安近は言葉を失った。

これはあまりに度が過ぎると判断した安近は、元山内衆の腕利きを、新たな教育係として迎えることにしたのだった。

このままでは、本気でいつか家の者を切り殺しかねない。そういう危険を感じたのだ。

新たな教育係は、もう二十年も勁草院志望の少年らを指導してきた熟練者であった。

嫡男の問題点を伝えると、「自分より上手の者がいないせいで、自分がこの世で一番偉いと勘違いしてしまったのでしょうな」と物々しく答えた。

「坊ちゃまは、あまりに優秀でいらっしゃる。詩文でも剣術でも褒められたことしかないので、自分よりも上位の者がこの世にいることを分かっていらっしゃらないのです」

適度に痛い目を見れば、ちゃんと目を覚まされることでしょう、と。

その言葉に納得し、安近は彼を正式な剣術指南役に任命したのだった。

教育係として、男は優秀であった。

情熱と愛情をもって路近に相対し、教養としての剣術を教えるに留まっていたそれまでの指南役とは違い、手控えることなく指導に当たった。道場において叩きのめすのはもちろんのこと、南橘家に仕える者に手を上げた際には、それ以上の厳しさでもって路近を教育したのである。

「痛いですか、坊ちゃん。ですが、今あなたが手を上げたこちらの者のほうが、身分が違う分、よっぽど痛かったはずです。立場上、彼はあなたには逆らえないのです。この痛みをあなたは知らなければなりません」

生まれて初めて厳しく躾《しつ》けられた路近は、初めは驚きつつも、素直にそれを受け入れたように見えた。そのうち、体を鍛えることに目覚めたと見えて、熱心に道場に通い、弓術や馬術など、あらゆることを自ら学ぼうとし始めたのだった。

教えを請われた教育係はたいそう喜び、熱心にその指導に当たった。

いつしか、路近が他者に手を上げることはなくなり、不穏なことも口にしなくなった。すっかり落ち着いた様子に安堵し、今度こそ、優秀な跡継ぎとなったことに安近は胸を撫《な》で下ろしたのである。

――それが、ほんのわずかな間のまやかしだとは、全く思いもよらなかった。

その日は、前触れもなく訪れた。

自室で仕事をしていた安近のもとに、あの教育係が大怪我をしたという報《しら》せが入ったのだった。

　慌てて駆けつけると、戸板に乗せられ運び出された教育係は半死半生といった有様だった。顔は膨《ふく》れ上がり、口と鼻からは血が流れ、着物から見える素肌の部分は打ち身のあとで覆い尽くされている。

　事故かと思ったが、そうではなかった。

　彼は、いつものように道場で路近と向き合い、打ち合い、しかしいつも通りでなく、教え子によって完膚《かんぷ》なきまでに叩きのめされてしまったのだ。

　満身創痍《そうい》で運び出される師を前にして、路近は無傷のまま、手持ち無沙汰に順刀《しない》で自身の肩を叩いていた。

　――嫌な予感がした。

「路近、一体何があった」

「何と言われましても、単純に、私が勝っただけのことですが」

「勝った？」

「手合わせをしておりましたので。ようやく勝てるようになりました！」

　ああ長かった、と肩を鳴らす路近に、安近は愕然《がくぜん》とした。

「お前が、お前がこれをやったのか……？」

「はい」

「どうして」

「お年を召したせいで、お師さまが弱くなられたのではないですか？　勿論、私が強くなったというのもあると思いますが」

「違う、違う。そうではない。私は、どうしてお前が彼をあれほどまでに打ち据えたのかと訊いておるのだ！」

「お師さまはおっしゃいました」

路近は声を荒げる父を見返し、まるで宣旨《せんじ》でも読み上げるかのように滔々《とうとう》と宣《のたま》った。

「力によって制する者は、より大きな力によって制されるものなのだと。ですから、自分が何よりも大きな力になればいいのだと思ったのです」

力によって制する者は——教育係のあの男は、より大きな力を持った路近によって、制された。

「先生のおかげで、私は随分強くなりましたよ！」

そう言って笑う息子を、安近は今更のようにまじまじと見た。

十二という年の割に体は大きく、まだまだ伸び盛りであるというのに、すでにその手足には若い筋肉がはちきれんばかりに盛り上がっている。

微笑《ほほえ》んでいるのに、その瞳は酷薄《こくはく》だ。

今の路近がその気になれば、自分は全く敵わないだろう。

——我が息子は、いつの間にこんなに恐ろしくなっていたのか！

己は、進んでこの化け物に、より大きな力を与えてしまったのだと悟らざるを得なかった。

焦燥にかられ、教育係に代わるような武芸者を呼び寄せたが、路近はそのいずれもを退けてみせた。

力試しだとでも思ったのだろうか。

自分にかかってくる者を嬉々として撃退し、大口を叩いていた者が倒れ伏していくのを見て、声を上げて笑うようになった。

多数を相手にしても路近が負けることはなく、むしろその経験を血肉にして、ますます強くなっていく。

路近に負傷させられた者達は、震えながら口を揃えた。

「あの方は天才です」

「腕力も知能も並み外れている」

「まだあれで少年だと言うのですから末恐ろしい」

「彼はこれから強くなりこそすれ、弱くなることはないでしょう」

木刀の一閃《いっせん》で腕をへし折られた者、膝の関節を潰されて歩けなくなった者、拳で顔を潰された者。

自分に向かって来る者に路近は容赦がなく、どんな武芸者も、路近を止めることは出来なかった。

武芸者の波が途絶えると、路近は途端につまらなそうな顔になった。

「より大きな力というのは、権力のことも指すのでしょうか」

――だったら、次は金烏かなあ。

ぼんやりと呟かれた言葉に、安近は真冬の池に飛び込んでしまったような心地がした。

「止めろ、路近……。そなたは南橘家の当主になる男だ。もう十分に、大きな力を得ているではないか……」

「そうは言っても、たかが一貴族でしょう？　都合のよいことに、捺美彦は主君たる役目をおろそかにしています。取って代わるのは理に適っている」

「出来る、出来ないの話ではない！　そんなことをしたらどうなるか！」

「私が金烏になればいいだけのことです。やりようはいくらでもある。多分、それなりにうまくやれると思いますよ」

ぞっとした。

おそらく、虚言ではない。こいつならやるという確信があった。

「金烏になってどうするというのだ。統治など、そなたにとって面倒なだけではないのか」

「私はただ、自分の好きなようにいたします」

「好きなようにとは……何をするつもりなのだ？」

「何？」

言って、路近は図体に見合わぬ稚《いとけな》い仕草で空を見上げた。

「何でしょうねえ」

ぼんやりと路近は呟く。

「お師さまを倒すことを目指していた時は、まだやることがありました。でも今は、やることがありません。暇で暇で仕方がない」

金烏になったら楽しくなるかなあと、まるきり無邪気な口調で言う。

その声の調子で、覚悟が決まった。

自分は、自分とこの家と、山内を守るために、この息子を止めなければならない、と。

幸い、国近は健康に成長している。跡継ぎに関しては問題がない。何か決定的なことをしでかす前にこいつを止められるとしたら、もう、自分しかいないのだと悟ったのだ。

南橘家は、味も匂いもほとんどしない秘伝の毒薬を有している。これに関しては当主交代時のみに製法が受け継がれることになっているから、流石の路近も気付くまい。

まさか、これと見込んだ我が子にこんなものを使うことになるとは思わなかった。

だが、やるなら今しかない。

夕食の味の濃い汁物の中に薬を混ぜ、気取られないよう、何も知らない下女にその膳を運ばせる。

やるせなさと罪悪感で胸が潰れそうだったが、それよりも息子への恐れのほうがはるかに上回っていた。

自分は父として、取り返しのつかないことが起こる前に、息子を止めなければならない。

──許せ、路近。

早鐘を打つ心臓を抱え、悲鳴が聞こえるのは今か今かと、耳を澄ます。

だが、いくら待っても悲鳴は聞こえてこなかった。

代わりに、のしのしと、ゆったりとした足取りで濡れ縁を踏みしめる音が聞こえた。

「外書《がいしょ》に曰《いわ》く、父母はただ其疾《そのやまい》を之憂《これうれ》う、と」

遠くから響いてくるのは、朗々とした美声だ。

「また、こうも云う。身体髪膚《しんたいはっぷ》、之を父母に受く。敢《あ》えて毀傷《きしょう》せざるは、孝の始めなり」

徐々にこちらに近付いてくるそれに、全身が総毛立つ。

「身を立て道を行い、名を後世に揚げ、以て父母を顕《あら》わすは、孝の終わりなり──」

逃げる間もなかった。

戸口に姿を現した路近は、その手に、安近が毒を供したはずの椀を持っていた。

「なぜです？」

声も出ない安近を前にして、路近はただただ不思議そうに問うてきた。

「私は、ちゃんと教わった通り、父上を敬いました。父上にとって、私が健やかに生き、名を立てることこそが誉《ほま》れであり、利益になるはず。それなのに、どうして私を殺そうとなさるのです？」

いっそ無垢《むく》なほど澄んだ目をした息子を前にして、安近に何が答えられたというのだろう。

「……何を馬鹿なことを言っている？」

殺そうとなどしていない、と震える声で返すと、路近は不服を露わにして顔をしかめた。

「でも、これには毒が入っているでしょう」

「なぜそう思うのだ。そんなもの入ってなどいない」

「分かるものは分かります。それを出来るのが父上だけであるということも」

路近は安近の目の前に腰を下ろし、丹塗《にぬ》りの椀を二人の間に置いた。

「父上が何も入れていないとおっしゃるなら、どうぞ、召し上がってみて下さい」

さあ、と。

当てつけるでもなく、いかにも自然に椀をすすめられ、安近はいよいよ息が出来なくなった。

「何故そのようなことを私がせねばならない。馬鹿なことを言ってないで、もう自室に戻りなさい」

「父上」

「戻りなさい」

全身全霊をかけ、安近は路近に向かって微笑んで見せた。

ひたすら静かな目を父に向けたまま、路近はただ、不満そうに眉根を寄せたのだった。

「どうして、お答え頂けないのか」

出ていく息子の後ろ姿を見送り、安近はずるずると姿勢を崩した。

力によって制する者は、より大きな力によって制される。

自分は下手《へた》を打った。明日、自分が骸《むくろ》になっていてもおかしくはない。

一度殺意を向けてしまったことに気付かれた以上、うかうかしていては自分が殺される。

早く、あれを何とかしなければならない。

――だが、どうやって？

もはや何をしたら息子を止められるのか、安近には分からなかった。

路近が、たまたまやって来た若い山内衆と言葉を交わし、勁草院に興味を持ったのは、ちょうどそんな折のことであった。

＊　＊　＊

「あれは、そなたの話を聞いて、勁草院が面白そうだと思ったようだ」

らしい。
少なくとも、金烏にとって代わる前に、勁草院での学びとやらを得てみたいと考えた

当主にとっては渡りに船であり、早急に支度を整え、路近は廃嫡《はいちゃく》の後、勁草院へと向かい、国近が嫡男の座におさまったのだという。

勁草院には、路近の見張り役を数名手配した。だが、彼らはいずれも路近との同室に耐えきれなかった。一年上級だった者は体を壊して退所してしまい、同室に配属させた同輩は、すぐに使い物にならなくなった。

現在、路近は勁草院に図太く居座り続け、二年次にあたる草牙《そうが》に進級している。

その同室となる後輩二名も南橘家が送り込んだ者だったが、そのうち一人は早々に逃げ帰り、今近くに侍《はべ》っているのはたった一人だけであるという。

「だが、これがいつまで続くのかは分からぬ。私は、あいつがいつ翻意し、金烏の座を望みだすかと思うと生きた心地がしないのだ」

あれは獣《けだもの》だ、と安近は絞り出すように言う。

「人の理《ことわり》が通じず、周囲に災厄ばかりふりまく。この世に生まれ出たことこそが、間違いであった……」

「お待ち下さい」

気が付けば、清良は声を上げていた。

「その言いようは、いくらなんでもあんまりではございませんか」

先ほどから黙って聞いていれば、安近の身勝手さは目に余ると思った。

清良は、家族から一度も体罰を受けた記憶がない。

幼かった清良が手を出したとしても、兄は絶対にやり返したりしなかったし、それがどうしていけないことなのかをこんこんと教え諭してくれた。清良が悪いことをした時、何がよくなかったのかきちんと理解するまで、説明することを諦めなかった。

もちろん、世の中には、聞き分けの良い子どもばかりではないというのは分かっているつもりだ。言って聞かせるだけでは分からない性情の子もいるのやもしれない。

だがこの男は、十分な対話をする前に、力で己の言うことを聞かせようとしたのだ。

路近が憐れだった。

体が多少大きかろうが、彼はまだ子どもだったのである。

程度はどうあれ、彼が親に力で抑え込まれ、捻《ね》じ曲げられてしまったのは間違いない。

そうした自分の責任を棚に上げ、生まれて来たことが間違いだなどとよく言えたものである。

むかっ腹が立って仕方がなかった。

憤慨する清良を、当主は何も分かっていない者を憐れむような目で見つめ返す。

「もし、私の言うことが間違っていると思うのならば、そなたが路近を教育してみるか？」

思いがけぬ方向に話が飛び、清良は面食らった。

「と、おっしゃいますと？」

「このままでは、路近の見張りもいつまで持つかは分からん。私の立場上、あれを放置したままではまずいのだ。そなた、勁草院の院士にならんか」

「いいでしょう」

考える前に答えていた。

それは、当主への反発心ゆえのほとんど勢い任せの即答だったのだが、言ってしまった瞬間、何かが腹の底にすとんと落ちるのを感じた。今まで院士という道は考えたことがなかったが、こうなってみると妙にしっくりくるものがある。

よろしい、と当主は頷いた。

「では、そのように手配するとしよう」

当主からすれば、勁草院行きの発端となった清良に面倒ごとを押し付けようという腹なのかもしれなかったが、それで全く構わなかった。

ずっと嘴《くちばし》を挟まずにいた国近が、去り際に小さくこちらに頭を下げたのを、清良は苦い思いで見送ったのだった。

南橘家の差配はすみやかであった。

数日中に勁草院、山内衆へと通達が行き、清良自身が何をするまでもなく、山内衆退任の日取りが決まった。

太刀を返す際も、未練は一欠けらも感じなかった。

むしろ清々しくさえあり、そんな自分の心の動きを前にして初めて、自分は最初から山内衆には向いていなかったのかもしれないと思った。

勁草院の院士は基本的に神官であるので、出家してしまえば妻帯は難しくなる。

補助教官のうちは出家せずともいいという説明を受けたが、清良は迷わず出家することを選んだ。中途半端な覚悟で勁草院に行きたくないという気持ちもあったし、なんとなく、自分はこの道を一生歩み続けるだろうという予感があったからだ。

清良の縁談を考えていた家族は、相談もなく身の振り方を決めてしまったことに驚愕《きようがく》した。裏ではほとんど決まりかけていた話もあったようで、その処理には少しばかりごたつくことになった。

だが、最終的には戸籍がどうあれ、家族であることに変わりはないと言ってくれた。何か困ったことがあれば必ず相談するようにと約束させられた後、勁草院院士の道へと背中を押してくれたのである。

院生は、院生になれたという時点で、山内において最も恵まれた部類の若者であることは間違いない。しかしそんな院生でも、身分の上下に関係なく、苦悩を抱えた者は多くいた。

――恵まれている者が、必ずしも幸せであるとは限らない。

そんな中で、自分はあらゆる意味で恵まれた、幸せな者に違いなかった。贅沢をさせてもらった自覚はあるが、自分が何よりも幸運だったのは、周囲の大人達がいつだって全力で味方になろうとしてくれたことだろう。だが、これは本来「幸運」などではなく、子どもにとっては普通であってしかるべきなのだ。

大人達から受けた恩恵を、今度は自分が院士として教え子達に返していくのが常道というものである。

清良は、勁草院に入るに際し、清賢《せいけん》と名を改めた。

名前を付けてくれたのは、院生時代の自分を知る尚鶴だ。

「いささか清廉《せいれん》に過ぎるかもしれんが、そなたなら名前負けするということもないだろう。まずは補助教官からだ。働きによって、正式な院士として迎え入れよう」

「これからお世話になります」

丁重に深く頭を下げ、清賢は正式に勁草院の教官になったのだった。

ほんの数年前まで己が生活していた、勝手知ったる学《まな》び舎《や》である。

自室に私物を持ち込んで後、清賢は他の院士に挨拶がてら、路近の噂を聞いて回った。

――勁草院での路近の様子は、あらゆる意味で想像を上回っていた。

「路近は優秀だ。座学で間違えたところを見たことがない」

「実技も飛び抜けている。最近は院生の質が低下しているが、あれは全盛期の勁草院においても余裕で首席におさまる器だろう」

「だが、問題児だ」

「問題児で済むか？　あれは人を壊す」

「先輩だろうが同輩だろうがおかまいなしだ」

「院士だって危うい。この前、指導しようとして返り討ちに遭った補助教官がいただろう」

「奴は喉を潰されたのだったな」

「同室だった者は血を吐いて倒れてしまった。療養のために帰宅してそのまま戻って来なかったが、今はどうしているものやら……」

「押し入って来た賊を、一人で皆殺しにしたこともあった」

「殺しに躊躇《ためら》いがない」

「とても貴族の若君だったとは思えん」

優秀であるのは確かだが、人格が破綻しているという点において、院士らの意見はおおむね一致していた。そして最後に、必ずこう付け加えるのだ。

「今の同室の後輩は一人で踏ん張っているが、このままではどうなるか分からん」

――同室の後輩。

南橘家が手配した見張り役の中で、路近の傍に唯一留まり続け、その身の回りの世話を焼いている者。

名前は翠《みどり》というらしいとだけ聞いていた。

どんな子なのだろうかと興味があったが、清賢が自ら探し出す必要はなかった。夕食の席に、清賢が補助教官になったと聞きつけ、路近が翠を引き連れてやって来たからである。

「そなた自らやって来るとは、父上はよほど手駒が少ないらしいな」

開口一番揶揄《やゆ》してきた路近は、清賢が記憶しているよりもさらに一回り大きくなっていた。

「お元気そうで何よりです。勁草院は楽しいですか?」

きわどい軽口に応じずに返すと、路近は「お前が来たからそうなるかもしれんな」とぬけぬけと言ってのける。

「これまでのところ、お前が言うほど面白いとは感じていない。まあ、家より暇でないのは確かだ」

今の暇つぶしはこれだ、と不意に自身の後ろにいた者を乱暴に引き寄せる。

それは、艶のある黒髪をきっちりと結った少年だった。驚くほど綺麗な顔立ちをしているが、表情は一切なく、異様なまでに静かである。端正ではないが華やかな印象を持った路近とはまるで逆だ。こうして目を伏せていると、よく出来た典礼用の人形のようでもあった。

「こいつはハミドリだ」

「ハミドリ?」

翠ではなかったのか、と思って問い返せば、本人から淡々とした訂正が入る。

「ハミドリと呼ぶのは路近草牙だけです。清賢院士《いんし》には翠と呼んで頂ければ幸いです」

丁寧な話し方の割に、その声音は冷え切っている。

表情の乏しさと相まって、本当に人形みたいな子だな、と清賢は思ったのだった。


その翌朝のことだ。

まだ日も昇らない時間に、清賢は目を覚ました。

二度寝をする気にもなれず、早々に身支度をし、朝餉《あさげ》の時間まで院内を見て回ることにした。

昨日は、他の院士に挨拶するだけで一日がつぶれてしまった。

数年ぶりの勁草院が懐かしくもあり、自分の知らない間に変わったところがないかを、一度確認しておきたいと思ったのだ。

区切りの悪い時期にやって来てしまったから、主要な業務からはあぶれてしまっている感もある。院内を見て回りながら、自分に何が出来るかを少し考えようと思った。

早朝の薄青い闇の中、空気は洗われたばかりのように清々しい。

気の向くままに歩き回っているうちに、つと、院生の棟から大分離れた井戸に人影を見つけた。

まだ通常の朝の鍛錬をするにも早い時間だが、やや小柄な体格からして、院生であるのは間違いない。

人影は頭から勢いよく水を被っては、ゲホゲホと盛大に咳き込んでいる。

初夏とはいえ、山の朝の空気は冷たいのだ。尋常ではない様子に、思わず足が向く。

「あの野郎、ぶっ殺してやる……！」

清賢に見られていると気付いていなかったのだろう。

体の奥底から、魂でも吐き出すかのような怨嗟《えんさ》の声だ。井戸にかぶせてあった覆いに拳を打ち付けると、激しい音を立てて竹が躍り上がった。

そこでようやく気付いた。

これは、翠だ。

「どうした。何かあったのか？」

考える前に声をかけていた。

弾かれたように振り向いた翠の姿を見て、清賢はぎょっとした。

薄闇の中でも明らかなほど、寝間着から覗く彼の体は、どこもかしこも傷だらけだったのだ。何があったのかは一目瞭然だった。

「――路近だな？」

それは問いかけではなく、確認である。

「何でもありません」

しかし、問われた翠は痛々しい傷跡を隠しながら、清賢をねめつけた。

初対面時の大人しさはどこへやら、怒りで見開かれた瞳はチカリと光り、全身に生気が漲《みなぎ》っていた。

「自分はまだやれます。逃げたりなんかしません。絶対に……！」

吠えるような言い方に、一瞬、返す言葉が見つからなかった。

自分が院生の頃、同輩や後輩にも、他に道がないと思い詰めた平民階級出身者はいた。ましてや彼は南橘家の意を受け、路近の身の回りの世話をするために勁草院に入った手合いだ。ただ我慢強いのではなく、帰る場所がないから耐えるしかないのだとすれば、それはあまりに悲愴な覚悟だった。

院生だった頃は何も出来なかったが、今の自分は仮にも院士なのだ。

彼のために何をしてやれるだろうかと、必死で考えを巡らせる。

「逃げなくていい」

意識して、落ち着いた声で話しかける。

「勁草院からは、逃げなくていい。だが、路近からは逃げなさい」

「はあ？」

翠は顔をしかめた。

「何を……」

「私が来たのだから、馬鹿正直に路近と同室でいる必要はないと言っている。すぐに違う部屋を手配するから、君は院生として、院生の学ぶべきことに集中なさい」

「阿呆か」

そんなこと出来るわけねえだろ、と翠は荒れた口調で吐き捨てる。

「お館《やかた》さまの——南橘家当主の命令がある。俺は、あれの面倒を見なきゃならねえんだよ！」

「ここは勁草院です。その命令に従う必要はありません。大体、前任の者がいなくなってからあなたが来るまで、自力でなんとかなっていたんです。あなたが面倒をみてやる必要がどこにありますか。当主に文句を言われたら、私にそうするよう命令されたのだと言いなさい」

きっぱり言ってやれば、翠はやや面食らった表情になる。

「でも……それじゃ、あの糞野郎が納得しないだろ……」

かすかに身震いしながら言う口調は、先ほどよりも随分と勢いを欠いていた。

「私の坊は、院士棟の十七号です。分かりますか？　ちょうど、蛙《かえる》みたいな形をした石の真ん前なのですが」

訝《いぶか》し気に目を瞬く翠から視線を外さず、清賢は歯を見せて笑ってやった。

「逃げ込むところが必要になったら自由に使うといい。鍵はいつでも開けておきます。もし、同じ部屋に人がいるのが気になるようなら、私を追い出してくれても構いませんよ。大人は、子どもと違って逃げられる場所がたくさんあるから」

ぽかんと口を開いた翠は、何ともあどけなかった。

「……正気か、あんた」

「正気ですとも」

「路近が暴れるかもしれねえぞ」

「なんで暴れるのか理解に苦しみますが、正当性のない暴力に屈してやる義理はありませんね」

「殺されるかもしれねえのに」

「大人を見くびらないで下さい。これでもつい数日前まで現役の山内衆だったんです。そう簡単に負けはしませんよ」

翠はしばしの間、まじまじと清賢の顔を見返した。

清賢が本気だと見て取るや、急に気が抜けたように眼光がぬるみ、へにょりと眉尻が下がる。

「子ども子どもって言うけどよ。俺、もう元服してんだけど……」

「大人と子どもの差は年齢だけではないんですよ。子どもではないと言い張っている時点で、あなたは私にとって十分子どもです」

大人に甘えておきなさい、と胸を叩く。

――いつの間にか、周囲には朝の光が差しつつあった。

第三章　羽《は》緑《みどり》

「谷間《たにあい》は塵溜《ごみため》だ」とは、一体誰が言いだした言葉だろう。

山内《やまうち》が中央山《ちゅうおうざん》。

その頂きには山神《やまがみ》さまが坐《まし》ますと伝えられるお山には、中腹には貴族が、裾野には町人らが根を下ろしている。そして、まっとうに生きる彼らの足元、光すら満足に届かぬ谷底に何が蠢《うごめ》いているのかと言えば、上《い》の世界にいられなくなった訳ありの連中に決まっているのだった。

上の法を犯して逃げ込んで来た者。身体のどこかが欠けていて、爪弾きにされた者。困窮して親族に売り飛ばされた女や、貴人に仕えていたが借金の形《かた》にされてしまった元下男、周囲に見捨てられた病人や、頼る者のない老人なんかもいる。

とにかく、他に行き場をなくした連中の吹き溜まりであるのは間違いない。

暴力しか取り柄のない破落戸《ごろつき》どもが支配し、賭場や質の悪い女郎宿が連なり、貧民の巣窟《そうくつ》となっている峡谷は、読んで字の通り「谷間」と呼ばれていた。

かつて谷間を支配していたのは、純粋な暴力であった。

腕力を恃《たの》みとする男どもが好き勝手に徒党を組み、それぞれの親分を立て、誰が谷間で一番の暴力上手であるかを競い、闘争に明け暮れていた。

まさに無法地帯と呼ぶにふさわしい様相であったそこは、しかし、「朔王《さくおう》」と呼ばれる大親分の登場によって大きくあり様を変えた。

もとは一介の破落戸だったという彼は、神がかった手腕で谷間の荒くれ者どもをまとめ上げた。それぞれの親分達から格別の尊敬を集め、谷間ならではの秩序を作り上げたのだった。

――俺たちはどれだけ腕っぷしが強くたって、上の連中から見れば単なる弱者なんだってことをまずは自覚しないといけねえ。弱い者が弱い者を虐《いじ》めてばっかじゃ、結局のところ強いヤツに旨味を全部掻《か》っ攫《さら》われちまうぞ。

そう言って、驚異的な素早さで谷間を整えていったという。

まず、当時存在していた小競り合いを全て裁定し、それぞれの縄張りをきっちり定め直した。その上で、親分同士は定期的に会合を設け、相互に連帯することを約束させたのだ。

縄張り内の女郎宿や賭場のあがりを自由にして良い代わりに、そこの住人の身は必ず守ること。それが守られなかった場合、他の親分衆が手を組んで縄張りを取り上げること。配下の間で小競り合いがあった場合、暴力に任せるのではなく、親分衆の会合で裁定を行うこと。

無法者にきれいごとを飲み込ませるなど未来永劫、無理だと思われていたが、一体どんな手妻《てづま》か、朔王はたやすくそれをやってのけたのだった。

当時、谷間は御上から目を付けられ、中央鎮護の軍である羽林天軍《うりんてんぐん》の派兵が検討されていたらしい。

有象無象の集まりならば容易に制圧は可能であっただろうが、朔王のもとで統制の取れた動きを見せる荒くれ者どもには、そう簡単に手出しは出来ない。

結果、朔王と御上の間で公にはしない形で不可侵の協定が結ばれ、曲りなりにも谷間の自治が認められるようになったのである。

朔王が現れなければ、谷間はどうなっていたか分からない。

逆に言えば、希代の大親分によって整えられた谷間は、住人達にとってはそこそこ居心地の良い場所となっていた。

で、あるからこそ、「谷間は塵溜だ」という言葉を聞く度に、朔王によって整えられた谷間しか知らないミドリは、「どうしてそんなことを言うのだろう」と怪訝《けげん》に思ったのだった。

ミドリは、谷間で生まれ育った少年である。

親の顔は知らない。

女郎の誰かが産み落としたのか、はたまた、谷間に置き去りにされた捨て子だったのかも分からない。

とにかく、物心ついた時には女郎宿にいた。女郎達は機嫌によって怒鳴ったり、下手を打てば叩いてきたりすることもあったが、熱を出した時は夜通し看病をしてくれたし、こっそり甘味を分けてくれたりもした。丁寧とは言い難かったが、母親代わりになってくれていたのだ。そうやって育てられた子どもはミドリの他にもたくさんいたから、特別なことだとは感じていなかった。

「ああ、家に帰りたい……」

時々、女郎宿の裏手で座り込み、そう言って泣く者に出くわすことがあった。

「どうして？　ここがあんたの家じゃねえの？」

疑問に思って問えば、訊かれた者はミドリを黙って睨《にら》みつけるか、悲しそうな目をしてミドリを見つめ返し、こう言うのだ。

ここは地獄だ。それすら分からないお前も憐れなもんだ、と。

谷間を地獄だと言って嘆くのは、決まって「上」から落ちて来た連中だった。

嘆いてばかりの彼らの評判が良いわけもなく、もともと谷間の住人からは「ああいう奴だから落ちてくることになったんだ」と呆れ半分に毒づかれていたから、自然と、ミドリもその言葉を真剣に捉えなかった。

「おいミドリ、いいもんをやるよ！」

夏になると、そう言って兄分がくれる青々とした胡瓜《きゅうり》が楽しみだったものだ。

ミドリの育った女郎宿には、常時五人から十人ほどの子どもがいた。

谷間の子どもにとって、女郎が母親代わりなら、自分より少しでも年長の者は全て兄分、姉分で、年下の者は弟分、妹分だ。年長の者が自分の面倒を見てくれたように、年下の者の面倒を見るのは当然だった。

少し大きくなれば雛《ひな》の糞を拭《ぬぐ》い、物が運べるようになれば水汲みをし、手が器用に動くようになれば炊事の手伝いや掃除をする。

全員、布団部屋で雑魚寝《ざこね》をしており、臭くなると井戸の前に並ばされ、容赦なく頭から水を掛けられた。食事は宿にやってきた客と姐《ねえ》さんらの残飯を等分していたので、大体、いつもみんな腹を空かせていた。

そんな中、うまくすれば夏の間ずっと楽しむことの出来る胡瓜は大人気だった。

谷にへばりつくようにして建てられた小屋ばかりの谷間において、日光は貴重なのだ。洗濯物を干したがる者や、悠長に花を育てたがる女郎達との間で、日向《ひなた》の取り合いになるのが常であった。

だが、大人には知られていない日向というものがあって、代々、一番大きい兄分がそこを管理していた。兄分が親分衆の下に働きに出る時、次に年長の者が胡瓜の種と日向を受け継ぐのだ。

幼い頃からミドリはやんちゃで、さんざん兄分とも喧嘩したものだが、それでも胡瓜はちゃんと分けてくれた。

瑞々しく、味の濃い胡瓜は、ミドリには縁遠い日光の味そのものだった。

貧しくはあったが、ささやかな幸せが確かにそこにはあったのだ。

――実際、谷間はそう「良い所」というわけではなかったのだろう。

谷間の秩序を形作る力の源は相変わらず暴力だったから、一度谷間の決まりを逸脱した者への制裁は本当に容赦がなかった。

賭場でいかさまをしたら袋叩きにされ、子どもに手を出した者、女郎に暴力を振るった者は二度と悪さが出来ない体にされる。喧嘩で治らないような怪我をする者がいるのは当たり前、死人が出ることも少なくはなく、上の住人よりも命の値段が安い世界ではあったのだ。

ただ、一度庇護者が決まった弱者に対し、谷間の「男」は守る側としての立場を厳守した。

むくつけき男どもは恐ろしい反面、谷間の不文律を無視するもっと恐ろしい連中から自分達を守ってくれたから、いずれは自分もああなって、女郎達を守るのだと信じて疑っていなかった。

しかし、どうもそうなるとも限らないようだと気付いたのは、ミドリが七つか八つほどになった時分のことである。

子どもの目から見ても、中々に格好良いと思える兄分が一人いた。彼もミドリと同様、親は誰とも知れぬ身の上である。大人からすれば悪戯《いたずら》好きな悪たれであっただろうが、いじめっ子は許さぬ性質で、喧嘩に強く、目鼻立ちもきりりとしていたので、年下の者からは慕われていた。

その兄分が、上からやって来た男に連れて行かれてしまったのだ。

彼もずっと谷間にいるものと思っていたから、ミドリは驚いた。別れを惜しむ間もなく、いつも活発だった兄分が、どこか不安そうな顔でこちらを振り向き振り向き手を引かれて行くのを見送ったのだった。

「あいつは見目が良かったからね。役者の卵として買われて行ったのさ」

兄分はどこに連れて行かれたのかと訊くと、女郎は淡々と答えて煙管《きせる》を吸った。

「やくしゃってなに？」

「芝居を演じるの。うまくすりゃ、上の世界で人気が出て、お大尽《だいじん》さね。まあ、お前さんも可愛い顔をしているからね。もしかしたら、次に買われて行くのはお前さんかもしれないよ」

自分は終生谷間にいるものと信じて疑っていなかったミドリは仰天した。

「おれ、ずっとここにいたいよ！」

「そう言いなさんな。悪い話じゃない。むしろ、おめでたい話なんだから」

そう言いながら、女郎があまり嬉しそうな顔をしていなかったのが、ミドリはどうにも気にかかった。

——兄分が戻ってきたのは、それからしばらくしてのことだった。

その日、ミドリは女郎宿の近くの井戸で水汲みをしていた。そこで急に「ミドリ！」と名前を呼ばれ、振り返った先に兄分がいたのだ。

だが、すぐには兄分だとは気付けなかった。

髪は乱れ、汗もかいていたが、彼は女郎と同じように化粧をしているようだった。一目見ただけでは、仕込み中の少女と間違いかねない姿である。

「頼む、お婆に通してくれ。俺はもう、あそこは嫌だ……！」

いつも勝気だった兄分に縋《すが》るようにそう言われ、その、あまりの変わりように驚いた。よほどひどい目に遭わされたのだろうと思って慌てて取り次いだ女郎宿の主は、だが、彼に対して冷淡だった。

「お前はもう、谷間の八咫烏《やたがらす》じゃない。きっちりお代は支払われてんだ。うちじゃ匿《かくま》えないよ」

そんな、と悲鳴を上げた兄分を、お婆はじろじろと見分した。

「見たところ、どこにも傷はついちゃいないじゃないか。殴られたり蹴られたりしたんならともかく、可愛がられてんなら我慢おし」

「何が可愛がるだ！　だってあいつら、あいつら——」

それ以上の言葉が出ない様子で泣き出した兄分を、お婆は感情の窺《うかが》えない目で見つめるばかりだった。

「やっていることは女郎と同じだろ。むしろあんたの場合、ちったあ我慢すればその後まっとうな生き方が出来るんだ。あたしらに助けを求めるべきじゃなかったね。さっさと自分の翼で戻りな」

兄分はがっくりと項垂《うなだ》れた。

その後、兄分を買って行った男が再びやって来た。

てっきり逃げた兄分をどやしつけるものと思ったのに、男は憐れな者を見る目をして、とつとつと兄分を諭したのだった。

「諦めな。旦那方のお相手をするのも、お前の仕事のうちなんだ。今ここで頑張った分、将来、お前さんはたっぷり稼げるようになる。もうしばらくの辛抱だ」

言われた兄分はその場に座り込み、力なくすすり泣いた。

「でも、もう無理です」

男はため息をつき、帰るぞ、と言って兄分の手を摑《つか》んだ。

「お願いです。どうかもう許して下さい。堪忍して下さい、堪忍して下さい……」

谷間にいた頃はあんなに頼り甲斐があったのに、泣きながら引きずられていく兄分の姿は、あまりに哀れで、惨めだった。

――もしかしたら、次に買われて行くのはお前さんかもしれないよ。

前に女郎に言われたことが頭を駆け巡り、心底ぞっとした。

兄分の身に何があったのか詳しくは分からなくとも、何かおぞましい、嫌なことをされているのは確かだと思った。

ところが、戻ってきた兄分の話を聞いた女郎達の態度はお婆と違わず、むしろそれ以上に冷たかった。

「あいつも贅沢を言うもんだね。やっていることはあたしらと同じでも、扱いはあっちのほうがはるかにいいじゃないか!」

「中央花街《ちゆうおうはなまち》で太夫《たゆう》になるようなもんだろ?」

「それよりずっと良いくらいだよ。うまくすりゃ、たっぷり稼いで、上の連中にもちやほやされてさ、嫁さんだって貰えるんだから」

「今だけ我慢すればいいのにねえ」

「全く、堪《こら》え性《しよう》のない」

「本当に馬鹿だよ、あの子は」

口々に言い合う女郎達に、彼女達はこの件に関して、味方になってはくれないのだと悟らざるを得なかった。

あの兄分の姿を思い出す度に、嫌悪と恐怖で体が震える。

どうしたら、ずっとここにいられるのか。

ミドリは必死に考えた。

兄分は、見た目がいいから買われて行ったのだという。そして、「可愛い顔をしている」から、次に買われるのはミドリかもしれない、と。
——じゃあ、顔に傷があったら？
高く売れると噂されていた仕込み中の少女が、火傷《やけど》を負って谷間に留め置かれること
になった例を知っている。だから、ミドリがそれに思い至るまで、あまり時間はかから
なかった。
顔に怪我をすればいいのだ、と。
ただ、わざとやったとばれないようにしなければならない。お婆は、隙あらば子ども
達を高く売ってやろうと手を拱《こまね》いているのだ。故意にそうしたと分かれば折檻《せっかん》されるの
は間違いない。あくまでも自然に、たまたまそうなったのだと装う必要があった。
幸い、谷間は怪我をしそうな場所には事欠かない。
ミドリは、慎重に時と場所を見計らった。
断崖にへばりつくように家屋の連なる谷間には、丸木を繋いで作られた、今にも崩れ
そうな橋や通路が数えきれないほど存在している。
そのうち、丸木を繋ぐ縄が今にも切れそうになっている所に目星をつけた。すぐ下に
はごつごつとした岩があり、ここにしようと決めたのだった。
雨上がりのある日、ちょうど良く近場の遊女宿に使いを頼まれた。
ぐずぐずしていると、いつ自分の番が来るか分かったものではない。やるなら今日だ
と覚悟を決めた。

使いの帰り道、周囲にこちらを見ている者がいないことを確かめ、深く呼吸をする。

今から自分がやろうとしていることを思うと足が竦《すく》んだが、それ以上に、泣きながら引きずられていく兄分を思い出すと堪《たま》らなかった。

意を決し、水分を含んだ縄めがけて、勢いよく足を踏み下ろす。

丸木が外れ、岩の上に体が滑り落ちる。

迫り来る岩めがけて、ミドリは自分から勢いよく顔を打ち付けたのだった。

次に気が付いた時、ミドリは女郎宿の布団部屋に転がされていた。

瞑《つむ》ったまま開けない左目がじくじくと痛んでいる。

もしかしたら見えなくなるかも、という恐怖がふと頭をよぎったが、それ以上に、ちゃんと顔に傷が付いたらしいことに胸を撫《な》で下ろした。

「気が付いたかい？」

ハッと視線を向けると、布団部屋の入口に、しなだれかかるようにお婆が立っていた。

「馬鹿な子だね……」

その声には、呆れよりも、どこか寂しさのようなものが滲《にじ》んでおり、ミドリはどきりとしたのだった。

「瞼《まぶた》の上を少し切ったみたいだが、それはそう大きな傷にはならんだろうよ。いたずらに目を傷めただけで、全く、意味のないことをしたもんだ」

ミドリは息を呑んだ。

――全てばれている。

しかし、お婆はミドリを叱りつけることなく、淡々と続けた。

「知らないようだから教えてやるが、多少難のある程度の綺麗な男の子はね、役者の卵になれない上に、もっとずっと酷《ひど》い目に遭うところに買われていく場合もあるんだ」

もう二度とするんじゃないよと静かな声で告げ、それ以上何も言わずにお婆は去って行った。

ミドリは返事が出来ないまま、力なく両手で顔を覆ったのだった。

お婆の言う通り、瞼の傷はろくに痕《あと》も残さず治ってしまった。

打ち付けた左目は時々鈍く痛むことがあり、その度に、お婆の「馬鹿な子だね」という声が蘇って辛かった。

俺、この先どうなっちまうんだろう。

兄分よりも、もっと酷い目に遭うような場所とはどこなのか。下手をしたら、自分はそこに連れて行かれるのだろうか。

戦々恐々としながらも時は流れ、ミドリが十歳ばかりになった頃、お婆から声がかかった。改まった口調で呼び出された瞬間、とうとう自分もあの兄分のようになるのかと震え上がった。

だが、恐る恐る顔を出した女郎宿の一室に待ち構えていたのは、全く見覚えのない人物であった。

お婆と向かい合うように座っていた男は、町人風の出で立ちで、痩せてはいるが着ているものは上等だ。こちらを見た瞬間にくしゃりと顔を歪《ゆが》めたのを見て、どことなく客商売に慣れた者特有の表情の豊かさを感じた。

「ああ、間違いない。ハミドリだ！」

感極まったかのように告げられた言葉に、目を瞬く。

「おれはミドリだよ」

「違う。ハミドリだ。そう名付けたのは私なのだから、間違いない」

「名付けた？」

「そうだとも。私は、お前のお父ちゃんだよ！」

ミドリは呆然とした。

思わず、助けを求めるようにお婆を見たが、お婆は何かを諦めたかのような顔で黙っている。

もう一度、父を名乗る男を見た。

あまり自分に似ているとも思えない。

「嘘だあ！」

「嘘なものか。緑色の羽と書いて、羽緑《はみどり》というのだよ。お前のお母さんは、緑の艶なす黒髪がそりゃもう美しくてね、そういう名前だったんだ。人形《じんけい》になったばかりでもお前の髪も黒々としていて、お母さんそっくりだったから、同じ名前を付けることにしたのだよ」

熱心にまくし立てる男に、居心地の悪さが募る。

芝居小屋に売られるのは御免だったが、まさか実の父親が現れるとは、全く予想していなかった。

「どうして」

どうして――今になって。

その言葉が口をついて出たのは、別に責めるつもりではなく、単純な疑問ゆえであった。

だが、男は大げさに涙をこぼし、すまない、とミドリに向けて深く頭を下げたのだった。

ミドリの父を名乗るこの男は、思った通り、中央城下の商人であるという。

初耳であったが、ミドリの母親はもともと中央花街の遊女であり、男はその客であったらしい。男は母を身請《みう》けしたが、同時期に家の者が縁談を持って来てしまった。その時、既に母はミドリを産んでいたが、縁談を聞いて男の邪魔になることを気に病み、自ら姿を消したのだと語る。

「今まで捜していたが、まさか谷間に来ているとは思わず、こんなにも時間がかかってしまった。もっと早く見つけていたら、彼女は今でも生きていたかもしれん……」

母は産卵と谷間での慣れぬ生活に体を壊し、ミドリを産んでしばらくして亡くなってしまったらしい。

そういうことを、情感たっぷりに男が説明するのを、ミドリはまるで他人事のように聞いたのだった。

「この子を引き取るつもりなら、これまでこの子を育てるのにかかったお代を払ってもらわなきゃ困るよ」

今にも泣きそうになりながら言う男に、お婆は無味乾燥に告げる。

男は袖で目元を拭い、「もちろん！」と勢いよく言った。

「これまで息子が世話になった分、お礼の気持ちを含めてしっかりお返しいたしますとも」

「ならいいんだ」

それなりの額が入ることになるのだろうに、お婆の反応はなんとも素っ気ない。

どんどん進んでいく展開に、当事者であるミドリは全くついて行けなかった。

「他のもんに挨拶しといで」

それはすなわち、この足で出ていけということだ。

ミドリは夢でも見ているような心地で、自室代わりとなっている布団部屋へと向かった。

「ミドリ、どうしたの」

「変な顔してるー」

そこで赤ん坊をあやしていた弟分、妹分に無邪気に言われても、何と返したらよいものか分からない。

それぞれの仕事で出払っている兄分達には、このまま別れの挨拶も出来ないのだろうか。

「良かったじゃないのさ」

あんた、役者にもなりたかなかったんでしょ、と、どこからか話を聞きつけた女郎達がわらわらとやって来た。

「今になってあんたを引き取りに来たってことは、どうせ、本妻との間に子が出来なかったのよ」

「ちゃんとした里鳥《さとがらす》の跡取りなんて、最高じゃないの」

「大人になったらあたしを買いに来とくれよ！」

「その頃、あんたはババアになってるよ」

どこまで本気か分からないことを適当に言って、ぎゃはは、と下品に笑い合う。

ぞんざいにではあるが、それでも自分を育ててくれた女達とこれでお別れになるだなんて、実感がまるで湧かなかった。

「おめでたい話だ」

落ち着いた声で言ったのは、いつか、ミドリは役者の卵として買われるのではないかと言った女郎である。

「間違いなくおめでたい話だが、用心しなよ、ミドリ。さっきも誰かが言ってたが、その気になりゃ谷間にあんたがいるなんて、すぐに分かったはずなんだ。それがこんな大きくなってから来るってのは、どうにもきな臭い。羽緑姐《ねえ》さんがわざわざここまで逃げて来たのにも、なんか理由があるのかもしれないよ」

言われたことの内容よりも、羽緑姐さん、という名が出て来たことのほうに驚いた。

「俺の母ちゃんのこと、知ってたの」

「知らないわけがねえだろう。美人で、頭が良くて、そんで全然曲がらない女だった」

あんたによく似てたよ、と口元を歪めて皮肉っぽく笑う。

「ま、自分の息子に母親の遊女だった頃の名前を付けるなんて、あの父親もまともじゃない。せいぜい覚悟して、これからは新しく生まれ変わった羽緑坊ちゃんとして頑張るこったね」

ろくな荷物もないので、結局、身一つでミドリは——羽緑は、自分の育った女郎宿を後にすることになった。

「今まで大変な苦労をさせたなあ。でもこれからは、お父ちゃんがついているから、何も心配はいらないよ。うちは呉服屋でな、跡取りとして必要なことは、しっかり教えてやるからな」

父を名乗る男は親し気に話しかけてくるが、今まで媚《こ》びるように自分に話しかけてくる大人はいなかったのでどう返したらよいか分からず、曖昧《あいまい》に頷《うなず》くだけとなった。

谷間を出ること自体、羽緑にとっては初めての経験である。

当然、流しの駕籠《かご》なんてものに乗るのも初だ。

谷間の端で鳥形《ちょうけい》の駕籠舁《かごか》きの吊るす竹籠に乗り込み、父の膝の上に座らされたのはなんとも居心地が悪かったが、谷を出る際、一気に太陽の光を浴びた瞬間は、やはり新鮮な驚きがあった。

「上」の世界は、羽緑が想像していたよりもずっと明るく、広々としていた。

噂に聞いていた中央山はあまりに大きく、見上げた山頂は雲に覆われてよく見えない。

山腹には整然と大きな建物が並び、立派な赤い橋がその間を繋いでいる。裾野へと目を向ければ、こちらは瓦屋根がびっしりと覆い、大路《おおじ》の果てが分からないほどだ。

駕籠から下りて、呉服屋へと向かう道すがら目にする物もまたすごい。

道を行き交う人々は誰もがちゃんとした着物を着ていた。谷間の住人は、着飾る必要のある女郎以外、転身の際に体を束縛しない黒衣――自力で生み出す、羽衣《うえ》を着ているのが普通であったのだ。大路に面した店には、羽緑には用途の見当もつかない商品が所狭しと並べられており、あちこちから楽人が奏でる音楽が聞こえている。

問題の呉服屋は、立ち並ぶ他のどの店にも見劣りしない、立派な店構えをしていた。

開け放された一階ではあれこれと人が出入りし、中では店の者がせっせと客に向かって色とりどりの反物を並べては見せている。

正面口は客が使うものだと教えられ、その横の木戸から裏へと回った。

「おおい、戻ったぞ」

そう声を上げた父親の顔は、どことなく緊張していた。

すぐに奥からさっぱりした格好の中年の女が出て来て、「旦那さま、お帰りなさいませ」と言って、足元に水をたたえた盥《たらい》を置く。

父が足を洗う間、羽緑は手持無沙汰に立ち尽くしていた。

奉公人と思《おぼ》しき女は、当然こちらの存在に気付いているだろうに、あえて視線を逸らしているようだった。

どうも、態度がおかしい。

そう思った時だ。

「こんなのを店の周りにうろちょろさせないで下さいな」

悪意に満ちた声が響いた。

声のしたほうを向けば、柱の陰から、やや小太りで、白い顔をした女がぞろりと姿を現したところであった。

身に着けているものは、盥を持ってきた女よりはるかに上等そうだ。

年齢からしても、これが父の本妻なのだろうと察する。ふっくらとした顔立ち自体は上品なのに、羽緑をねめつけるその眼差しはあからさまに剣呑《けんのん》である。

女の登場にぎくりと身を震わせたのは、羽緑ではなく父のほうだった。

「お前、こんなのとは何だ……」

「こんなのは、こんなのですよ。男と見れば誰でも閨《ねや》に引き込む女の産んだ子どもだもの。あなたの血が入っているか、分かったものじゃない」

すたすたとこちらにやって来て、物を取るような手つきで羽緑の顎《あご》を摑む。

「全然、あなたと似ていないじゃないですか」

その意地の悪さを隠そうともしない声色に、ああやっぱり、と落胆するよりも先に得心がいった。

——女郎達に言われるまでもなく、話がうますぎるとは思っていたのだ。

うっかり呆れた表情になって見返すと、女は見る見るうちに顔を醜《みにく》く歪ませた。

「なんて生意気な目をするんだろうね！」

こっちは何も言っていないのに、顎を摑む手に力が入り、頬に爪が食い込む。

「谷間なんかから連れて来て、こんなのに、絶対うちの跡取りなんてつとまりっこありませんよ！」

「そんなこと言うなよ……」

父はすっかり小さくなって、もごもごと反論にもならぬことを言っている。

女は乱暴に羽緑から手を放し、「こっちにおいで」と誰かを呼んだ。

店の奥からおずおずと出て来たのは、見るからに仕立てのよい着物をまとった、五歳くらいの男の子だった。

「ほら、ご挨拶なさい」

女に促されて、男の子は戸惑いを顔に浮かべたまま、父に向かって頭を下げた。

「おはつにお目にかかります。充《みつる》ともうします」

女はにっこりとわざとらしい笑顔になり、男の子の両肩に手をのせた。

「由緒正しき、西広辻家《にしひろつじけ》の三男に生まれたお子ですよ。西清水《にしきよみず》のご当主さまのご厚意で、我が家に来て頂けることになりました」

父はあんぐりと口を開けた。

「そんな、お前、私に何の相談もなしに！」

「ろくに話し合ってくれなかったのはそちらも同じではありませんか。私は、そんなどこの子とも知れぬ者をこの家の跡取りにするなんて、承知した覚えはありません」

そう言いながら、女は羽緑を睨む。

「あなたが勝手にどこの馬の骨とも知れぬ子どもを連れて来たのです。私も好きにさせてもらいますからね！」

父は項垂《うなだ》れ、気まずそうに羽緑を見て、しかしそれ以上何も言わなくなってしまったのだった。

結局、店の跡取りとして遇されたのは充のほうで、羽緑は下働きのような形で店に留め置かれることになった。

一応、父は羽緑を迎えるために部屋や勉強道具などを用意していたようだが、それらはそっくりそのまま充が使い、羽緑は奉公人らに交じって大部屋で寝起きすることになったのだった。

「お前さんは、自分の立場をしっかり弁《わきま》えねえといけねえよ」

羽緑に対し、恐い顔で心構えを説いたのは、奉公人らを取りまとめている番頭であった。

この呉服屋の名は富原屋《とみはらや》というらしい。

羽緑の父は富原屋の跡取り息子として生まれた。宮烏との間に伝手《つて》が欲しくて貧乏貴族から嫁を取ったので、先代夫婦である舅《しゅうと》と姑《しゅうとめ》は嫁を下にも置かぬ扱いをしていたらしいが、肝心の夫婦仲は、一緒になった当初からあまり良くなかったのだという。

幸いすぐに女の子が出来たが、妻がせっせと雛の世話に明け暮れている間、もともと遊び人だった父は暇を持て余し、中央花街の遊女を身請けしてしまったのだ。

「隠れて別邸に住まわせていたが、隠し通せるわけがねえ。結局、女将さんも、女将さんのご実家の貴族さまもお怒りになって、女郎の住んでいた屋敷に火をつけちまったのさ」

まあ、仕方がないわなと語る番頭に、羽緑は愕然《がくぜん》とした。

思いがけず、母が谷間に逃げる羽目になった経緯を知ったが、母は自分の住処を焼け出されるほど酷いことをしたとは全く思えなかった。挙句に、「仕方がない」の一言で済まされてはかなわない。

「あんた、俺の母ちゃんを何だと思ってるんだ！」

思わず叫ぶと、「弁えろ！」と怒鳴り返された。

「お前さんは女郎の子だ。実際、誰の子だか分かったもんじゃねえ。こうして生かしてもらっているだけ有難いと思え」

富原屋の先代夫妻は、息子の悪所通いにはずっと顔をしかめていた。当然のように嫁の味方をし、立場のなくなった父は、そのまま小さくなっていたのだと言う。

娘の他に子は出来なかったが、いずれ、婿を取って店を継がせればよい。

周囲の者はそう考えていたが、今より一年前に、当の娘が風邪をこじらせてあっさりこの世を去ってしまった。

そこでようやく父は羽緑を捜し始め、今に至るという次第だったらしい。

しかも、肝心の女将は全くそれを承知していなかった。自分の血を引いた子に跡を継がせたいと考えた父が、ろくに女将の説得をしないまま羽緑を連れて来てしまったのだ。子どもを見れば絆《ほだ》されるだろうという、すこぶる甘い見通しだったようだ。

結果はご覧の有様である。

その動きを察知した女将は、意趣返しのために自分の遠縁に当たる充を連れてきたというわけだ。

「今、実際に富原屋を仕切っていらっしゃるのは女将さんだ。旦那さまは女将さんに逆らえねえ。お前さん、旦那さまが連れてきたからって、勘違いするんじゃねえぞ。こっちからすりゃ、旦那さまが勝手に捨て子を拾って来たようなもんなんだ。感謝しこそすれ、恨みに思うようならただじゃすまされねえからな」

俺はお前のために言っているんだとすごむ番頭が、羽緑は憎くて仕方なかった。

自分は富原屋の奉公人からすれば、問題を山のように抱えてやって来た疫病神のような存在だったのだろうが、羽緑からすれば知ったことではない。

客商売であるがゆえに、生まれて初めて清潔な着物が与えられたが、素直に喜ぶ気持ちには到底なれなかった。

谷間には個人の所有物という概念がなかった。食事を摂る器も体を拭う手ぬぐいも共有だったから、こんな状況でなければ嬉しかっただろうに、と何とも複雑な気持ちがした。食事もまっとうになった分、谷間にいた頃よりも待遇は良くなったが、周囲からの軽蔑を含んだ視線だけはどうにも慣れなかった。

店の掃除や炊事、洗濯など、細々《こまごま》とした仕事をあてがわれたのは他の奉公人達と同じでも、「谷間くずれ」「悪い匂いが移る」とずっと陰口を叩かれるのだ。中には羽緑を憐れんで優しくしようとした女もいたが、他の奉公人から「あれには悪い仲間があるんだから、親しくしたら谷間の者から悪さをされるかもしれないよ」と忠告を受けると、次からは気まずそうに距離をとるようになってしまった。

それに加えてどうにも参ったのは、女将がこれ見よがしに充を可愛がり、逆に羽緑を虫けらのように扱うことだった。

「ここが汚れているよ。あんたが触ると、余計に汚くなって堪《たま》ったもんじゃない！」

羽緑が乾拭《からぶ》きを終えた板間を見ては怒鳴り散らす。

「富原屋を乗っ取ろうたってそうはいかないよ。あの女に何を吹き込まれたか知らないが、本当はあんたと富原屋は、何一つ縁づいてなんかいやしないんだからね」

井戸で水を汲んでいたところを捕まえられて、引きちぎらんばかりに耳を引っ張られる。

「本当に、なんて醜い顔をしているんだろう。心根の卑《いや》しさが出ているよ！」

そう罵倒《ばとう》され、汚れた水を頭から掛けられたこともある。

ただでさえ臭いもの扱いされていたのに、女将のとばっちりを恐れるようになると、羽緑と関わろうとする奉公人などいるはずがないのだった。

何度も谷間に戻りたいと思ったが、お婆が兄分を追い返したことからして、もし自分の生まれた女郎宿に行っても、面倒を嫌がって受け入れてはもらえないだろう。

きっと甘いと一喝され、戻れと言われてお終いだ。

なんで自分がこんな目に遭わなきゃならないんだと、怒りがこみ上げることは多々あったが、他に行き場所がない以上、必死に働く他に道はない。

羽緑は、谷間出身というだけで下に見て来る奉公人達が大嫌いだった。

何の非もない自分に八つ当たりをして来る女将にも嫌気が差す。

だが、誰よりも羽緑が許せないと思ったのは、自分をここに連れて来た父であった。やることなすこと、あまりに考えなしであるし、現状、羽緑が辛く当たられているのを知っていて、それを変えようともしないのだ。そのくせ、隠れて菓子などを寄越しては「すまんなぁ」などと謝ってくるのだから、いいかげんにして欲しいものである。

母は、何を思ってこんな父に身請けされたのだろう。

富原屋に来てからというもの、そんなことを何度も思うようになった。

父の優しい言葉に、夢を見てしまったのだろうか。それとも、父の抱える問題を分かっていて、それでもついて行くしかないと思い詰めていたのか。

中央花街の遊女を同じに考えていいかは分からないが、少なくとも、谷間の女郎がどれだけその身をすり減らして生きているのかはよく知っている。馬鹿な男だと分かっていたとしても、女郎の身分から抜け出す機会を無視出来なかったのかもしれない。

母が何を考えていたのかは分からない。だが、少なくとも羽緑にとって、自分が今健康で生きていることだけは疑いようのない事実だった。

谷間で、卵の中で力尽きてしまった雛はいくらでもいた。自分が卵の中にいた時、しっかり温めてくれた存在があったのは確かなのだ。そして自分の育った女郎宿は、なんだかんだ言いながら子どもを放り出さず、出来る限り育てようとしてくれるところであった。女達はどうにも蓮《はす》っ葉《ぱ》だったが、母親代わりになってくれたのは間違いない。

そういうところを選んで、母は自分を連れて行ってくれた。

今、自分が生きていることこそが、母の愛情だと思うことにした。

女将は徹底的に奉公人として羽緑をこきつかったが、逆に言えば、仕事に必要なことはどんどん覚えさせられた。より多くの雑用をこなすために簡単に文字を教わったが、これは羽緑にとって、富原屋での生活の中で唯一の楽しみと呼べるものになった。

それまで気付く機会もなかったが、自分はこういったことを覚えるのが得意な性質であったらしい。たちまちかな文字を使いこなし、漢字もある程度読めるようになった。

使い走りで大路を行くだけで、それまでただの記号であった看板の意味が分かるようになり、見えていた世界がぐんと広がった。そうなると、もっと多くを知りたくなるもので、女将に隠れ、父の棚から勝手に絵草子などを借りるようになった。

内容が完全に理解出来たかは自信がないが、それでも、絵と照らし合わせて推測しながら読む内容に、羽緑は夢中になった。

かつて人気だった芝居の内容や、有名な武人の逸話、地方に伝わるお伽噺《とぎばなし》。古典を分かりやすく読み解いたものまであったので、徐々に文字の多い本も読めるようになっていった。

味方のいない富原屋の日々をそれでも耐えられたのは、本があったからだ。

それがなかったら、拒絶されるのを分かった上で、谷間に戻っていたかもしれない。

ただ、字を読めるようになるのはすぐでも、書けるようになるにはそれよりずっと多くの時間が必要だった。

　見様見真似で書いても、どうしても不格好になってしまうのだ。そのうち、文字には決まった書き順があるらしいと知ったが、手本を見せてくれるような親切な相手は自分にはいない。

　雑用と雑用の間に出来た時間、裏庭で地面に枝で字を書いて練習をするようになったものの、いつまで経っても羽緑の字は綺麗にはならなかった。

　ある日のことだ。

　いつものように裏庭で字の練習をしていると、ふと、視界の端に動く影を捉えた。

　女将にこんな姿を見られたら、また何を言われるか分かったものではない。

　勢いよくそちらを振り返り、しかしそんな羽緑の勢いに、その人影はびくりと体を震わせたのだった。

「――坊ちゃん？」

　そこに所在なげに立っていたのは、女将より「坊ちゃん」と呼ぶようにと厳しく言いつけられた、充であった。

　相変わらず、日替わりで晴れ着のような衣を着せられている。

　女将からこれ以上ないほど可愛がられている充と、それを見せつけられ、辛く当たられている羽緑は、今まで交流と呼べるような触れあいはほとんどなかった。

　ふと、彼と初めて顔を合わせてから、もう三年近く経っていることに気付き、それだけ同じ屋根の下で暮らしておきながら、自分達は一言もしゃべらなかったのだと思い至って驚いた。

充自身は女将からの愛情を笠に着るでもなく、当てつけの道具にされる度に、居心地悪そうな顔をしているのが少しばかり気になってはいたのだ。

「何か、自分にご用でしょうか」

教えられた通り、主家の者に対する丁寧な言葉遣いで話しかけると、少しばかり視線をうろつかせた後、意を決したようにこちらを見た。

「あのね。僕、いじわるしたいわけじゃないんだ……」

今にも消え入りそうな、力のない声であった。

小さな手は両方ともきつく袴《はかま》を握り締めており、勇気を振り絞って話しかけてきたのだと分かった。

「ああ、うん。分かってる」

出来るだけさりげなく返したつもりだったのに、自分でも驚くほど角のない声が出てしまった。

羽緑の返答にほっとして表情を緩めた充に、谷間の弟分達の姿が重なった。

「お前も大変だなぁ」

気が付けば、つい、そう口走っていた。

充はその言葉に大きな目をまん丸に見開いたが、不意に、我慢出来なくなったように顔をくしゃりと歪ませた。

「母上に会いたい」

ぽろりと、大粒の涙がこぼれる。

身勝手な大人の都合で、ここに連れて来られたのはこの子も同じだ。

つい憐れになり、抱き寄せるようにして背中を撫でてやると、簡素な羽緑の衣に顔をうずめ、充は声を押し殺して泣き出した。

何も言わないまま、熱を持った充の丸い後頭部をゆっくりと撫でていた時だった。

「そこで何をやっているんだい」

――この瞬間、最も聞きたくない声が、冷然とその場を支配した。

羽緑と充が同時に息を呑み、お互いに弾かれたように離れた。たたらを踏むように後じさった充のもとに、血相を変えた女将が走り寄る。

「羽緑。お前今、充を突き飛ばしたね？」

お母さま、違います、と充が叫ぶが、もはや女将の耳に、その声は届いていなかった。

「羽緑が、充を泣かせているッ！」

おお可哀想に、こんなに目を赤く腫らして、と女将は血の気の失せた充の頬をこすり、羽緑を振り返った。

その、幽鬼のような女将の形相に、羽緑は全ての弁明を諦めた。

「この――鬼の子めが！」

死ね、死んでしまえ、と金切声を上げながら、女将は容赦なく羽緑を平手で打ち据える。すぐに、血の匂いと味が鼻と口をいっぱいに満たした。何度も何度も手は振り下ろされ、視界がちかちかする。痛みよりも衝撃のほうがよっぽど強い。

「違います、お母さま。お兄さまは悪くない」

「誰がお兄さまだ。お前のきょうだいは、死んだ姉さんだけなんだよ。こんなの兄なんかじゃない！」

充の言葉にいっそう激しさを増す女将の罵倒と折檻に、そんなに叩いちゃあんたの手だって痛いだろうに、と羽緑は他人事のように思った。

「お福《ふく》、何やってんだ！」

見かねて、奉公人の誰かが呼んだのだろうか。

振り下ろされる女将《わめ》の手をつかまえるようにして、父が間に割り込んで来た。

女将は激しく泣き喚く。

「この鬼っ子が、充《みつ》坊を虐《いじ》めたんだ。あたしの可愛い子を泣かせた。もう、同じところに置いてはおけないよ。今すぐここから追い出しておくれ！」

違う、と充が泣きながら訴えているが、父がどこまで聞き取ったのかは定かではない。充にも羽緑にも何があったか確認せず、「分かった、分かったから」とただ弱り切った様子で言う。

「何が『分かった』だ！」

ことさら強く、大きな怒号が響いた。

一瞬、自分の心の声が口を突いて出たのかと思ったが、それを言ったのは自分ではなく、他でもない女将そのひとであった。

「あんたのせいだよ。全部、あんたのせいだ。あんたが、私を鬼にしたんだ」

あんたのせいだ、と何度も繰り返し、女将は父の着物を握り締めたまま、ずるずるとその場に崩れ落ちた。

泣き止まない充と、嗚咽《おえつ》する女将。おろおろするばかりの父。そして、遠巻きに様子を窺う、怯《おび》えた顔の奉公人達。

羽緑は深く嘆息した。

かつて傷めた左目の奥が、これまで耐え忍んできた羽緑をあざ笑うかのように、じくじくと痛んでいた。


それ以来、羽緑は充と接触しないよう、以前にも増して気を遣って過ごすようになった。

女将は相変わらずだ。

充自身には何のわだかまりもない分、余計にいたたまれなかった。

今更蒸し返しても良いことはないので、出来る限り今まで通りにしようとしていたが、それにしたって限度がある。じわじわと雨漏りの水が甕《かめ》に溜まっていくように、いつ限界を迎えてもおかしくはない緊張感が募っていくのを感じていた。

このままの状態は、きっと長くは続かないだろうという予感があった。そして案の定、その日はいくらもせずにやってきたのだった。

裏庭の事件から半月が経った頃、羽緑は富原屋の奥の客間に呼び出された。

普段、特別な上客をもてなし、高級な反物を広げるための畳の部屋である。茶でも言いつけられるのだろうかと訝《いぶか》しく思いながら出向けば、そこには白い法衣をまとった神官が待ち構えていた。

「ご挨拶なさい、羽緑。こちらは、金雀寺《こんじゃくじ》の桂隗《けいかい》さまだ」

「おお、君が羽緑か」

妙に親し気に話しかけてきた神官は、老人というほどの年ではないが、父よりは年上のように見えた。

笑い皺《じわ》が刻まれているあたり、優しそうだと言えなくもないのだが、頬から顎にかけての肌が妙につるりとしていて、茹《ゆ》でた卵のようである。

「以前は谷間にいたのだと聞いたよ。大変な苦労をしたのだねえ」

訳知り顔で同情され、羽緑は瞬間的に「こいつ、大したことねえな」と思った。

お偉い神官さまとのことだが、内面は奉公人達とそう変わりない。

てめえ、谷間の何を知ってんだよ。少なくとも姐さん方は、ここにいる奴らよりずっと俺を大切にしてくれたぞ。

内心で悪態をつきながら、それを表に出すことはしない。

この三年、客商売で叩き込まれた丁寧な所作で、「恐れ入ります」と頭を下げる。

そんな羽緑を見て桂隗は満足そうに頷き、父に向かって微笑《ほほえ》んでみせた。父も頷き返し、急なんだがね、と羽緑に向き直る。

「お前には、お寺さんに行ってもらうのがいいんじゃないかと思ってね。どうだろうか」

どうだろうか、と言われても、何が何やら分からない。

「ほら、うちには、充がいるだろう。このままここにいたって、お前は跡取りにはなれないし、でも、お前は賢いからね。うちにいたままじゃあ、宝の持ち腐れというものだ。私は、お前のことを思って言っているんだよ。その、このままじゃ、勿体ないと思ってね……」

――勿体ないって、あんたが俺をここに連れて来たんだろうがよ。

そう思い、目を合わそうとしない父をまじまじと見つめる。

寺には通常、身寄りのない子が送られるものだと羽緑は理解していた。

もとより自分の父親だという実感も乏しいままのひとだったが、こうして自分を寺にやろうとするあたり、女将に色々言われているうちに、本当に自分と血のつながりがあるか自信がなくなってきたのかもしれない。

父親からもいよいよ見捨てられたのだということを、羽緑は落胆を覚えぬまま、しかし冷静に受け入れたのだった。

無言になった羽緑に補足が必要だと思ったのか、桂隗が説明を加える。

曰《いわ》く、彼の修行先である金雀寺は、中央山の山腹に構える大神寺《しんじ》であるという。そこに行って桂隗に師事し、文字の読み書きを学び、経典を読み解き、祝詞《のりと》を覚え、勤行《ごんぎょう》に励めば、いずれ神官になる道が開ける、と。

「俺が神官になれるんですか？」

てっきり、下男をさせられるものと思っていたが、ここにきて話が変わって来た。

思わず身を乗り出すと、桂隗はにこやかに「もちろんだとも」と頷いた。

「聞けば君、たいそう勉強熱心だそうじゃないか。神官は学ぶべきことが山のようにあるし、向いているのではないかな。山内で、君の身分で学問を修めようと思ったら、神官になるのが一番だ」

確かに、それはそうだろう。

このままずっと富原屋にいても好きに学ぶことは出来ないし、独り立ち出来るまでに何年かかるか分かったものではない。

「多くを学び、修行に励み、山神さまにお仕えした分だけ、尊敬を集める。ただし、妻を娶《めと》ることは出来ないが――」

「それは、別にいいです。ろくなことになりゃしねえ」

つい吐き捨てると、桂隗は苦笑し、父は居心地が悪そうに身じろぎした。

これは好機かもしれないという思いが、じわじわと湧いて来た。

曲りなりにも商家で三年近く働いて、谷間の出身者がどういった目で見られているかは骨身に沁《し》みて理解した。それをふざけていると思う一方で、この肌感覚を持った連中がこの世の大半を占めているということを、受け入れざるを得なかったのだ。

自分の生まれは変えられない。だからと言って、理不尽な扱いを甘んじて受け入れるつもりはさらさらなかった。

「俺、お寺に行きます」

はっきり言うと、父はほっと安堵の息を吐き、桂隗は満足そうに頷いたのだった。


谷間から富原屋にやって来た時とは異なり、実際に金雀寺に向かうまでは少しばかりの猶予があった。ただ寺へやられる孤児とは異なり、神官見習いの立場となるためには、ある程度の支度が必要らしい。

なんでも、神寺へ多額の寄進をし、神官見習いとして生活していくだけの品を、全て家のほうで用意しなければならないのだと言う。

罪悪感があるのか、父は支度のための金子《きんす》を惜しまなかった。女将が黙っていないだろうと覚悟していたのだが、意外にも、彼女はそれに関して文句を言ってこなかった。

「そこまでは面倒を見てやろう。ただし、これっきりだ。その後のことは、一切知らないからね」

低い声で告げられ、なるほど、そこが彼女の線引きなのかと納得した。

奉公人の中には別れの挨拶をしてくる者、行く末を案ずる言葉をかけてくる者がいないわけではなかったが、これで女将が落ち着くであろうことに全員が安堵しているのは間違いなかった。

やはり、ここは最初から羽緑の居場所ではなかったのだろう。

では神寺こそが自分のあるべき場所なのかと言うと、正直なところ、羽緑は全くぴんと来ていなかった。もともと、信仰心というものが欠片《かけら》も存在していなかったからだ。

谷間にいた頃、女郎宿で一番熱心に山神に祈っていた女は、若くして病で死んでしまった。その遺体を焼く際、お婆は、彼女が大切にしていた小さな神像もぽいっと火の中に放り投げてしまったのだ。それを見て罰が当たると驚く周囲に、彼女は「昔から神に祈ったことはないが、それで不足を感じたことはないね」とけろりと言ってのけた。そして実際、羽緑の知る限り、女郎宿において一番体が丈夫で元気なのはお婆なのだった。

以来、神に縋るのは一切止めた。単なる時間の無駄である。

そんな自分が神官を目指すというのも皮肉であったが、少なくとも今の状況では、それが一番都合がいいのは確かだ。

やがて、支度が整った。

生活の品は先に寺へと送られ、羽緑は何も持たないまま父によって、金雀寺へと連れて来られたのだった。

「よく来てくれたねえ」

出迎えてくれた桂隗は相変わらずにこやかだったが、そこにいたのは一人ではなかった。彼のすぐ後ろには、目に痛いような緋色《ひいろ》の水干《すいかん》を纏《まと》った少年が控えている。

——お稚児《ちご》さんだ。

神官の身の回りの世話をするという少年を、こんなに近くで見たのは初めてである。思わずまじまじと見てしまったが、それが不快だったのか、彼はまるで値踏みするかのような目で羽緑を見返し、ふんと鼻を鳴らした。

なんだアイツ。感じ悪《わり》ぃな。

そう思い、彼のことは無視して神官に向かってお辞儀をした。

「これから、よろしくお願いいたします」

今後、自分は桂隗を師と仰ぐことになる。

板間に手を突いて深く頭を下げると、うんうんと何度も頷かれた。

「流石《さすが》、富原屋さんで仕込まれただけのことはある。行儀がよろしくて結構、結構」

「桂隗さま。どうか倅《せがれ》を立派な神官さまにしてやって下さい」

「任されました。責任をもって、お引き受けいたします」

そこで、羽緑は父から桂隗へと正式に引き渡されたのだった。

「じゃあ、達者でな、羽緑」

別れ際、父は涙目でそう言った。

何かあれば自分を頼れとは、ついぞ言わなかった。

女将の言い分からして、これで自分とこの男の縁も切れるのだろう。

「どうも、お世話になりました」

その身勝手さにはさんざん振り回されたし、最後まで自分の父親であるという実感には乏しかったが、世話になったのは事実である。

他人行儀に頭を下げると、すまん、と父は呟《つぶや》いた。挙句、ぽろぽろと涙をこぼして去っていく後ろ姿を、羽緑は冷めた気持ちで見送ったのだった。

結局、この男はいつもこうして謝っては己の責任から逃げ続け、それで周囲を不幸にするのだろう。優しいだけでは人として不完全なのだということを、なんとも皮肉な形で学ばせてもらった気がした。

父の去っていった後、さて、と桂隗はこちらににじり寄ってきた。

「これで、私が正式に君の師になったわけだ」

「はあ」

「修行は辛いことも多いだろうが、よくよく励みなさいね」

妙に気安く言いながら手を取られそうになり、反射的に身を引いてしまった。

「おや、おや」

神官は「しょうがない」と言わんばかりに小さく笑っただけだったが、そのすぐ背後にいた稚児は不快そうにすっと目を細め、これ見よがしに神官へと擦《す》り寄ったのだった。

思わず「あっ」と声が出た。

――今まであちこちに散らばっていた点と点が、稲光が走るようにひとつにつながった瞬間であった。

「どうしたんだね？」

神官から問われるも、声が出ない。

しまった、と思った。

急いで何でもないと誤魔化《ごまか》したが、その足で向かった坊において、富原屋から届いた品を改め、予感は確信へと変わる。

羽緑のために用意されていた衣は、全て、色鮮やかな水干であったのだ。

「あの神官、お稚児がいなくて湖《うみ》に行くのだろう」とは、城下町ではよく聞いた言葉である。

中央城下の湖沿いには、芝居小屋が連なる一角がある。その奥では、役者見習いの男子が色子《いろこ》として売り出されていた。

役者を目指す少年達が、名を売るため、女郎のように体を売っているのだ。

中央城下で暮らすうちに、羽緑は色子買いというものの存在を知り、かつて兄分が何をさせられていたのかも想像がつくようになっていた。

城下町において、色子は決して奇異なものではない。

中央花街の遊女以上に身近な存在であり、そこから役者として名の上がっていく者がいることも踏まえ、もてはやされている節すらあった。そういった意味では、逃げて来た兄分を詰《なじ》った女郎達の感覚は、おおむね正しかったと言えるだろう。

――で、あるがゆえに、あの兄分にとってはどこにも逃げ場がなく、さぞかし苦しかっただろうな、とも羽緑は思っていた。

兄分は、自ら望んで色子になったわけではない。美しく着飾り、色子としての矜持《きょうじ》を持って町を闊歩《かっぽ》する者もいるにはいるが、なんとなく、きっと兄分はああはなれなかっただろうという気がしていた。

富原屋の使いで近くを通る度に、恐る恐る芝居小屋を覗き込んだが、とうとう兄分は見つからなかった。

羽緑にとって、どれだけ格好良い役者を目にしても、最初に思い出されるのはあの兄分の引きずられていく姿である。色子や湖の話題になると何とも気持ちが塞《ふさ》いで、つい避けがちになっていたのだが、それが良くなかった。

お稚児のいない神官が、湖に行く。

この言葉の意味を、羽緑は全く履き違えていた。

自分に仕える者が傍にいる時は恰好を付けている神官が、一人になったら羽目を外す。

わざわざ衣を替えてまで芝居を見に行く。そういう俗っぽさを揶揄《やゆ》する言葉だとばかり思っていた。

だが違った。

芝居を見に行っていたのではない。神官は、色子を買いに行っていたのだ。

神官には、お家騒動を避けるために出家をした者も多い。山神さまの教えと相まって、女犯《にょぼん》は神官にとって最もあってはならない罪であるとされている。

だから、神官は色子買いをして――稚児がいるということか！

あまりに気付くのが遅過ぎたが、ここに来てようやく、羽緑はあの奇妙なほのめかしの正体に思い至ったのである。

すなわち、「神官見習い」と「お稚児さん」は同じものであり、「神官の身の回りの世話」というのが、具体的に何を指すのかを悟ったのだ。

水干を前に頭を抱えていると、つと、鋭い声がかかった。

「貴様、さっきの態度は何だ！」

振り返れば、そこには先ほどの稚児が立っていた。

「あんた――」

「あんたではない。私の名は露若《つゆわか》だ。露若さまと呼びなさい」

露若は居丈高《いたけだか》に言い、あからさまにこちらを睥睨《へいげい》する。

「申し開きを聞こう」

「申し開き？」

「とぼけるな。桂隗さまのお手を払ったであろう」

「払ったってほどじゃねえです。ただ――」

「言い訳をするな！　いいか、桂隗さまは貴様にとって、全てを与えて下さった大恩人なのだぞ。生意気な真似は一切するな。お前にそんな権はないのだ」

思わず閉口した羽緑に、露若はふんと鼻を鳴らす。

「私は、桂隗さまよりお前の指導係を仰せつかった。私の言うことには、全て従え」

きんきん声の露若に、早くも羽緑はうんざりした。

女将から逃れてやっと一息つけたと思ったのに、またもやこれか。

そうして始まった金雀寺の生活は、富原屋とはまた違った苦痛に塗《まみ》れていた。

何より辟易《へきえき》したのは、露若から教えられた稚児の心得が多岐にわたり、馬鹿馬鹿しい決まりが数えきれないほどにあったことだ。

特別な理由もなく他の神官の坊を訪ねてはいけない。

暑くても衣服は崩さず、香を焚《た》きしめ、爪にやすりをかけておかなければならない。

鏡、懐紙、楊枝《ようじ》は常に懐に入れておき、何一つ切らしてはならない。

立ち居振る舞いは優雅でなければならず、歩く時に足音を立ててはならない。

笑う時は袖で口もとを隠し、声を上げてはいけない。

古典、経典の内容も覚えさせられたが、それ以上に笛や歌舞、茶の供し方、花の活け方、香の聞き方などの芸事を教えられる時間のほうがはるかに長い。

ここに至り羽緑は、これは遊女の仕込みと同じだと思い至った。

谷間の中で最も大きな置屋では、中央花街に行く可能性のある見目のいい少女が集められ、同じようなことをさせられていた。そこに連れて行かれた姉分と出先で会い、さんざん泣き言を聞かされたのだから間違いない。

挙句、化粧までさせられそうになり、羽緑は我慢ならなくなった。

「どうして神官になるのに化粧が必要なんだよ！」

堪りかねて逃げてきた寺の裏手には、庭掃除をする寺男がいた。つい愚痴を漏らすと、彼は箒《ほうき》を片手に「諦めな」と羽緑に言って聞かせた。

「露若も、昔はお前さんみたいだったよ。よくここいらで泣いてたもんだ」

それでもああならざるを得なかったんだから可哀想なもんだ、と内容の割にそっけなく言う。

この寺で生活するうちに分かってきたことだが、同じ稚児でも、身分によって待遇は大きく異なるようだった。

大貴族出身で、単に行儀見習いとして来ている場合、神官のお手付きになることはまずない。しかし、貧しい中下級貴族や商家の出身者は、ほとんど身売り同然の形で稚児になった場合が多く、そうなると世話になっている神官の求めに応じないわけにはいかないようだった。

そしてなんとも俗っぽいことに、神官達は、自分の稚児の出来を競い合っているのだった。

見目が良く、賢く、芸事が得意な少年を求めて、地方の貧しい子を買い取る場合もあるというのだから呆れたものである。

ただ、稚児を抱えられる神官はある程度裕福で、位も高い。稚児に抱えた分だけ責任も伴うから、元服した後はそこそこ良い働き先を紹介されるのだという。

寺男は掃除の手を止めて言う。

「露若は中級貴族の出身でさ、見目も頭の出来も良いから、桂隗さまにはことさら気に入られてんのさ。最初は泣いてばかりだったが、元服したら大貴族の御家に紹介してもらえるかもってんで、今じゃああして頑張っている。お前さんを見ていると昔の自分を見てるみたいで、ついきつくなるんじゃないかね」

だが、羽緑には露若の身の上などより、もっと気になることがあった。

「俺、家に支度金を持たされて神官見習いになったんだ。あんたの話を聞くに、最初っから神官にさせるつもりで稚児に出された奴ってあんまいねえんだろ。そういう場合でも、神官の相手はしなきゃならねえもんなのか」

それを聞いた寺男は、「そりゃ確かに珍しいな」と目を瞬いた。

「実家が太いなら、話は変わってくる」

本当かと喜びかけて、しかし自分の立場がそう単純ではないことを思い出す。

「でも俺、もう帰って来るなと言われてるんだ。多分、これ以上の寄進もないと思う。家の連中からすれば、金で厄介払いをしたようなもんなんだけど、それでも平気かな」

「そいじゃあ、何も分からねえな」

あっさりと言を翻《ひるがえ》し、寺男は箒の柄の先に顎を載せた。

「まあ、桂隗さまだけが相手なら、あっちにも体面つうもんがあるからよ、無理強いは出来ねえはずだ。問題なのは、周囲のほうだな」

明確な後ろ盾がないのに大貴族の子弟と同様の待遇を求めるのは、間違いなく不遜《ふそん》に思われる。妬《ねた》みと恨みを買うのは確実だろうよ、などと言う。

「反抗的な態度をとっていれば、目を付けられるのは当然さね」

「でも俺、嫌なものは嫌だ」

「なら勝手にしな」

呆れたように言って、寺男は再び掃除へと戻って行ったのだった。


とにかく、この一件で希望が見えた。

神官も、どうやら見境なしに稚児に手を出しているわけではないらしいと分かっただけでも収穫である。

食事の支度や掃除、お勤めや手習いは手を抜かずにこなすが、性的な香りが少しでもする接触は徹底して避け、むこうから意図して匂わせられれば、嫌だときっぱり意思表示をすることにした。

実際、そうすれば桂隗は苦笑するだけで、それ以上求めては来なかった。

時期も良かったのだろう。

現在はもっぱら露若がお相手を務めており、彼が元服した後を見据え、やや年少である羽緑を受け入れたというのが真相のようであった。

先々を考えると頭が痛いが、どれだけ居心地が悪くなろうが、見習いである間だけ耐え切ればいいのだ。神官になるまで逃げ切ればこちらの勝ちである。

そう考えていたのだが、あの寺男が言ったように、やはり問題は当事者ではなく周囲のほうにあるようだった。

「お前ときたら、大恩ある方に対し、なんと無礼な態度を取るのだ！」

意地もあるのか、桂隗が大して気にした風を見せなかった一方で、露若が先に痺《しび》れを切らしたのだった。

人気《ひとけ》のない物陰に呼び出され、立場を弁えよと怒鳴る彼を、しかし羽緑は正面から睨み返した。

「大恩があるから、一緒に寝るのも平気だって言うんですか」

「その通りだ」

「じゃあ、あんたみたいに、そう思える奴が進んで相手をして下さい。俺はどれだけ恩を受けようがまっぴら御免なんで。神官になった後、自分に出来る形で恩を返しゃあ、それでいいでしょう」

これに、露若は顔を真っ赤にした。

多分、彼だって本当は神官と寝るのが嫌だったのだ。大恩があって優しいから、そういうことも平気だというのは嘘だ。自分が我慢したのだから羽緑にも同じ目に遭ってもらわねばならぬと考えているのならば、全く道理が通らない。

まっとうな精神の者は、自分が嫌だったことを他の者にはさせまいと思うはずなのだ。そういう部分が透けて見える時点で、こいつの言うことを聞く義理はないと羽緑は思っていた。

「下賤《げせん》な生まれのくせに……！」

知っているんだぞ、お前が谷間の女郎の子ってことは、と露若は毒突く。

はん、と羽緑は鼻で笑った。

桂隗にすり寄る露若は、飼われることに慣れきって二度と捨てられまいと必死な猫のようだった。色子になりきれなかった兄分も、この状況に順応しきった露若も、羽緑には同じように思えてならない。

「いくら生まれが上等だろうが、俺は、あんたみたいにはなりたくないね」

そのまま黙ってしまった露若の目は屈辱に燃えるようだったが、羽緑はそれを怖いとは思わなかった。

没落貴族の次男坊、三男坊なら言われるがままになっていたかもしれないが、こちとら下世話な谷間の連中に揉まれて育ち、女将さんから心身共に虐められながら三年も耐えた身なのである。

今更、お稚児さんのお上品な嫌味の十や二十、痛くも痒《かゆ》くもなかったのだが、次第にそれだけでは済まなくなってきた。

「威勢が良いのは大変結構だが、周囲の者とうまくやっていくことも必要だぞ」

他の神官からそう言われれば、流石に閉口もする。

羽緑は、桂隗には意識して敬意を示し、出来る限り礼儀正しく、従順にしていたつもりである。ただ触られるのを拒んでいるだけでどうしてそのように言われなければならないのかが分からなかった。

あえて反論もしなかったのだが、そのように思っていたのが顔に出ていたのだろう。

隣にいた桂隗のほうが羽緑よりもよほど恐縮し、「自分の力が及ばず申し訳ない」などと言って謝ったのだった。

その時は分からなかったが、あの苦言は、少なくとも現実に即したものではあった。

何せこの神官の言う「周囲の者」というのは、羽緑が想定していたよりも、もっとずっと多かったのだ。

その夜、桂隗は貴族の法要に駆り出され、金雀寺を留守にしていた。

いつも通り、隣の露若を無視して床についた羽緑は、しかし深夜になって急に目を覚ました。

一瞬、何が起こっているのか分からなかった。

息苦しく、声が出ない。

就寝した際に燈台《とうだい》の火は消したはずだが、室内がぼんやりと明るい。

誰かが——自分の上に乗っている？

「大人しくしろ」

その低く押し殺した声に、何が起こっているのかをようやく理解した。

誰かの持った手燭《てしょく》の光の中、自分の口を押さえて怖い顔をする露若と、その背後に数人の人影を見た。

よくよく目を凝《こ》らせば、いずれも知った顔——他の神官に仕える、稚児達だ。

せせら笑ったり、睨んでいたり、どの顔に浮かぶ表情も友好的とはとても言えない。

そのうちの誰かの手が、自分の足首を摑んでいるのを感触で知った。

「馬鹿にしやがって。全部、お前の自業自得なんだからな……！」

自分の腹の上に乗り、こちらの口を押さえる露若が憎々し気に言ったのをぽかんと聞いて、一拍。

羽緑の全身に、猛烈な怒りが駆け巡った。

——なんちゅう、つまらん連中だ。

この状況でも恐怖は感じなかった。

一切の躊躇《ためら》いなく、自分の口を押さえる手に嚙みつく。バキリと小気味のよい音と共に口中いっぱいに鉄の味が広がり、絶叫が迸《ほとばし》った。

弾《はじ》かれたように目の前の露若が離れて行き、体が軽くなる。

「うわっ」

「何だ」

慌てふためく声を無視して、羽緑は容赦なく踵《かかと》を突き出した。自分の足を摑んでいた者の柔らかな腹を蹴り飛ばせば、そいつの体が吹き飛んで、大きな音を立てて襖《ふすま》へとぶつかる。

自由になった羽緑は、勢いを付けて布団の上に立ち上がった。

ああああ、ああああ、と声にならない悲鳴を上げて、露若は自分の手を抱え込んでいる。呆気に取られて立ち竦む稚児らの前で、羽緑は口に含んだものを吐き出した。震える露若の背にぶつかり、寝間着に赤黒いシミを付け、てんてんと板の間に転がっていくもの。

それは、嚙み千切られた指であった。

ひいっと悲鳴を上げて指から飛びのいた者らをぎろりと睨み、羽緑は乱暴に口元を拭う。

「てめえら、覚悟は出来てんだろうな」

——その直後に上がった悲鳴は、金雀寺の隅々にまで響き渡ったのだった。

結果として、羽緑に狼藉《ろうぜき》を働かんとした四人の稚児は、全員無傷では済まなかった。騒ぎを聞きつけた神官らが慌てて止めに入るまで、羽緑が存分に暴れまわったためである。ほうほうの体《てい》の稚児らは歯を欠き、腕を折り、鼻を潰されと、いずれも散々な有様であった。

全てが終わった朝になって戻って来た桂隗は、昨夜の大乱闘を聞いて仰天した。どう考えてもやり過ぎだ、謝りなさいと怒鳴りつけられた羽緑はしかし、その態度に再びカッとなった。

「馬鹿を言うな。先に俺を傷つけようとしやがったのはあいつらのほうだぞ！　どうして、俺を傷つけようとした奴に、俺が容赦してやらなきゃならねえんだ」

桂隗は、苦虫を百匹は嚙み潰したかのような顔つきになった。

「確かに彼らの行いは愚かではあるが、彼らをそこまで追い込んだのはそなたのほうだ！　そなたが不遜な態度であり続けたから、彼らはああならざるを得なかったのだ」

それを聞いた羽緑は、ハハハ、とわざとらしく笑ってやった。

「てめえに媚びなかったら、痛い目に遭っても当然だって言うのか？　俺は神官見習いとして、師としてのあんたには十分礼を尽くしたはずだぞ。それを無視してふざけたことを言いやがる」

桂隗は腐ったものでも嗅《か》いでしまったかのように鼻に皺を寄せた。

「羽緑よ。私は、何よりそなたのためを思っているのだぞ……。そなたが怪我をさせた者らは、いずれも宮烏《みやがらす》の子弟だ。このままではただでは済まされまい」

「だから、手っ取り早く俺に謝れってのか？　道理はどこにいったんだ。天に山神の眼ありと説く神官さまともあろう者が、笑わせやがる！」

おためごかしに稚児を飼う神官達が、羽緑はずっと嫌いだった。

しおらしく振舞ったほうが後々得になると分かってはいても、そうする自分を想像すると虫唾《むしず》が走る。少なくとも、自分なりに殊勝に尽くした結果、こんなことになっているのだ。

これ以上は自分には無理だし、ここでこいつに泣き縋るくらいなら、罰を受けたほうがはるかにましだと思った。

「俺は絶対に謝らねえぞ」

猛々しく吠える羽緑に、桂隗は力なく天を仰いだ。

「駄目だ。話がまるで通じない……」

到底自分の手には負えないと、彼は早々に匙《さじ》を投げた。

「やはり、谷間育ちなど引き取るべきではなかった」

去り際、ぽつりと呟かれたそれに羽緑が反駁《はんばく》する前に、扉は無情にも閉められてしまった。

神官が出て行ってから、羽緑の幽閉された室を訪ねて来る者はぱたりと途絶えた。沙汰《さた》を待てと言われたが、反省するまでそこで頭を冷やしていろ、ということらしい。神官達は羽緑が泣いて詫びを入れてくるものと思っていたようだが、羽緑は一切そうするつもりがなかった。

これで食事や水でも断たれていれば少しは考えたかもしれないが、放置されるだけなら特に問題はない。見張りこそついてくるが、手水《ちょうず》にも行けるのだ。

今更詫びを入れたところで大きく沙汰が変わるとも思えないし、せいぜい意地を張ってやろうと心に決めたのだった。

——しかしまあ、これからどうなるものやら。

板の間に大の字になって、天井の木目を数えながら暇に飽《あ》かせてこの先のことを考える。

どうなっても構うものかとは思えども、それはそれとして先のことは気にはなる。

連絡がいったところで、富原屋の面々は自分を庇《かば》いはしないだろう。何せ、怒らせた相手は貴族なのだ。心情的に敵に回したくないだろうことは考えるまでもないが、商売に影が差すような真似をするはずがない。

となれば、酌量《しゃくりょう》なく罰を受ける羽目になるのは間違いなかった。

流石に殺されたり、馬にされたりはしないだろうが、ではどういった罰が適当とされるのかと考えてもまるで見当がつかない。

あの稚児どもと同じだけの目に遭わされて放逐《ほうちく》されるかもと思い、いっそ追い出してもらうのが一番ありがたいなと思い直した。

——そうしたら、その足で谷間に帰ろう。

少なくとも、谷間には道理があった。

全く無力な子どもであった以前と違って、今の自分なら多少の力仕事は出来るし、文字も読める。親分衆にとっても無価値ではないはずだ。

事情を説明し、身を粉にして働くと約束したらこの身を引き受けてもらえないだろうか。遠回りしたが、結局、女郎宿のミドリだった頃に漠然と考えていた未来になると思えば、少しばかり心が躍る。

だが、寺奴《やっこ》にでもされたらそれも難しくなってしまう。

寺奴は、下男である寺男よりも身分が低く、さらに扱いが悪い。一応は妻帯も許される寺男とは違い、ほとんど馬同然の労働力とされる、神寺の財産なのである。もし逃げたとしても、そう簡単に見逃してはもらえないだろうし、仮に谷間まで逃げられたとしても、面倒事になるのは間違いない。

多少の折檻は受けてもいいから、このまま自由にしてくれねえかな。

そのようなことをつらつら考えているうちに、早くも四日が経った。

罰を与えるなり放り出すなり、何でもいいからさっさとして欲しいものである。

いいかげんぼうっとしているのにも飽き飽きして、足が萎《な》えないように部屋の中で体を動かしていると、ようやく呼び出しがかかった。

てっきり、着の身着のままで引き出されるものと思っていたのだが、予想に反して風呂に入らされ、衣服も綺麗なものに改めさせられる。

「なんでわざわざこんなことを？　俺、どうなるんだ」

見張りの寺男に訊いても、さあな、と適当に言われるばかりだ。

「俺らが知るわけないだろう。だが、お前さんに会いに来ている者がいるようだぞ」

それを聞いて、どきりとした。

――まさか父か？

あり得ないと思ったが、他に思い当たる人物はいない。

そわそわしながら連れて行かれた先は、貴人の応対に使う部屋であった。開かれた先で自分を待ち構えていた者を見て、拍子抜けする。

やはりと言うべきか、意外と言うべきか、そこにいたのは父ではなかった。

立派な風采《ふうさい》の、富原屋にいた時でさえ見たことのないような見事な装束を纏った宮烏だ。

顔立ちはいかめしく、目つきが鷹《たか》のように鋭い。

これまで見たことのある宮烏は、いずれもなよなよとした印象の者ばかりだったが、この男は背が高く、肩幅もがっしりとしている。

もしや、自分が叩きのめした連中の親だろうか？

宮鳥と相対して座っているのは桂隗ではなく、金雀寺の院主であった。羽緑よりも、彼のほうがよほど緊張している様子なのが少々気になった。

「羽緑。ご挨拶をなさい。こちらは南橘家《みなみたちばなけ》が当主、安近《やすちか》さまであらせられる」

そう言われてもいまいちぴんと来なかったが、院主の態度から察するに、相当偉いお貴族さまなのだろう。

羽緑はさっと袖を払い、その場に腰を下ろす。

中央城下で仕込まれた町人風のお辞儀ではなく、こちらに来てから教わった形で完璧に礼をして見せた。

「南橘家の安近さまにご挨拶申し上げます。羽緑にございます」

これまでであれば「金雀寺が神官桂隗預かりの」などという肩書がつくのだが、今は自分がどういう扱いになっているのか知らないし、自分からそれを名乗るのは業腹《ごうはら》だったので、あえて飛ばしてやった。

顔を上げると、真正面から安近と目が合う。

鋭い眼差しにも怯《ひる》まずにいると、じっとこちらを見つめていた宮鳥は、やがて「うむ」と頷いた。

「物怖じせんな」

生意気だと思われたのか、気に入られたのかは分からない。羽緑は、ただ「はあ」と曖昧に返事をした。

「なんでも、他の稚児をこてんぱんにしたとか」

「悪いのはあちらでございます！」

院主が嘴《くちばし》を挟む前に言いきると、安近はかすかに笑った。

「なるほど。強情でもあるようだ」

院主は、はらはらした面持ちで手を上げ下げしているが、安近はこれを完全に無視した。

「そのせいで居場所を失くしたな。寺では、もう面倒を見切れないそうだ」

安近はこちらの反応を窺うようにしたが、羽緑は黙ったまま話の続きを待った。

「あまりに気性が荒過ぎるとな。勉学にはことさら熱心であるのに、それを上回って強情なので、ほとほと弱っている――と、聞いている」

「確かに私は強情かもしれませんが、我儘《わがまま》を言ったつもりはありません。やるべきことはきちんとしました。ただ、神官の慰み者になるのが嫌だっただけです」

「そのせいで、寺奴にされても構わないと？」

一瞬、返答に詰まる。

――それは考えていた中で、最も望ましくない道であった。

「俺はただ、誰にも傷つけられたり、馬鹿にされたりせずに生きて行きたいだけなのに……」

それがそんなに贅沢なことなのかと、思わず本音がこぼれる。

安近は先ほどまでの威勢を欠いた羽緑を見返し、口を開いた。

「貴族の身分を得れば、誰もそなたを傷つけたり、馬鹿にしたり出来なくなるぞ」

「は？」

言われている意味が分からなかった。

「いくらなりたいって思っても、貴族になんてなれるもんじゃないでしょう？」

「道はある。山内衆《やまうちしゅう》になるのだ」

今度こそ、羽緑は唖然《あぜん》として口を開けた。

中央城下の絵草子屋や、富原屋の本の中で、その姿は何度も見たことがある。

「山内衆……」

「知らないのか？　勁草院《けいそういん》の峰入《みねい》り資格に生まれは関係ない。無事に卒院すれば、一代限りではあるが貴族の身分も手に入る。もちろん、頭がいいだけでは駄目だ。戦うことへの躊躇いのなさが必要となるが」

君はそのどちらも満たしているなと言って安近は声を殺して笑った。

「何せ、稚児の指を噛み千切るくらいだ」

「でも俺、刀なんて握ったことねえです」

「なら、これから学べばよい。師は付けてやる」

「――どうしてそんなことを？」

「そなたのような優秀な若者が寺奴にされるのはなんとも忍びない。そなたが誉れ高き宗家《そうけ》の近衛《このえ》になってくれれば、後押しした者としてもこれほどの名誉はないのだ。有望な者に目をかけるのが、そんなにおかしいかね」

「おかしかねえけど、それだけじゃねえでしょう」

これ、と院主は窘《たしな》めるように声を上げたが、それで黙りはしなかった。

今までの経験から、うまい話には絶対に裏があることを羽緑は知っている。

そして今の自分には、それを確かめられるだけの口があるのだ。勢いのままうまい話に飛びついて、後悔するような失敗を繰り返すわけにはいかなかった。

「南橘家って、偉いお貴族さまなんでしょう？　あんたに縋って、山内衆になりたいっていう奴は山のようにいるはずだ。どうしてわざわざ、問題を起こして、身元も不確かで他に行き場もねえ俺なんかに声をかけるんです」

無礼なのは百も承知だ。だが、気に入られようと振舞ったところで、遅かれ早かれ化けの皮は剝《は》がれるのだ。どう思われたって構うものかと思った。

「ただ恩に着ろってんなら、俺には無理です。何か覚悟することがあるなら、今のうちに教えて下さい」

院主は青い顔をしている。

挑みかかるような眼差しを向けると、安近はそれまで浮かべていた笑みをすっと消した。

「――私の息子が、勁草院にいる」

それは、先ほどまでの猫撫で声とは明らかに違う、どうにも低い声だった。

「これが中々に難しい奴でな。奴を見張りつつ、側仕えを務められる者が欲しい」

側仕えというのはともかくとして、見張りというのはどういうことか。

羽緑の怪訝な表情を汲み取ってか、こちらが尋ねる前に安近は説明を加えた。

「以前にも息子には取り巻きがいた。だが、これまでに仕えていた連中は全員逃亡してしまったのだ」

「逃亡？」

「言っただろう、難しい奴だと」

だからこそ、根性があり、息子にも負けない強い者が欲しいのだと重々しく続ける。

「流石に、南橘家の子息に供の一人もいないというのは頂けない。寺では手に負えないと言われたそなたの気性が、息子のもとでは長所に化けるであろう。耐え切れば山内衆として、貴族の身分が手に入る」

「勁草院に通わせて頂く代わりに、あなたの息子に仕えればいいってことですか？」

「息子に仕える形で、私に仕えるということだ。その代わり、私が後ろ盾になって援助を行う。他の貴族からもそなたを守ってやれる」

「他の貴族……」

思わず繰り返すと、分かっていないな、と安近は皮肉っぽく口元を歪めた。

「このままだと、お前が大怪我をさせた稚児の家が報復しに来るだろうよ」

「えっ」

「後ろ盾のない平民一羽に面目を潰されてのうのうと生かしておくほど、宮烏の矜持は安くはないぞ」

息を呑んだ羽緑を前にしても、安近は当たり前のことを説くように語り続ける。

「一度寺奴になれば、そなたは金雀寺の財産扱いとなる。だが、身分を弁えぬ下男も馬も、貴族にとっては扱いに困る存在だ。二束三文で売り払われた先が、そなたが痛めつけた連中の家ではないという確証がどこにある？　そこでそなたの身に何があったとしても、法的にはなんら問題はない」

——自分は、自覚していたよりもずっと死の淵に近い所に立っていたらしい。

それに気付いた瞬間、あの夜以来、ずっと頭に上っていた血がすうっと冷えていく心地がした。

谷間で起こった揉め事だったら、親分衆の裁定が絶対となる。私怨《しえん》で制裁を加えれば、さらにそれが懲罰の対象となるからだ。しかし貴族達は、自分達が気の済むままにそれを行うのだろう。そしてそれは、何の罪にも問われない。

「道理は」

思わず漏れた声は、我ながらあまりに情けなかった。

「道理は、どこにいったんだ……」

羽緑の嘆きに対する安近の返答は、あくまで淡々としていた。

「そなたの言う道理とは、ただの理想だろう。現実とは違う。そして、君が生きていかなければならないのは、この現実の世のほうだ。人として生きていきたいのならば、まずは現実を受け入れ、今ある秩序を尊ぶことを学びなさい」

安近の言う秩序とは、あくまで宮烏にとって都合の良い仕組みのことだろう。

下賤な者は理不尽も受け入れろというのかと叫びそうになって、しかし実際は何も言えなかった。

圧倒的な身分差を前にして、羽緑はあまりに無力だった。

「そなたが秩序を学ぶのならば、私はそなたを翼下《よくか》に受け入れよう。私ならば、そなたを守ってやれる。南橘家の息のかかった者に、手を出す貴族はいない。悪い話ではないと思うがね」

貴族は貴族に弱いということかと得心し、つくづく腐ってやがると思った。

「そなた、尊厳のある生を送りたいのではないのか？」

挑発するように返答を促され、一瞬、谷間から出た日、神官になることを決めた日の記憶が頭をよぎった。

ずきんと、左目の奥が鈍く痛む。

――また自分は同じことを繰り返すのだろうか。

でも、今の自分が理不尽を詰っても、ただの負け犬の遠吠えにしかならないのは明らかだ。弱い者、身分の低い者には、理不尽を詰り、道理を語る資格すらないのだ。それが許される立場になる日まで、本音は心の奥に秘め、たとえどんなに屈辱的であったとしても耐えきるしかない。そうしなければ、自分はいつまで経っても塵溜育ちの弱者のままだ。

羽緑は静かに覚悟を決めた。

「分かりました」

深く息を吐き、安近に向かって姿勢を正す。

「安近さまの翼下にてお守り頂けること、心より感謝申し上げます。この先、ご恩を常に忘れず、己《おの》が立場をよくよく胸に刻み、誠心誠意お仕えすることをお約束いたします」

よろしくお願いいたしますと従順に頭を下げた羽緑に対し、「期待している」と、安近はやっぱり当然の顔をして頷いたのだった。

羽緑の荷物は、既にまとめられていた。

価値のある物はなくなっているかもしれないと危惧していたが、思いがけず全て揃っていた。

あの父に感謝するわけではないが、物に罪はないのだ。与えられて以来、丁寧に使っていた書道具の一式を持って行けるのは素直に嬉しかった。

ただし、派手な色の水干は全て置いていくことにした。

もう自分は稚児ではないのだ。


安近は馬に乗って寺までやって来たらしく、供の者と並走する彼を追って、羽緑は鳥《ちょう》形《けい》に転身《てんしん》し南橘家の朝宅《ちょうたく》へと向かうことになった。

院主以外に見送りはなく、羽緑も金雀寺を振り返ったりはしなかった。

そうして辿り着いた南橘家の屋敷は、冗談のように大きかった。何も知らなければ寺かと見間違うような規模である。

連れて来られて早々、羽緑には新しい戸籍を与えられることになった。

「新しい名前が必要だな。何か希望はあるか」

流石に、大立ち回りで貴族出身の稚児の指を食い千切ったというのは悪名が過ぎる。余計な面倒を避けるためにも必要な措置であるという。

幸か不幸か、羽緑と呼ばれた時期に良い思い出は何もなく、執着も特に感じなかった。

「ミドリでは駄目でしょうか?」

全く違う名前にしてもいいと言われたが、どこかに母の名を残したかったのだ。正直なところ、自分はずっとミドリだと思ってもいる。

それを聞いた安近はなるほどなと頷いた。

「では、漢字だけ変えて翠《みどり》にしよう。両箇《りょうこ》の黄鸝《こうり》翠柳《すいりゅう》に鳴く、の翠だ」

外界の詩人が旅立ちに際し、これから後にする土地の美しさを詠んだ詩の一節だとすぐに分かった。

「新しい身で生きて行くのにはちょうどよかろう」

「有難く存じます」

そうして、羽緑は翠となった。

第四章　翠

南橘《みなみたちばな》家《け》の朝宅《ちょうたく》において、贅沢にも翠《みどり》は一人で使える一室が与えられた。

富原屋《とみはらや》は中央城下では大店《おおだな》に数えられたし、金雀寺《こんじゃくじ》も大神寺《しんじ》と謳《うた》われるだけあって、贅沢な暮らしぶりには慣れたと思っていたのだが、上には上があるものである。

装飾だけを見れば金雀寺のほうがきらきらしかったが、その整備のされ方が尋常ではない。翠の立ち入りの許された区画だけでも相当な広さだったのに、どこもかしこもぴかぴかであった。紅葉の鮮やかな庭は、落葉一枚の位置すら、専属の庭師によって決められているかのようだった。

食事は寺よりもはるかに豪華で、しかも下男がわざわざ部屋まで運んでくるのだ。衣服も落ち着いた色目の上等なものが用意されており、衣食住の全ての面倒を南橘家に見てもらう形になってしまった。

下にも置かぬ扱いに最初は困惑していたのだが、すぐに構っていられなくなった。それと言うのも、やって来た翌日には、早くも峰入《みねい》りを見据えた指導が始まったからである。

朝宅には、すでに山内《やまうち》において一流の師範が首を揃えていた。

優秀な指導係から指導を受けて分かったのは、翠は、やはり座学に関しては相当に適性があるということであった。最初は寺で学んだのが功を奏したのかと思っていたのだが、師には、物覚えの早さ以上に用兵術の解答がずば抜けていると驚かれた。

過去に教えた者の中でも一、二を争う出来だと言われれば単純に嬉しく、ますます学ぶことに熱心となっていった。

座学に関しては褒められた一方で、問題となったのが体術である。

何せ、竹刀《しない》も弓も手にするのは初めてなのに、半年後には生まれた時からそれらに囲まれて育ったというような連中と渡り合わねばならないのだ。

すぐに手の皮は剝《む》け、あちこち血だらけになってしまった。

厳しい指導を受けた直後は立っていられないほどで、毎度道場で膝を突く羽目になったが、理不尽な罵倒《ばとう》がない分、それにはいくらでも耐えられると思った。

そんな翠の横で、涼しい顔をしていたのが国近《くにちか》である。

もともと、ここに揃っていた師範達は、全て彼の教育のために集められた猛者《もさ》だという。

兄を追い落とす形で次期当主の座におさまった国近は、翠よりも二つ年下であったが、すでに翠よりも背が高かった。

見た目も内面も、年齢に見合わず随分と大人びた少年であり、大柄ではあるが野卑《やひ》な感じは一切ない。大貴族の風格とでもいうのだろうか。寺の稚児どもとは全く異なり、いつもどっしりと構え、大きく感情を動かすこともないように見えた。表情は薄く、父親と同様、何を考えているのかよく分からない節がある。

共に指導を受けることはあったが、所詮は主家と使用人の関係である。

親しく言葉を交わすような場面もなく、そのまま自分は峰入りするものと思っていたのだが、一度だけ、あちらから話しかけてきたことがあった。

その時、翠は自室として与えられた部屋において、教わった詩文を反古紙《ほごがみ》に書き写していた。

おおむね座学は得意であったものの、相変わらず、文字を書くことには難があった。昔、見様見真似で書いていた癖が残っており、どうしても美しい字が書けないのだ。

四苦八苦している翠を廊下から見咎《みとが》めた国近が、「書き順がおかしい」とわざわざ声をかけてきたのだ。

すわ嫌味かと思ったが、本人にそのつもりはないようであった。

躊躇《ためら》いなく翠の隣に来て筆を執ると、反古紙の空いた部分に、同じ一文を書きつけた。

筆運びには一切の迷いがなく、書かれた文字は手本と遜色なく美しい。

それだけで、幼い頃から叩き込まれた素養が透けて見えるというものだ。

こういうところで生まれ持ったものの差を感じるんだよなあとは思ったが、打ちひしがれるにはあまりに身の上が違い過ぎる。あちらは単なる好意でそうしたのだろうし、助かるのも確かだったので、翠は素直に礼を言った。

「ありがとうございます、若さま」

いや、と素っ気なく返し、国近は音もなく立ち上がった。

「峰入りの支度はどうだ」

「お館《やかた》さまより格別の御取り計らいを賜《たまわ》り、つつがなく進めております」

峰入りはともかくとして、翠の問題は、峰入り後に他の院生について行けるかどうかである。

自分の場合、南橘家の坊の側仕えのような役割も果たすことになるのだから、余裕があるとはとても言えない。落第となっては元も子もないのだ。なんとかして、質の良い指導係がいる今のうちに学べることは学んでおきたかった。

そう述べると、国近はわずかに眉根を寄せた。

「命を大事にすることだ」

「は？」

何を言われているのか理解出来ず、翠は目を瞬いた。

「殺すか、殺されるかならば、前者を選んだほうがよほど良い」

「若さま……？」

「兄上の身に何かあったとしても、父上も私も、お前を咎《とが》めはしないから。どこまで父上より聞いているかは知らないが、勁草院《けいそういん》には、そのように覚悟して向かえ。無事に戻って来さえすれば、後はいかようにもなるだろう」

まずは生きて帰れと、そう言い残し、国近は出て行ってしまった。

呆気に取られていた翠はその背中を見送った後、ゆっくりとその言葉の意味を咀嚼《そしゃく》し、顔をひきつらせた。

一体、勁草院で何が待っているというのだろう？

翠は自分が連れて来られる切っ掛けとなった肝心の長子について、詳しいことを何も知らなかった。勁草院の長期休暇期間にも帰ってこなかったし、南橘家に仕えるいかなる者も、彼については口を閉ざしたからだ。

箱入り連中が逃げ出したお役目も自分なら何とかなると思っていたのだが、彼らの反応にはどうにも不穏なものを感じた。

＊　　＊　　＊

勁草院は、少なくとも四百年前には創建されていたことが分かっている。

だが、外界の影響を受け、身分を問わず実力のある者を山内《やまうち》中から集める形になったのは、創建よりずっと後になってからのことらしい。

大貴族や地方有力者、あちこちに派遣された勁草院院士《いんし》からの推薦を得て受験し、試験に合格した十五歳から十七歳の男児に峰入りが認められる。

勁草院の在籍期間は三年だ。

山内衆《やまうちしゅう》となるためには、二つの進級試験と最終試験、合わせて三つの関門を潜り抜けなければならない。

その創建より、優秀な近衛《このえ》の理想として、「疾風《しっぷう》に勁草を知り、厳霜《げんそう》に貞木《ていぼく》を識《し》り、荒嵐《こうらん》に泰山《たいざん》を見る」という理念が掲げられている。

曰《いわ》く、強い風が吹いてこそ強い草が明らかになり、厳しい霜が降りた時にこそ強く真っ直ぐな木を知ることが出来、荒れた嵐があってこそ崩れない山が判る、と。

これにちなみ、勁草院における三回の試験を、それぞれ風試《ふうし》、霜試《そうし》、嵐試《らんし》と呼ぶのだ。

初学年の院生はまだ芽も出ていない荳《まめ》であるという意味を込めて荳兒《とうじ》と称され、学年末の風試を突破した者だけが草牙《そうが》の称号を得る。さらに一年後、草牙は霜試を乗り越えて貞木となり、卒院試験である嵐試に合格した者だけが、晴れて山内衆として認められるのである。

以前はもっと峰入りの選考も厳しかったそうだが、ここ数年は状況が変わり、大貴族の推薦が優先される傾向にあるのだという。

剣術師範から説明を受けた翠は、金雀寺の露若《つゆわか》を思い出した。ああいう、貴族というだけでは食っていけない連中が入って来ているのだろう。

背後に南橘家がついている時点で落ちることはまずないだろうと言われていたが、その前評判に違《たが》わず、翠もあっさりと峰入りが認められたのだった。

しかし翠にとっては、ここから先が正念場である。

三つの試験を通り、なんとしても貴族の身分を手に入れなければならない。そのためならば、理不尽も怒りも、自分の矜持《きょうじ》も、一旦全て忘れようと思った。

桜月《さくらづき》に入り、翠は最低限の身の回りの品と、確固たる決意と共に勁草院へと向かったのだった。

入峰《にゅうぶ》の儀の前日には与えられた宿舎に入り、先んじて同室となる草牙に挨拶をする慣例がある。

貞木になると一人部屋を与えられるが、荳兒、草牙は基本的に同室である。

一人の草牙につき二人の荳兒がつき、初年次は先輩にこき使われ、二年次は後輩を指導する立場になるのだ。と、なれば当然、翠の他にも、同室で路近《みちちか》に仕える同輩がいるということだ。

勁草院の表門において推薦状を検《あらた》められ、部屋割りを教えられた段階で落ち合った同室となる男は、翠とは違い、南家《なんけ》系列の下級貴族の出身であった。

この部屋割りは南橘家の介入によるものであり、あらかじめ同室となる者の身元は分かっていた。それを踏まえて翠が丁重に挨拶をすると、彼はあからさまにほっとした様子を見せた。

「何、同じ勁草院の院生になるのだ。そう硬くならずとも良い」

鷹揚《おうよう》を気取ってはいるが、その実、身分の低い翠を見下しているのは明らかだ。だがまあ、こんなものだろうという予想の範囲内ではあったので、不満は一切見せずに礼をした。ともかく、肝心の南橘家長子、路近と会わないことには何も始まらない。

二人は連れ立って、路近の待つ宿舎へと向かった。

そもそも、蔭位《おんい》の制《せい》を使える身分の者が勁草院に入ってくるという例は滅多になく、大貴族である路近が峰入りした時には大騒ぎになったと聞いている。先輩も同輩も南家系列出身の者が同室として配置され、わざわざ新しく大きな坊をあてがい、進級後も同じ坊を使い続けることが許されたらしい。

噂に違わず、路近の待つ坊は他の坊よりもはるかに大きく、外観からしてしつらえも見事であった。

貴人に仕える際の流儀に則《のっと》り、翠は扉の前の廊下に端座した上で、室内に向けて声をかけた。

「南橘家の路近草牙にお頼み申し上げます。同室に配属されました荳児が挨拶にまかり越しました。お目通りをお許し願えますでしょうか」

「入れ」

返って来た声は、声変わりを終えて既に低い。

失礼いたしますと声をかけて翠が戸を開けると、先に同輩が進み出てお辞儀をした。

「南麻畑《みなみあさはたけ》家が三男、幹晴《みきはる》にございます。これよりお世話になりますが、誠心誠意お仕えいたします。どうかよろしくお願いいたします」

「南橘家預かりの翠にございます。よろしくお願い申し上げます」

翠も幹晴より一歩下がった位置で頭を下げると、室内から衣擦《きぬず》れの音がした。

「顔を上げろ」

は、と答えて姿勢を戻すと、部屋の中央には、あぐらをかいてこちらを待ち構えていた路近の姿があった。

一目見て、正直なところ面食らった。

炎が、そのまま八咫烏《やたがらす》になったかのような男だと思った。

国近と体つきや顔かたちは似ているのに、まとう空気がまるで違う。うっすらと笑みをたたえる口元には酷薄《こくはく》さが滲《にじ》んでいる。年の割に大柄で、その瞳には武術をおさめたからというだけでは説明のつかない苛烈さがあった。こちらを見定めるように大きな目がぎろぎろと動く度に、庭石の光を反射して瞳が金色に見える。

それはまるで、逃げられぬ獲物を見定めた、とびきり大きくて残酷な野犬のようだった。

「最初に訊いておこう。お前達は、何のためにここに来た？」

唐突な質問に面食らう。

立場的に、先に答えるべきは幹晴のほうだ。

横目で窺《うかが》うと、彼は緊張したように唇を舐《な》めた。

「それはもちろん、路近さまにお仕えし、そのお役に立ちたいと思ったからです」

「ふむ。では、お前はどうだ？」

翠は幹晴と同様に答えようとして、しかしその目に射抜かれてハッとした。

何故かその瞬間、ここで建前を言っては駄目だ、と直感したのだ。

はっきりした根拠は何もない。だが、強いて言えば、長く敵意のある人々の間で暮らした経験が、そうすることは危険だと警鐘を鳴らしていた。

金雀寺で決意して以来、絶対に口にするものかと思っていた本音が、気付けば口を突いていた。

「貴族の身分が欲しいからです」

隣にいた幹晴が、驚いたようにこちらを見て、次いで咎《とが》めるような視線を送って来た。

だが、言ってしまったものは仕方ない。

「なるほど」

路近は軽く頷《うなず》いただけで翠の言を咎めず、その眼差しを幹晴へと戻した。

「では、南麻畑の幹晴よ。そなたは私に仕えるつもりだと言ったな。それは、私に忠誠を誓うということか？」

これに幹晴は「はい」と元気よく答えた。

「そのように思っております」

「だが、勁草院は宗家《そうけ》に忠直なる者を養成する機関だ。明日、そなたは入峰の儀において、宗家への忠誠を誓うことになる。忠臣は二君に事《つか》えずというが、そなたの忠心はどこにある？」

　幹晴は一瞬ぽかんとし、慌てたように言い添えた。

「それはもちろん、山内衆になるのですから、宗家の方にお仕えすることになるのは分かっております。しかし、私はそもそも、南橘家のご恩があってこちらに参ることが叶ったのです。そのご恩は必ずお返しするつもりです」

　その瞬間、路近の目が細まり、彼の周囲の空気が一気に冷たくなった気がした。

「まるで答えになっておらぬではないか」

　音もなく立ち上がると、その体がより大きく感じられる。まとう羽衣《うえ》の黒さも相まって、夜を支配する怪物のようでもある。

「私は、そなたの忠はどこにあるかと訊いた。それなのにそなたは、宗家にも仕える、南橘家にも仕えると言う。私に仕えると言った、そなたの忠はどこに行った？」

　のしのしと近付いてくる路近を見上げながら、幹晴は震え始めていた。

「それは……その、私の忠は、もちろん、あなたさまにあります。本当に、私は真剣にあなたさまにお仕えするつもりなのです」

「宗家への忠は偽りということか？」

「そういうわけではありません！」

「また矛盾だ。貴様とは会話が成り立たぬようだな」

もういい、と切り捨てる。

「さっさと帰れ」

「帰れとは──」

「馬鹿はいらん。傍にいられるだけ不愉快だ。欺瞞《ぎまん》と自覚せぬまま偽りの忠を捧げられても、宗家とて迷惑であろう。そなたが私のためになりたいと真実思っているのならば、さっさと勁草院から出て行くがいい」

幹晴は真っ青になった。

翠は固唾《かたず》を呑んでそのやり取りを見守っていた。

貴族を気取っているが、彼も所詮は下級貴族だ。身分は違えど、将来の道が限られていることは自分と似たようなものである。これを逃せばどうなるか。

何故か、憎いばかりだったはずの露若の顔が思い浮かんだ。

幹晴は必死に路近に取り縋《すが》る。

「お待ち下さい！　ご気分を害されたのなら謝ります。本当に申し訳ありません。でも、わたくしはちゃんとお仕え出来ます」

大声でひたすら頭を下げる幹晴に、路近は顔をしかめる。

「ああ、もう、黙れ」

「本当です！　自分はちゃんと」

「黙れというに」

その瞬間、翠の隣から幹晴の姿が消えた。

肉の潰れる鈍い音と共に、幹晴の体は宙を舞い、廊下を通り越して庭へと吹き飛んで行った。小石をあちこちに散らし回りながら転がって、苦しそうに噎《む》せこんでいる。

あの様子では、間違いなくどこかを痛めただろう。

――おいおいおい。思っていたよりもずっとやばい奴だぞ、こいつ！

呆気に取られる翠の前で、無造作に幹晴を蹴り飛ばした路近が、何事もなかったかのようにこちらを向いた。

「翠といったか」

無感動な眼差しを向けられて、翠の背にどっと冷や汗が湧く。

「お前は貴族の身分が欲しいから、勁草院にやって来たのだと申したな」

「はい」

「自身の利益のため、私と勁草院を利用することを不忠だとは思わぬのか？」

黙ったら駄目だ。返答を間違えてもまずい。

だが、嘘を言うのはもっと駄目だ。

「思います」

不忠であると思っていますと、もう一度、今度はもっとはっきりした声で言うと、険しく寄せられていた路近の眉がパッと開いた。

「自分でも分かっているのか」

「はい」

「それで、どうして問題がないと思う？」

「ちゃんとするべき仕事をしていれば、内心どう思っているのかは、さほど重要であると思いません」

「忠義に実はなしと申すか。ただ己の欲のためだけに、私と勁草院を利用しようというのだな？」

「はい」

「それを父上や私、勁草院が許すと思うのか？」

「私の身分や境遇を先に利用したのは、南橘のお館さまであり、尊い身分の方々です。そちらが私を利用するならば、私も利用して構わないだろうと思いました」

気に入らない返答をすれば、きっと幹晴の二の舞だ。一言一言返す度に、渓谷にかけられた綱の上に足を踏み出す気分だった。

しかしこれに、なるほど、と路近は機嫌よく頷いた。

「そなたの中では辻褄《つじつま》があっているわけか。では、そうまでして貴族になりたい理由は何だ？」

「私は、生まれも育ちも悪いので、誰からも馬鹿にされます。でも貴族になれば、それは避けられますので……」

　ほほうと声を上げ、路近はかがみこみ、翠の顔を覗き込んで来た。

「そういう視点は、私にはなかったな。お前にとって、最も大事なものが己の名誉ということか」

　なるほどなるほど、と何度も頷く路近は、不気味なほどに上機嫌だった。

　ぱっと体を起こし、よし、と手を叩く。

「気に入ったぞ、翠。せいぜい、形ばかりの忠誠を私に捧げてみるがいい」

　自分の言った言葉を面白がってケラケラ笑う声の向こうで、痛みに呻《うめ》く幹晴の声が聞こえていた。


　幹晴は肋骨が折れていた。

　そのまま実家に帰されることになり、本人に代わって手続きを行う過程で、翠は事務方の者から勁草院における路近の行状を聞く羽目になった。

　路近は、峰入りしてから今日に至るまでの一年で、多くの者を勁草院から追い出していた。

　同室になった先輩は一月のうちに行方をくらまし、同室だった者も血を吐いて倒れ、一時的に帰宅したまま帰って来ることはなかったのだと言う。

　蹴り飛ばされた幹晴を見た今、何も驚きはしなかった。さもありなんというものだ。

同輩の中には、路近を恐れて退学した者も一人や二人ではないらしい。

荳兒の頃からあの不遜《ふそん》さは健在で、目に余ると思った貞木が数人連れ立って指導に当たったが、それも返り討ちにされ、補助教官すら再起不能にしたこともあるというのだからとんでもない。

一度、勁草院に無謀な賊が侵入して来たが、それも路近一人で撃退してしまったというのだから、もはや剣の腕が院生離れしているのは間違いない。

路近の成績は峰入り以来、不動の首位にあった。

実技は言うまでもなく、座学に関しても他に並ぶ者がない。これに関しては出自に関係なく、純粋な実力であるという。

身分の上でも、成績の上でも、勁草院において路近の上に立つ者は誰一人としていなかった。あまりに規格外の院生を前にして、院士ですら、どう接したらよいか分からない状態なのだという。

路近は勁草院において主のごとく君臨し、誰もが彼の勘気を被《こうむ》るまいと恐れていた。

「君も、くれぐれも気を付けたまえ」

事務方の者にそう忠告をされたが、今さらだ。国近の言う「命を大切にせよ」とはこのことかと、どうにも乾いた笑いが漏れたのだった。

そうして勁草院での生活が始まったが、翠が覚悟していたよりも、路近はずっとまっとうな先輩として振舞った。何を命令されるのかと戦々恐々としていたのだが、路近は己に課せられた課題は自分でさっさと終わらせたし、理不尽な罵倒や折檻《せっかん》をしてくることもなかったのだ。

　翠に課せられたのは、普通に貴人の側仕えとしての範疇《はんちゅう》におさまることばかりだ。

　食事の際に給仕し、風呂や着替えの際には必ず手を貸す。それだけ見れば、やっていることは稚児《ちご》であった頃とさほど変わらない。

　肝心の翠の院生生活はと言えば、剣術を始めとした体を使う科目においてはたいそう苦しめられ、毎晩体のあちこちが痛かったものの、座学での優位がそれを補ってくれた。山のような課題は出されるが、峰入り前に学んでいたのが功を奏し、他の院生に比べれば負担は随分と軽く済んでいるようだった。

　想像していたよりも順調な滑り出しの中、やや奇異に思えたのは、路近が隙を見ては翠に初日のような問答を仕掛けて来ることであった。

「お前は、名誉とは何だと思っている？」

「生まれも育ちも悪いと言っていたが、お前の言う『悪い』とは何だ？」

「お前にとっての尊厳とは、具体的には何を指している？」

　返答を間違えれば幹晴のようになるかもしれないと思えば緊張感があったが、そこにあったのは、珍しい生き物の生態を知ろうとする純粋な好奇心のように見えた。路近の逆鱗《げきりん》がどこにあるかは分からないが、少なくとも嘘を言わない限り、彼は真剣に翠の言葉に耳を傾けているようだった。

——このまま、うまいことやっていけるのではないか。

峰入りから一月が経ち、翠がそんな期待を抱き始めた頃、唐突に風向きが変わった。

「お前は、何を対価に差し出されたら私を殺そうと思う？」

食後、後は寝るだけとなった夜の自由時間のことだ。

いつもの問答だと思っていた翠は、咄嗟《とっさ》に、何を訊かれたのかを把握しそこねた。

「すみません。今何と？」

「お前は、何が対価なら私を殺すのかと訊いた」

聞き間違えではなかった。しかも、さっきよりも内容が不穏になっている。

「何を貰っても、そんなの御免です」

「ああ、やっぱりお前、父上に何も命令されていなかったのか」

得心した様子で言われても、翠は何が何やら分からない。

「お館さまには、路近草牙の身の回りのお世話をするようにと仰せつかりましたが……」

「違う、違う。私を殺すように、という命令だ」

軽く言われて、翠は言葉を失った。同時に、国近に言われたことが頭をよぎる。

——殺すか、殺されるかならば、前者を選んだほうがよほど良い。兄上の身に何かあったとしても、父上も私も、お前を咎めはしないから。

答えられなくなった翠に、路近は、ふうん、と小さく鼻を鳴らした。

「明確な命令は受けていないが、それらしいほのめかしはあったようだな？」

ここで否定すれば嘘を言ったことになる。

翠は口を噤《つぐ》んだが、路近は頓着なく話し続けた。

「前任者はそうではなかった。父上に命令を受けていたようだ」

「前任者と言うと……路近草牙と同輩の……？」

血を吐いて、家に戻ったきりだと噂の者。

「あいつ、死んだぞ」

路近はけろりと言ってのけ、翠は頭が真っ白になった。

「死んだ？　生家に戻ったのでは？」

「私の目の前で息が止まったから、それはない。あやつ、私の食事に毒を盛ったのでな。同じものを食わせたら、耐性もつけてなかったのか、泡を吐いてそれきりよ」

片付けるのが面倒で死体を放っておいたら、いつの間にか帰宅したことになっていたのだと言う。

「家にいた時からそうだったが、ここに来てからもそういう手合いは絶えないな。寝込みを狙って、刀を持った賊が三人ここに押し入ってきたこともある。この間は模擬戦中に補助教官が私の首を狙ってきたので全く同じところを狙ってやったら、まさか自分がという顔をしておったわ」

殺される覚悟もないのに殺そうとするものではないな、とからからと声を上げて笑う路近に、翠は自分の手足が冷えていくのを感じた。

父親が子の命を狙うというのもにわかには信じがたいが、それを当然のように語っている路近も甚《はなは》だおかしい。殺されそうになったことも、それを平然とやり返して実際に死者が出ていることも、どうしてこんな風に笑って語れるのだろう。

「結局、私を殺せないと諦めて、見張り役だけを寄越すことにしたのだろうな」

それがお前だ、と路近は平然と言ってのける。

「だがまあ、私としてはそのほうが有難い。もうそろそろ、お前の内面も分かって来たことだし」

頃合いだ、と。

そう言われ、何か、自分にとって非常にまずいことが起こりかけていると分かった。

それでも、翠に逃げ場はどこにもない。

「なあ、羽緑《はみどり》」

いきなりその名で呼びかけられてぎょっとした。

弾《はじ》かれたように路近を見ると、奴は大きな目を見開くようにしてこちらを見つめている。

「お前、遊女だった母親と、同じ名前を父親に付けられたらしいではないか。死んだ母親の代わりに、お前が慰《たま》み者にされたのだろう？」

　こんな侮辱があって堪るか。

　思わずキッと睨《にら》みつけると、路近はじっとこちらを見つめながらにんまりと笑い、子どものようにこてんと首を傾《かし》げてみせた。

「――怒ったか？」

　その、あまりに無邪気な問いかけに、全身が粟立《あわだ》った。

　何があっても、こいつに怒りを向けてはならなかったのだ。

　攻撃的な生き物と出くわしてしまった時のように急いで視線を床に落としたが、もう遅い。

「どうした、羽緑。お前は名誉を重んじる男のはず。こんなことを言われたら許せないだろう？　腹立たしいとは思わんのか？」

「いいえ」

「嘘だな」

　しまった、と思うよりも先に頰を張られていた。

　体が宙に浮き、全身が壁に叩きつけられる。

　衝撃で息が出来なかった。きっと、内臓が変なふうに動いたのだろう。痛みよりも先に吐き気を覚え、金属を叩きつけたような耳鳴りがしていた。

「正直に言え、羽緑。腹立たしいだろう？」

返答しようにも声が出ない。

「答えよ」

再び頬を張られ、床へと倒れ伏す。

「なあ、腹立たしいだろう？」

げほげほと咳き込みながら、しかし、このままでは殺されると思い、必死に声を絞り出す。

「はい」

「そうか、そうか。では、私を殺したいと思ったか？」

何故か嬉しそうに言われ、本気でわけが分からなくなる。

「いいえ」

そんなことより、この先一生、あんたと関わりたくないと思ってるよ！

「なんだ」

まだ駄目かと呟《つぶや》かれ、翠は嫌な予感を覚えた。

まさかこいつ、こちらに手を出させることで、それを口実に殺しを楽しむつもりなのではなかろうか。

「お前は、理不尽が許せぬ性質のはず。こんなことをされて、さぞ口惜しかろう」

「はい」

「では、私を殺したいだろう？」

「いいえ」

路近は舌打ちした。そして無造作に翠の髪をわし摑《づか》みにして、歩き出す。

ずるずると体が引きずられ、痛みに呻く。

「お止め下さい！」

路近はそれに何も答えない。

――こんなにも自分は弱かっただろうか？

理不尽には、いつも恐怖よりも先に怒りが湧いた。どんな者が相手でも、絶対に怯《ひる》んだりしないと思っていた。

それなのに今は、圧倒的な暴力が恐ろしくて堪らなかった。

みじめだった。

そして、一瞬でもそう思ってしまった自分が、翠は何よりも許せなかった。

床に向かって放り投げられながら、唇を嚙みしめる。

なんともつまらなそうな顔をしてこちらを見下ろす路近を、翠は激しく睨みつけた。

「どうだ。私を殺したくなったか？」

「いいえ！」

「強情な奴め」

路近の年の割に大きな手が、無慈悲にこちらへと伸びてくる。

絶望感と共に思う。

——ああ、畜生！　結局、逃げられなかった。

＊　＊　＊

その夜を契機として、路近による翠への猛烈な折檻が始まった。

「怒ったか？」

「私を殺したいか？」

「ここまでされて、何故耐える？」

「そうすることで何か得られるものがあるのか？」

翠を殴り、蹴り、言葉と行動で辱《はずかし》める度に、路近はそう言って翠の顔を覗き込んだ。

死にたいなら勝手に死ね！　俺を巻き込むな！

その度に翠は怒鳴りつけてやりたかったのだが、実際、路近は生気に満ち溢れ、死にたがっているようには到底見えなかった。

殺されそうになることを、何かの娯楽のように捉えているのかもしれない。あるいは、翠のほうから手を出したということを理由にして、翠を殺したいと思っているのか。

本当のところ何を考えているのかはさっぱり分からなかったが、路近はあらゆる手を駆使して、翠から殺意を引き出そうとしているのは確かだった。

「明らかに私を殺したいという顔なのに、どうして手を出してこないのだ!」

しまいには、呆れたように言う始末である。

「貴族の指を食い千切っておいて、今更暴力が怖いなどということもあるまい。父上は、私を殺したいと思っているはずだ。私を殺せば、きっと褒賞があるぞ」

そそのかして来る路近に、そういう問題じゃねえんだよと、顔を伏せながら心の中で毒づいた。

「邪魔な私がいなくなり、父上には感謝され、お前はのびのびと山内衆を目指せる。良いこと尽くめではないか! 四六時中一緒にいるのだから、私の隙だって分かっているだろう。今、この世で最も私を殺せる可能性が高いのはお前だ。知力体力全てを使い、私を殺せばよいではないか」

「嫌です」

正直なところ、ぶっ殺してやりてえとは何度も思っていたのだが、思うだけで、翠は頑としてそれを認めなかったし、実行にも移さなかった。

それには三つの理由がある。

第一に、翠は人を殺したくなかった。

路近は、命のやり取りに慣れ過ぎて、明らかに感覚がおかしくなっている。気が強ければ殺しも平気だろうなどと言うが、そんなわけがないのである。これから先、何か楽しいことや喜ばしいことがある度に、この糞みたいな男の顔がよぎるような人生を翠は送りたくなかった。

第二に、やろうとしたところで不可能である。話を聞く限り、これまでも路近の命を狙うべく、多くの者が動いてきたのは間違いない。その全てを退けて来た上に、翠がそうすることを待ち構えている路近相手に何をしたって、返り討ちに遭うに決まっているのだ。挑発に乗るのは自ら死にに行くようなものである。

そして第三に、路近の思い通りに動くのが心底癪《しゃく》だった。

説明を加えるまでもない。読んで字の通りである。

山内衆になるためにどんなことをされても耐えると誓った——というのはあるが、それ以前に、他人の命を娯楽の一部としか捉えていない、この大貴族の馬鹿殿を喜ばせてなるものかという意地があった。

ここまで負けん気が強くて良かったのか、悪かったのか。

翠が頑《かたく》なになればなるほど、事態は悪化の一途を辿った。

路近は、自身の思いつく限りの嫌がらせを実行に移し、心身共に翠を痛めつけようとしたのだった。

稚児になった頃から愛用していた硯《すずり》を目の前で砕かれ、その破片を無理やり食べさせられた時は涙が出たが、それはあくまで苦しかったからであり、心を折られたせいではない。

激しい折檻を受けた後には、以前傷つけた目の奥が痛み、視界がじわじわと欠けることがあった。しばらく安静にしていると落ち着くので、精神的なものかもしれない。

相談出来る相手はいなかったし、相談したところで解決出来るとも思えなかった。

周囲に、路近の凶行を止められる者はいなかった。院士の中には、身を守るために退学してはどうかと助言してくる者もいたが、無責任なことを言うものだ。

どこに逃げても、結局自分は弱い立場のままなのだ。ここで逃げても、同じことを繰り返すだけである。

逃げてたまるか。

自分は、絶対にここで山内衆になるのだ。誰にも邪魔させてなるものかと思った。

その日、夜明け近くになり路近がようやく眠りについたのを確認し、翠は傷の手当のために這うようにして坊を出た。

路近によってついた傷の手当を路近の前で行うわけにもいかず、傷薬はいつも、使う者の少ない井戸の近くに隠してあったのだ。

悠長に手ぬぐいを使う気にもなれず頭から水を被っていると、急に背後から声をかけられた。

「どうした。何かあったのか？」

そこで驚いた顔をしていたのは、つい昨夕顔合わせをしたばかりの新任の補助教官であった。

清賢《せいけん》というたいそうな名前に見合った、いかにも育ちの良さそうな男である。

見た目だけの印象で言うと、院士というよりもむしろ院生に近い。やけに若いと思ったが、南橘家が送って来たという話に、なるほど自分と同じ監視役かと納得した。

彼のほうに路近の興味が移れば少しは自分への折檻も和らぐかと思ったが、全くそんなことはなかったし、役に立たねえなと感じた以上に思うところは特にない。

翠の惨状を前にして顔色を変えたのを見て、また役に立たない助言でも寄越すのかと構えたのだが、そうはならなかった。

この清賢という男、翠の想像をはるかに超えて変人だったのだ。

まず、清賢は路近を全く恐れなかった。

他の院士は、多かれ少なかれ路近を敬遠していた。下手にその行いを咎めれば手が付けられず、実際院士でも怪我をさせられた者がいたのだからそれも致し方ないだろう。

だが、及び腰であった他の院士達とは違い、清賢は真正面から路近に説教をかましたのだった。

「あなたねえ、院生としての生活を楽しみたいと言いながら、全然院生としての規範を守っていないではありませんか。ご実家で側仕えに面倒ごとを全てさせていたのと同じように、後輩に面倒ごとを押し付けているでしょう」

翠を路近から引き離し、別室を与えると勝手に決めたのは清賢である。

それを知り、どういうつもりだとやって来た路近に、清賢は呆れたような調子でそう言ってのけたのだった。

「だが、そもそも奴は、私の側仕えとするために父上が送って来たのだぞ」

納得がいかない風の路近に、清賢は「それですよ！」と言って指を突きつけた。

「それこそ、付き合う相手をお父上に決められていては、ご実家にいた頃と何も変わりないではないですか。私は申し上げたはずですよ。色々な階級の、色々な者の意見を聞くことが出来るのが勁草院の面白さだと」

「そう思って、私も出来る限り話を聞くようにしているが」

「南橘家の威光を背にして、その影響下にある者の本音が聞けると本気で思っているのですか？　同輩や先達に胸襟《きょうきん》を開ける者がいないから、翠に構うしかなくなっているのでしょうに。生まれてからそれが当然になっているので気付きにくいかもしれませんが、あなたがあえて捨てようとしなければ、大貴族の肩書は必ずあなたについて回っているのです。あなたのほうに、努力が必要なのですよ」

そういうものかと、路近はしきりと首を捻《ひね》っていた。

「勁草院はつまらないなどと言っていましたが、つまらなくしているのはあなた自身ではないのですか？」

挑発するような物言いに、それを遠巻きに聞いていた者達は震え上がった。今にも路近が暴れ出すものと戦々恐々としたのだが、そうはならなかった。

のだった。

路近は反発するどころか、むしろ、これに納得した様子を見せたのである。

翠が別室に移ることを許した上に、食事や着替えなども全て自分で行うようになった

食事時、自分でお椀を運び出した路近を見て、それまでの路近を知る者達は仰天した。

そして、そんな路近を前にしても清賢は特にそれを褒めるでもなく、いたって当然という顔をして自身も食事を摂っていたのだ。肝の据わりようが常人ではない。

かくして翠は無事に路近から離れ、荳兒でありながら一人で使用出来る自室まで得たのであった。

これによって翠の負担は大幅に減ったが、路近による翠への態度が完全に改められたのかと言えば、そう上手くはいかなかった。相変わらず、隙あらば翠に折檻を加えて来ることに変化はなかったのだ。

だが、そんな状況にも清賢によって変化がもたらされた。

彼は勝手に南橘家に連絡を取り、当主から「路近に無理に付き合わずとも良い」という一筆をもらってきたのである。

「俺、路近の側仕えと見張りのために院生になったのに……」

許されるはずがないと思っていたことがあっさり認められてしまい、翠は喜ぶよりも先に当惑した。

どんな手を使ったのかと思ったが、清賢は大したことはしていないと飄々《ひょうひょう》と宣《のたま》った。

「そもそも、院生に側仕えがいるほうがおかしいと、院士として至極まっとうなことを申し上げただけです。こちとら大貴族の体面とか知ったこっちゃありませんからね。どういう経緯を辿ろうが、院生になった時点であなたにもここで学ぶ権利があります。しっかり学んで、自分の糧《かて》にして下さい」

時ここに至り、翠もこの若い院士が本気で自分を助けようとしてくれているのだと認めざるを得なくなった。

こうなると、いざとなれば自分の部屋を使えという言葉もあながち嘘とも思えない。

半信半疑で清賢の自室を訪ねると、本人が不在であったにも拘《かか》わらず、部屋の鍵は本当に開いていた。

「不用心だな！　中にあるもの、盗まれても知らねえぞ」

呆れて忠告すると、「むしろ使いたいものがあったら自由に使って頂いて構いませんよ」などと言う。

清賢の部屋には、珍しい書やら質の良い書道具、茶器や茶葉、果ては茶請けになる菓子までが取り揃えられていた。

実家が裕福な商家であるそうなので余裕があるということなのだろうが、それにしたって鷹揚が過ぎる。時に、裕福な里烏《さとがらす》は貧しい山烏《やまがらす》よりも吝嗇《りんしょく》であると知っているので、太っ腹な清賢を見るにどうにもむず痒《がゆ》い心地がした。

「盗まれて困るもんとか、ないのかよ」

大丈夫かこいつ、と胡乱《うろん》に見やっても、清賢は穏やかに微笑《ほほえ》むばかりである。

「それより、大事なことがあるというだけです」

本人が好きに使えというのだから、気にするのも馬鹿らしくなった。

翠は自力では到底ありつけない物を目当てに、清賢の坊に通うようになった。

当初、清賢が在室時に翠が訪ねると、清賢のほうが気を遣って部屋を出て行こうとした。だが、家主を追い出すというのも居心地が悪く、自分は気にしないと伝えると、清賢は文机《ふづくえ》で仕事をするようになった。

試しに翠が課題を持ち込んで分からない部分を質問すると、丁寧に答えてくれた。科目を問わず、どんな問題にも大体即座に答えるあたり、在院時も優秀な院生であったのだろう。

「もし良かったら、次の休みに一緒にお出かけしませんか？」

急に清賢からそう言われた時は何を言い出すのかと思ったが、翠が連れて行かれた先は、大人達の兵法研究会であった。

在野の研究家から羽林天軍《うりんてんぐん》の上級武官、現役の山内衆まで、兵法に覚えのある者達が集まって、盤上訓練の実践と検討、新戦術の研究を行っているらしい。これまで院生の参加者はいなかったそうだが、翠の兵術の成績を知った清賢が十分に渡り合えると判断して、わざわざ紹介してくれたのだった。

腕に覚えのある大人達は若い参加者を歓迎してくれたし、翠自身、山内で最新の研究に触れられる機会は願ってもないものだ。

休みの日に開催されることがあれば、欠かさず参加するようになったのである。清賢が翠を兵法研究会に紹介したのは、恐らくは意地っ張りな翠を出来るだけ路近から引き離そうという狙いもあったのだろう。だが、時には清賢の部屋にまで、路近が翠を探しにやって来ることもあった。

一応は清賢の言葉を受け入れ、一院生としての振舞いを心がけるようになった路近であるが、これまでのような行いが完全になくなるわけではない。相変わらず周囲からは恐れられており、暇になると、決まって翠を玩具《おもちゃ》にしようとしたのだ。

「羽緑の奴はいるか」

課題をこなしている最中、外から声を掛けられて身が竦《すく》んだ。

思わず助けを求めて清賢を見ると、彼はにこりと微笑み返して出ていった。良かった、庇《かば》ってくれるつもりなのだと胸を撫《な》で下ろしていると、「翠は中で自習していますが」と普通に言うので耳を疑った。

「自習に使うなら、あなたも入っていいですよ。分からないところがあるなら教えます」

そう言われた路近は、「別にそこまで困ってはいない」と呆れたように言い返し、結局は中に入っては来なかった。

清賢は、翠をきちんとした院生として扱った一方で、路近もまた極力一院生として扱おうとしているようだった。

ちょうど翠が路近に殴られた瞬間に、清賢が居合わせたこともある。

その時、清賢は翠と路近の間にすかさず割って入ったが、声も荒げず「今、どうして殴ったんですか？」と冷静に尋ねた。

「翠が、私の言うことを聞かないからだ」

「言うことを聞かない者を、あなたはいつも殴っているのですか？」

清賢は不快そうに眉根を寄せ、「それを駄目だと言う人はいなかったのですか」と問い、そこから長い長い話し合いが始まった。

「羽母《うば》からは駄目だとは言われたが、その理由には納得がいかなかった」

「羽母殿は何とおっしゃったのです？」

「叩いても言うことを聞くわけではない。むしろ、反感を招くから止めろと」

「それのどこに納得がいかなかったのです？」

清賢の質問に路近は律儀に答えたし、路近の質問にも清賢は丁寧に答えた。

話がどんどんそれていくのでどうなることかと思ったが、あまりに話の終わりが見えないので、途中で当事者であるはずの翠は自室に帰されることになった。

そして翌朝、鍛錬に向かう道すがら、翠は悲鳴を上げそうになった。

——なんと、夕べ別れた時と寸分たがわぬ姿勢で、二人は語り合っていたのだ！

どうして人を殴ってはいけないかという話だったはずなのに、朝にはうまい麦饅頭《むぎまんじゅう》の焼き方を懇切丁寧に清賢が路近に説いていた。

何がどうなってそういう話になったのかさっぱり分からなかったが、路近自身もよく分かっていない顔をしていた。

清賢だけがひたすら楽しそうだったのが、心底不気味である。

「清賢は私の疑問に真摯《しんし》に答えてくれるので、黙らそうとは思わない。だが、一度始まるといつまでも終わらないから困る」

あいつの前で殴るのはもう止めよう、と、そう言う路近のほうが疲れた顔をしていたほどだ。しかしこれを聞いた清賢は、穏やかに笑みつつ遺憾《いかん》の意を示した。

「面倒だから殴らないというのでは、根本的な解決にはなっていないので困りますね。私はあなたと話し合うのは楽しかったですから、またじっくりお話ししましょう。納得するまで付き合います。私はいつでも構いませんよ」

受けて立つ、と言わんばかりの清賢の笑顔に、珍しくも路近のほうが引いていた。

それにしても、清賢が相手になると、路近が全く暴力を振るわないのは何故なのだろう。

課題が一段落した際、雑談混じりに何か秘訣でもあるのかと翠が尋ねると、清賢は「秘訣というほどではありませんが」と前置きしてから説明した。

「私が見るに、路近は本質がことさら暴力に寄っているというわけでもないように思います。きっと、もともとは温厚な部類なんですよ」

「あれが温厚だって？」

目が腐ってやがると思ったが、清賢は大真面目だった。

「ええ、話し合いで片がつけば、それでいいと思っているんです。ただ、どうすればいいか分からないと、手が出る傾向にありますね」

「どうすればいいか分からなくなるってのは……」

「路近のほうが言葉で意思表示したのに、それが受け入れられない場合です。嘘や誤魔《ご》化《ま》しで問答が成り立たなかったり、大声を出されたり、泣かれたりしても、きっと駄目でしょう。殴ったら相手が言うことを聞く、そうすれば大体解決する、という悪い学習をしてしまった結果、ああなったのでしょうね。それは解決に見えて全然解決ではないのだと分かれば、容易に選択しなくなるはずですよ」

好きで暴力を振るっているわけではない。それが最善だと思わせてしまった周囲が問題だと言い切った清賢に、翠は顔をしかめた。

「その理論で言うと、俺が奴の玩具にされているのも、自業自得ってことになるけど」

清賢は目を丸くし、とんでもない、と焦ったようにそれを否定した。

「勘違いしないで下さい。あなたは何ひとつ悪くないですよ。路近があなたに暴力を振るうのは、多分、別の要因があるからです」

「別の要因？」

「彼、あなたを使って何かを調べているみたいに見えるんですよね」

顎《あご》をさすり、清賢はどこか遠くを見るように目を細めた。

「直接訊いてみたら、どうやったらあなたが自分に殺意を抱くのかを知りたいと言っていました」

「好奇心で殺されたら堪《たま》ったもんじゃねえ！　それに、殺意ならいつも抱いてる。俺《おら》ぁいつでもアイツをぶっ殺してやりてえよ」

反射的に毒づけば、ですよね、と清賢は大真面目に頷き返した。

「だから多分、それは動機の根っこじゃないんです。彼はふるまいこそああですが、内面は非常に理性的です。本当は何を求めているのかが分かれば、周囲との軋轢《あつれき》も減ると思うんですが……」

「周囲との軋轢なんて、可愛い言葉で済むかよ、あれが」

翠は吐き捨てた。

「俺の前任者は死んでるんだぜ！　そんな悠長なこと言ってる場合か」

「そう――死人が出ている」

痛ましそうに呟いてから、「けれども、あなたは生きている」とどこか厳《おごそ》かな調子で清賢は続けた。

「違いは、実際に路近を殺そうとしたかどうか。殺意ではないんです。行動に移したかどうかです」

それは、薄々翠も感じていたことではあった。

「自分を殺そうとした奴なら殺してもいいって思ってるんだろ。自分でそこまで人を追い詰めといて、よく被害者面が出来るもんだ」

そうして「先に殺そうとしたあちらが悪い」と大義名分を作って、殺しを楽しんでいるのだと思えば悪辣《あくらつ》が過ぎる。そうなるように仕掛けた路近のほうが遥かに悪人である。

「そうですね……」

そう言いながらも、清賢はどうにも納得のいかない顔をしていた。

* * *

路近とは別室を与えられてからというもの、翠の生活はまっとうな院生に限りなく近いものとなった。

自由時間は相変わらず路近から逃げ回っていたが、精神的には少しばかりの余裕が出来、他の荳兒とも交流が生まれるようになったのである。

路近の側仕えとして翠が命をすり減らしている間、当然のように他の荳兒達は仲良くなっており、同室の草牙とも健全な先輩後輩関係を築いていた。人付き合いの面ではすっかり出遅れてしまった感があったが、あちらも翠を進んで除《の》け者にしようとしているわけではなかったらしい。

翠のほうから話しかけると、まるでそれを待ち構えていたように声をかけて来る者が増えたのだった。

「あんた、しばらく傷だらけで体調悪そうだったしさ。大丈夫なのかなって、ずっと気になってたんだよ」

「同室の先輩に虐《いじ》められてたんだって？　大変だったな」

「ただの先輩じゃないんだろ。家の関係があると余計に辛いよな」

「路近草牙おっかないもんなあ」

平民出身で、単純に翠の身を気に掛ける者。

自身も貴族からの推薦で入って来たため、翠の状況を察して同情を示す者。

流石《さすが》に、路近の目がある時にあえて近づいて来る命知らずはいなかったし、純粋な友と言えるほど親しい者が出来たわけでもない。だが、ぼんやりと想定していたよりも、ずっと多くの同輩が翠を邪険にしなかったのである。

たったそれだけのことで、相当に救われる心地がしたものだ。

他人事のように聞いていた「勁草院の面白さ」の一端を垣間見た気がしたが、きっとそれを言ったら清賢がやたらと嬉しそうにするだろうことは想像にたやすく、あえて報告したりはしなかった。どうにも気恥ずかしかったのだ。

だが、何も言わずとも清賢は翠が同輩達と親しくするのを喜んでおり「どんどん親交を深めなさい」と言って憚《はばか》らなかった。仲良くなる切っ掛け作りとして、茶菓子を持たせて院生間の勉強会に送りだしたほどだ。

路近が清賢と話し込む時間が増えるにつれ、代わりに翠は同輩らと共に過ごす時間が増えていった。

路近は、遠慮などという可愛らしい神経があるわけではないだろうが、それでも翠が誰かといる時に進んで構ってきたりはしなかった。

誰か一人と親しくすると今度はそっちに目を付けられそうだという懸念もあり、翠は意識して、広く浅く交流を持つようにした。なるべく一人の時に路近と出くわしたくないということもあり、積極的に彼らの輪の中に入っていくように心がけていた。

となれば、何かあれば声をかけられるのも自然な成り行きというものだ。

長期休暇前の旬試《しゅんし》が一段落した頃のことだ。

良い所に行こうぜ、と誘われた時は何事かと思ったが、身だしなみを整えた貞木らの先導によって、遊びに連れ出された。

初めて、中央花街《ちゅうおうはなまち》を訪れたのである。

季節はすでに秋を迎えており、赤から黄まで、鮮やかな濃淡の紅葉を模した灯籠《とうろう》と金の飾りが、眩《まばゆ》く楼閣《ろうかく》を照らし出していた。

急峻《きゅうしゅん》な山肌を登る階段の両側には贅《ぜい》をこらした楼閣が立ち並び、張り出した舞台の上では音楽と共に遊女が舞い踊り、男達を誘っている。

遊女から扇を振られ、夢中になってはしゃぐ同輩達の間で、翠は一人立ち尽くしていた。

考えてみれば、自分がここに来ることは何もおかしいことではない。勁草院の院生がたまの息抜きに中央花街を訪れるのはよくある話だ。

だが、こうなってみて初めて気が付いたが、翠は中央花街の客になる自分というものを、全く想像したことがなかったのだ。

実際、香が漂い楽の音にあふれ、花々が人になったかのような遊女らを前にしてみても全く心は浮き立たない。むしろ違和感がすさまじく、夢は夢でも悪夢を見ているようだった。

考えてみるに、翠にとって遊女とは、自分を育ててくれた者達であり、姉分や妹分がいずれなるべき姿であった。性質《たち》の悪い客に泣かされ、苦しんでいた姐《ねえ》さん方の姿を覚えている分、余計に客となった自分が想像出来ないのかもしれない。

そんな風に考えながら一行の最後尾を歩いている時、演台からこちらに微笑みかける遊女と目があって、衝撃が走った。

その瞬間、世話になった遊女の顔より先に思い出されたのは、こちらを冷ややかに見下ろす、路近の残虐な瞳だったのだ。

——ここは、自分が楽しめる場所じゃない。

そう悟らざるを得なかった。

悪酔いしたような心地で、それでも一行を抜け出ていく勇気も持てないでいると、お目当ての妓楼《ぎろう》に着いてしまった。

「院生の若さま方のご到着です！」

「やあやあ、いらっしゃいませ」

「姐さん方がお待ちですよう」

若衆が声を上げると、楼主に内儀《おかみ》に遣《や》り手《て》に禿《かむろ》と、総出で院生一行を出迎えた。

特定の妓楼では、院生は特別扱いでもてなされる。

店側は山内衆になった後を見込んでいるのか、相場からすると、ほとんどあってないような金額で遊ぶことが出来るのだ。

階段を上がると、だだっ広い広間はすっかり宴会の支度が整えられており、院生一人につき膳がひとつ用意されていた。

上座には慣れた風の貞木がつき、その次に草牙、下座には茡兒が座る。最後尾をのろのろと付いて来ただけの翠は、当然のように末席となった。

楼主の挨拶もそこそこに、三味線と琵琶《びわ》がかき鳴らされ、全身を飾り立てた遊女達がしゃなりしゃなりと姿を現した。

「若さま、お会いしとうございましたよ！」

「大変な試験、お疲れさまでございました」

そう言って微笑まれれば、男達は笑み崩れ、あるいは恰好を付けて隣に座るようにと促す。

「いやあ、あんたに会えると思ったら試験なんて安いものさ」

「相変わらず美人だね」

位の高い遊女と貞木らはすでに馴染みであると見えて、特に示し合わすこともなく、自然と隣り合っていく。

草牙も大体相手は決まっていて、知った顔を見つけては親し気に言葉を交わしていたが、荳児はまだまだ物慣れない。おたおたしてからかわれたり、優しく窘《たしな》められたりしていた。

「お隣、よろしいでしょうか」

末席の翠のもとについたのは、こちらも物慣れない風の、初々しい遊女だった。

「ああ、どうぞ……」

つい、遊女に対するものとは思えない態度をとってしまう。

年の頃は、自分とそう変わらない。

身に纏《まと》う橙《だいだい》に銀の刺繡《ししゅう》のほどこされた衣装が重たく見える、目がくりくりとして華奢《きゃしゃ》な体つきをした、まだあどけない風貌の少女だった。

自分が谷間《たにあい》を離れて、もう五年も経っている。

翠がいた女郎宿は、谷間でもそう格は高くなかった。その分気楽ではあったが、こういった中央花街に来るような器量の良い娘は、早々に谷間の中でも大きい置屋に買われていく。自分の妹分らの中に、中央花街に来られた子がいたかどうかは分からなかった

だ。

　中央花街の遊女と谷間の女郎を一緒に考えることは出来ない。谷間の女郎にとって、中央花街の遊女は憧れの的であった。ここにいる遊女は、いずれも幼い頃に見出され、芸を磨き、教養を積み、己の技に誇りをもって生きている部類だ。

　そんな相手を、むやみやたらに憐れむのは失礼だと分かってはいるのだが、自分が谷間にいた頃、この娘もあそこにいたのかもしれないと思えば、切ない気持ちになるのは止められない。

　ここに来るまでの間に想像出来たことではあるが、実際、こうして彼女の焚《た》きしめた香を間近に感じても、生々しい感情は全く湧いてこなかった。むしろ、稚児時代に触れざるを得なかった化粧の匂いを思い出し、どうにも気持ちが悪くなる。

　翠が微妙な顔をしているのに気付いたのだろう。

　酌をしていた遊女は、恐る恐るといった様子で声をかけてきた。

「あのう、あたし、何か失礼をしましたでしょうか」

「とんでもない」

　困らせるのは本意ではない。翠は慌てて手を振った。

「そうじゃないんです。ただ、つい妹を思い出しまして……」

「妹さんがいらっしゃるの」

でも、確かにそれじゃあ遊びにくいですね、と彼女は苦笑する。

「年上の方がよろしければ、姐さんに代わってもらいましょ」

立ち上がりかけた遊女を、「待って」と咄嗟《とつさ》に引き留める。

色香を振りまく遊女を相手にしたとしても、自分がうまく対応出来るとは思えない。何がどうしたって、浮かれるどころの話ではないのだ。そんな態度をとっては向こうの沽券《こけん》に関わるだろうし、その点、少女めいた彼女と話しているほうが、まだ気が楽であると思った。

見る限り、彼女は遊女の中では最も若く、それほど場慣れもしていないようだ。向こうも緊張している分、お互いさまという感じもする。

「お嫌でなければ、あなたともう少しお話しさせて頂きたいです」

気まずそうにしていた遊女は、それを聞いてパッと顔を輝かせた。

「まあ、嬉しい」

遊女は居住まいを正し、にこりと微笑む。

「改めまして、鞠里《まりさと》と申します」

「鞠里さん。私は翠と申します」

「みどりさま……」

じっくりと口の中で名前を転がすようにして、鞠里は何度も頷く。

「あたし、院生の方のお相手をさせてもらうのは、これが初めてなんです。勁草院がどのような所だか、色々教えて下さいな」

「喜んで」

それから、座敷遊びで盛り上がる周囲からは離れ、末席で二人、ぼそぼそと会話をした。

翠は翠で面白い話など出来ないから、勁草院の生活について説明すればいいだけなのは有難かった。もしかしたら、そうすればいいように鞠里がさりげなく誘導してくれたのかもしれなかったが、彼女はそういった雰囲気をおくびにも出さず、適度に驚き、適度に質問を差し挟み、楽しそうに翠の話を聞いてくれたのだった。

どうなることかと思ったが、結局は宴会が終わるまでの間、翠は鞠里と話すだけで済んだ。

最後のほうは勁草院の話題も尽き、最近食べて美味しかった菓子だとか、庭先で見つけた花の話だとか、とりとめのない話ばかりだったが、それをつまらないとは感じなかった。

「次に来て下さる時には、そのお菓子をひとかけらお裾分け下さいな」

別れ際、いかにも自然に次の約束を取り付けられて、慣れない風だと思ったが、やはり彼女も一流の遊女なのだなと感心した。

宴会が一段落すると、とりあえずはお開きとなる。

夜は転身《てんしん》が出来ないし、馬がない以上、朝まで勁草院に戻ることは出来ない。

貞木や草牙の中には馴染みの遊女のもとに向かう者もあり、違う妓楼へと消えていく者もあったが、金のない荳児は全員がまとまって宴会場だった広間に延べられた布団で眠る形になった。

翠はさっさと寝たかったのだが、同輩達は興奮した様子で布団の上で車座になり、先ほどまで一緒にいた遊女の誰が良いだの、悪いだのと盛り上がっていた。

いっそ無邪気とも言える彼らに囲まれているのは、どうにも居心地が悪い。

一人「眠いから」と言い張って布団を被ったのだが、いつまで経っても彼らはしゃべり続けている。終いには、雪隠《せっちん》を借りるふりをして楼内を見て回ってくると言い出す者まで出てくる始末だ。

「いいかげんもう寝ようぜ……」

流石に呆れて嘴《くちばし》を挟むと、お前ばっかり涼しい顔しやがって、と毒づかれるのだからうんざりした。

「自分はその手の話に興味ありませんってか？」

「でも、お前だって随分盛り上がっていたじゃないか」

「鞠里ちゃんだっけ？　可愛い子だったじゃん」

また誘ってやるよと言われて、曖昧《あいまい》に返事をして布団を頭から被り直したのだった。

それ以後、休みの日に花街に繰り出す連中は、翠にも律儀に声をかけてくるようになった。

試験終わりの時のような大宴会は無理でも、数人まとまって頼めば、簡単な酒席くらいは設けてもらえるのだという。人数が多いほうが各々の負担は減るので、恐らくは数が欲しかったのだろう。

翠としても、休みの際に毎度都合よく兵法の研究会があるわけではない。花街での気まずさと路近との遭遇を天秤にかけ、結局は前者を取った。

そうするようになったのには、迷いながら行った二回目以降、鞠里が話し相手を務めてくれるようになったことが大きい。

簡単な酒席の場合、一人一人に遊女がつくというわけにはいかなかったが、翠が来ていると気付くと、客が入っていない限りは鞠里のほうから顔を見せてくれるようになったのだ。

再訪時に約束していた菓子を持っていったところ「覚えていて下すったんですね」と大喜びされたので、その礼の意味もあったのかもしれない。

回数を重ねるうちに翠の出身にまで話が及び、谷間の生まれであることも白状した。

この頃になると、清賢経由の手土産《てみやげ》ひとつで宴席の相手をさせるのにも申し訳なさを感じており、自分は太客になれるような身の上ではないのだと、暗に分かっておいてもらう必要があると思ったのだ。

ところが、これを聞いた鞠里は息を呑み、「やっぱり！」と顔を輝かせた。

「実はあたし、薄々そうなんじゃないかと思ってたんですよ」

「何か変だっただろうか？」

極力、谷間や丁稚《でっち》風の振る舞いが出ないようにと気を付けていたつもりだったので、何かやらかしていたかと思って問えば、いいえ、そうじゃなくて、と笑われる。

「翠さまはとっても礼儀正しくていらっしゃるけれど、礼儀正し過ぎるんですよ」

それにいまいちよく分かっていない顔を返すと、何と申し上げたらいいのかしら、と鞠里は上品に自らの頰に手を当てた。

「あたしを遊女としてではなくて、ひとりの八咫烏《にんげん》として見て下さっているでしょう？」

初会の時からそうでした、と鞠里は微笑み、つと手を口もとに当てて声をひそめた。

「遊女の身の上を憐れんで親切にして下さる旦那はいらっしゃるけれど、翠さまはそういう感じではないと思ったんです。お客さまにこう言うのはあんまり良くないのですけれど、本当に、兄さまのように感じられていたんですよ」

これはあながち世辞でもないだろうと、翠は嬉しく思った。

「谷間では、血が繫がっているかどうかは関係ありませんでしたからね。正直俺も、同じような頃にあなたが谷間にいたなら、妹分達と似たようなもんだと思っていました」

「そうでした。そういうところでしたね……」

つと笑みをおさめ、鞠里はしんみりと頷いたのだった。

それ以来、鞠里は前にも増して翠に懐《なつ》いたように見えた。

翠が来ていると聞くや、取るものも取りあえずと言った体《てい》でやって来るようになったのだ。

「ようこそおいで下さいました」

嬉しそうに駆け寄ってくる様子はあまりにも気取っておらず、それを見た遣り手婆からは「中央花街の遊女としての自覚を持て」と、裏でさんざん叱られているのだと禿から耳打ちされた。

「きっと、また来て下さいましね。絶対ですよ！」

帰り際にはわざわざ見送りに出て、きらきらした瞳で笑いかけてくる彼女は、まるで仔犬のように愛くるしい。

ただし、それを見てやっかんだり冷やかしたりしてくる同輩達は、ただひたすらに面倒臭かった。

「色男は得ですねえ」

「そんなんじゃない。最初に妹みたいなもんだって言ったから、あえてそういう風に振舞ってくれてるんだろ」

適当に言い返すと、「分かってねえな！」と罵倒される。

「中央花街の遊女がそんな無邪気なわけあるか」

「男として気に入られているに決まってるだろ！」

「あっちから顔見せてくれるなんて、相当だぞ」

「だからっていい気になるなよ？　あくまで客としてっていう前提あっての話だからな？」

向こうは商売で俺たちの相手してくれてんだ、己惚《うぬぼ》れんなと、現実が見えているのだか見えていないのだか、よく分からないことを口々に言う。

自分が鞠里に気に入られているのを疑うわけではなかったが、同輩達に言われるまでもなく、彼女が自分に構うのは商売だからであることを翠は承知していた。

遊女らにとって、院生は将来の客だ。

たとえ本人が太客にならなかったとしても、その縁から次の客に繋がるかもしれないと思えば、親しくしておいて何も損はない。だからこそ鞠里は自分の自由に出来る時間を割いてまで宴席に顔を出すのだ。

今の自分が、それに助けられているのは間違いない。

そういう意味で彼女の客になるつもりはなかったが、今後、自分が山内衆となったあかつきには彼女に便宜を図ってやれる機会はあるかもしれない。自由に出来る金子《きんす》が出来たら、宴席には鞠里を指名しよう。

それが、少しでも彼女に対する礼になればいい。そんな風に考えていた。

翠は、その態度が傍《はた》からどう見えるのかを、全く想像していなかったのだ。

＊　＊　＊

「身請《みう》けされた？」

休みの度に花街に通うようになって、二月が経った。

紅葉も落ちてすっかり冬の気配が強くなった頃、何の前触れもなく、鞠里は中央花街から姿を消した。

その時も土産に良い茶葉を持参していた翠は、姿の見えない鞠里は接客中かと若衆に尋ね、彼女が身請けされたことを知ったのだった。

「それはまた、随分と急ですね」

遊女が落籍《らくせき》された場合、多くは支度を整え、挨拶回りを行い、それなりの祝いをしてから花街を去るものだ。いずれそういう日が来るとは思っていたが、まさか、言葉を交わす暇もないとは思わなかった。

「はい。一刻も早く手元に置きたいと請われまして」

「そうですか……」

「翠さまには目をかけて頂いたのに、ご挨拶も叶わず申し訳ありません。鞠里のほうも気にしておりまして、くれぐれもこれまでの御礼をお伝えしてくれと言いつかっております」

「彼女はどちらに身請けされたんです？」

「すみません、どこのどなたとは申せませぬ。ただ、鞠里の旦那になったのは、大変良家のお方です。きっと、何不自由なく暮らしていけることでしょう」

そう言われても、苦く笑い返す他にない。

裕福な家に引き取られたからと言って必ずしも幸せになれるというわけではないことは、翠の生い立ちが証明してしまっている。

だが、鞠里の旦那の身元がしっかりしているというのは本当なのだろう。

楼主らが大金を費やしてそこまで育て上げている分、水揚《みずあ》げ直後の遊女の代金は異様に高く、身請け話が持ち上がること自体が少ない。

また、それが本当に本人の望んだところであるかは別として、少なくとも遊女自身が「嫌だ」と言えば、中央花街の遊女が無理やり身請けされはしないという建前となっている。

これほど素早く話がまとまったというのは、楼主が納得するだけの相手であり、なおかつ鞠里自身がそれをよしとしたということだ。

心配ではあったが、遊女である以上、これより良い話があるとも思えない。

「彼女が納得して身請けされたのなら、それが一番です」

他の者と分けて欲しいと言って、翠は持参した茶葉の包みを若衆に渡したのだった。

翌朝、日が昇ると同時に、翠は同輩らと共に勁草院へ戻った。

勁草院の門扉の前に舞い降り、人形《じんけい》になって息をつくと、口からあふれた呼気が真っ白に凍るようだった。

休み明けだと言うのに、どうにも疲れていた。

相手になってくれる鞠里がいないと、ささやかな宴席でも相変わらず居心地は悪い。隙を見ては花街通いをしている身であるというのに、これに関しては一向に慣れなかった。

これまでも鞠里がいない宴席はあったが、もう二度と会えないと思うと話が変わって来る。こまめに通う気も失せて、何か他に休養日の過ごし方を考えたほうがいいかもしれないと思っていた時だった。

角を曲がり、自分に与えられた坊が目に入り、足が止まる。

「待っていたぞ、羽緑」

朝の光の中、柱によりかかり、腕を組んでこちらを待ち構えていたのは、しばらく言葉を交わすこともなかった路近である。

その姿を見ただけで、反射的に全身が強張った。

そんな自分が腹立たしく、「何のご用でしょう」とつっけんどんに返してやろうとして、はたと口を噤む。

路近の肩から掛けられている着物。

戦闘装束の形に編まれた黒い羽衣の上に羽織った着物には、冬枯れの今の光景にはいささか季節外れの、紅葉の刺繍がされている。

鮮やかな色のそれはあきらかに女物であり――翠には見覚えがあった。

「お前、鞠里という遊女とねんごろだったそうだな？」

心臓が早鐘を打ち、全身の血が冷えていくのを感じる。

まさかと思った。

「別に、ねんごろというような仲ではありません……」

冷静に言いながら、何かの間違いであって欲しい、どうか自分の早とちりであれ、と強く願う。

だが、路近はにんまりと笑い、その鋭い犬歯を見せつけながらこう宣《のたま》ったのだった。

「あの女を落籍したのは、私だ」

もはや声も出ない。

自分が今、どんな顔をしているのかも分からないまま見上げると、どうだ、と路近は楽しそうに首を傾げた。

「私を殺したくなったか？」

この野郎。俺への嫌がらせのためだけに、鞠里を利用しやがった！

勝手に体が震える。自分のしでかしたことに眩暈《めまい》がする。

勁草院では、特定の誰かと親しく付き合わないよう、気を付けていたつもりだった。まさか出先の知り合いにまで目を付けられるとは思っていなかったが、そんな油断をしていい相手ではなかったのだ。

「なんてことしやがる……！」

絶望感と共に漏れた声は、怒りのあまり掠《かす》れていた。

だが、そんな翠をじっくりと見つめていた路近は、急に「なんだ」と露骨にがっかりした顔になった。

「お前、あの女に大して思い入れはなかったのだな」

「は――はあ？」

ここまでしたのに、と盛大にため息をつかれて、思うさまに罵倒してやろうと開きかけた口を慌てて閉じる。

自分の何を見て落胆したのかは分からないが、それでもこれは好機だった。このまま、鞠里への興味を失ってくれれば、彼女に累は及ばないかもしれない。

――だが、どうしたらいい？

彼女まで、こいつの殺意の検証に付き合わされることだけは避けなければならない。ここで、あの子を傷つけたら殺す、とでも口を滑らせれば、今度はそれを動機として彼女を痛めつけるだろう。

狼狽《うろた》えるな、と心の中で何度も唱える。たとえ一毫《いちごう》たりとも、付け入る隙を見せてはならない。

静かに深呼吸をして、意識して呆れた表情を作る。

「何を勘違いしたか知りませんが、彼女には、宴席で酌をしてもらっていただけです」

「お前の女を奪ってやったら、どんな反応をするのか見たかったのに！」

せっかく買ったのに無駄金か、と路近は唇を尖《とが》らせる。

「ご愁傷さまです。これからあの子をどうするつもりですか」

「さて。どうしたものかな」

さりげなく探りを入れると、路近はばりばりと頭を掻いた。

「女自体にはあまり興味はなかったのだが」

買ってしまった手前、遊ばせておくのも勿体ないし、と朝焼けの空を睨む。

「お前、あれが欲しいか？」

「――は？」

唐突にこちらに顔を向けられ、思わず素で声が出た。

「何、私はお前を気に入っているのでな。これほど私のもとで長続きした者は他にいない。これまでの献身に報いて、女を与えてやっても良いと言っているのだ」

女は今、私の所有する屋敷にいる。なんなら屋敷ごとやろうか、といかにも楽しそうに笑いかけられる。

そんな路近を、翠はじっと見据えた。

自分でも、驚くほど動揺はしなかった。これまでの経験から、路近がどういうつもりでそれを言い出したのか、よく分かっているからだ。

「……俺がそれを望んだとして」

声が震えていることに気付き、翠は一息置いて言い直す。

「真実、それが私のものになったところで、また奪うおつもりでしょう?」

大切なものを創って、奪う。そしてまた訊くのだ。

怒ったか、殺したくなったか、と。

そういう信じがたいことをする奴なのだということを、翠は骨身に沁《し》みて分かっていた。

分かるようになりたくなどなかったのに。

「なんだ、ばれたか」

悪びれずに言って悪戯《いたずら》っぽく舌を出した路近に、とうとう、翠の中の何かが決定的に限界を迎えた。耐えなければと思っていたのに、そうする気力が根こそぎ萎《な》えた。代わりに膨《ふく》れ上がったのは、純然たる怒りである。

「もう、いいかげんにしてくれ」

路近の襟首を捕まえて、怒鳴る。

「もううんざりなんだよ。俺はあんたを殺さないし、殺したくもない。一体何を試している」

すぐに殴られるものと思ったのに、路近はつかみかかられている現状が見えていないかのように、平気な顔をしてそれに答えた。

「私を殺したくないと言うお前が、一体何をしたら私を殺そうとするのかが知りたいのだ」

「ああ、そうかよ。なら教えてやる。俺は、いつだってあんたを殺してやりたかったよ」

「やっと本音を言ったな！」

路近は、にっこりと笑った。

ここで全てを終わらせる覚悟を決めた翠をあざ笑うかのように、不敬を咎めもせずにへらへらと言う。

「でもなあ、それは最初から分かっているのだ。お前、いつだって分かりやすく私を睨んで、私を殺してやりたいという顔をしていたから。まっすぐな殺意が心地よいくらいだったのに、実行に移さぬのが不思議でならぬ。手を出して来る者と、出さない者の境界が知りたい」

馬鹿が、と翠は吐き捨てた。

「分かってねえなら教えてやる。ただ単にそうしたくねえからだよ！　人殺しなんかになりたくねえし、本当に殺せるとも思えねえ。てめえの思い通りにもなりたくねえ。ただ、それだけだ」

「嘘だ」

その瞬間、子どものようだった路近の目が、一気に酷薄《こくはく》なものへと変わった。

「人殺しになりたくないと言うが、そんなものは皆、同じように思っている。特別な理由にはなり得ない。それが出来るとは思えないと言ったが、お前はそもそも、本気でそれをしようとすらしていない。そして、思い通りになるのが嫌だと言うが、お前は誇りよりも実を取れる男だ」

自意識の上ではどうかは知らんが、実際はそうだ、と確信を持った口調で断言する。

「私に何をされても、貴族の身分を得たいがためにそれに耐えたのはそういうことだ」

つらつらと、翠自身も分かっていなかった分析を述べる路近を前に、呆気にとられる。

路近の口は止まらない。

「それなのになぜ、殺さない？　お前は世間的に見て、私を殺すにふさわしいと言える理由が百はあるというのに」

「んなもん知るかよ」

咄嗟に出た声は悲鳴そのものだった。

「さっき言った理由が全部だっつってんだろ！」

「では、お前自身も思い及ばぬ基準を、私は見つけねばならぬわけだ」

厳かに宣言され、もう勘弁してくれと心底思った。

路近の襟から手を放し、よろよろと後ずさる。

目が痛くて、視界が欠ける。

思わず痛む目を押さえて呻く。

「もう、お前、死んでくれよ。頼むから……」

「あいにく、祈ったところで私は死なん」

——殺したければ、その手でやるしかない。

その口調はゆるぎなかった。

どうしたらこの男を止められるのか、翠には皆目見当がつかなかった。

＊　＊　＊

結局路近は、翠を追い詰めるための道具として鞠里を使うことに決めたらしい。

あれ以来、翠を見つけてはこれみよがしに鞠里の近況を告げ、当てこするようになった。

「あの娘、お前を男として慕っていたようだぞ」

「それなのに、私に買われて可哀想に」

「どうしているか知りたいか？」

「お前にそうしているように、私に殴られ、蹴られ、殺されかけているかもしれぬと思えば、さぞや胸が痛かろう」

「私を殺さないと、お前の可愛い鞠里が痛い目に遭ったままかもしれんぞ？」

「それでもいいのか？」

「そなたを慕っている、妹のような娘御を私から助け出さなくていいのか？」

「お前にとってはその程度の存在だったか」

「そこまでお前は腰抜けか」

翠が必死に無言を貫いていると、やり方を変えて攻めて来る。

「さっきのは全部嘘だ。鞠里には、お前には到底思いもつかないような贅沢をさせている」

「今や、私を信奉しているやもしれぬなあ？」

「お前などよりも、よほど私を心から愛しているのかもしれぬ」

「どうだ？　屈辱か？」

「どちらが嫌だ？」

「ああ、答えんでいい。お前のことだ。暴力がないほうがいいとほざくのだろうな」

「その程度しか思われていない女を買うのではなかった」

「いずれにしろ、あの女はお前のせいで、私のものになった」

「可哀想なことだ」

「いっそ、他の客を取らせようか」

「主人の命令には逆らえまい」

何か答えるまで延々と追って来る、そういう怪異のようだった。

「路近は、確かに屋敷をいくつか所有しているようですね」

清賢経由で南橘家に問い合わせたところ、路近は南橘家長子という立場を利用して、峰入り前から自由に動かせる金子を確保していたらしい。そこからさらに別邸やら新たな土地やらを人を使って管理させており、本人がそれをどのように使っているかは、よく分からないのだと言う。

鞠里が今、どこで何をしているのかは謎のままだ。

自分の巻き添えにしてしまったことが心底申し訳なく、なんとかして助けてやりたかったが、具体的にどうしたらよいのかは一向に分からなかった。

「こちらで何かする前に、まずは、そのお嬢さんと連絡を取り合い、どうするべきかを話し合いましょう」

「でも、そもそもどこにいるのかも分からないのに！」

「そこは何とかするしかないですね。もう一度、南橘家の当主にかけあって調べてもらいましょう。路近は商人と貴族の仲介を行って金子を得ていたようですから、商人側から何か分かるかもしれません。私も実家の伝手《つて》を当たってみます」

清賢に泣きついたが、翠自身には何の打つ手もなく、力不足が情けなかった。

ただひたすら、鞠里の身が案じられた。

*　　*　　*

その日は休日だった。

自室で課題をしようとしていた翠のもとに、路近がやって来た。

それだけなら恒例とも言えるものだったが、ひとつ違っていたのは、路近が手ぶらではなかったことだ。

ニヤニヤしながら路近が差し出して来たのは、味付けのされた豆餅であった。

「これはあの女からの差し入れだ。羨《うらや》ましかろう？　お前にも食わせてやろう」

いつもの嫌がらせかとうんざりしたが、ここで食べないと言っても口に無理やり突っ込まれるのは分かっている。

苛立ちながらも受け取り、さっさと食べてしまおうと豆餅を咀嚼《そしやく》し、飲み込んだ瞬間だった。

「なんだ」

舌打ちと共に、強烈な衝撃が翠を襲った。

腹を蹴られたと気付いたのは、体をくの字に折り曲げてその場に倒れてからだ。

路近に直接手を出されたのは久しぶりで、一体何が逆鱗に触れたのか分からず混乱した。

げほげほと咳き込みながら蹲《うずくま》る翠に、路近はうんざりしたように竹筒を差し出して来た。

「飲み込んだもの、全て吐き出せ」

「は……？」

「死にたくなければ言うことを聞け。すぐにこれで口を漱《すす》ぎ、こっちを全部飲め」

次々に差し出される丸薬に呆けてしまったが、珍しく路近が真顔だったので、気圧《けお》されるようにして言う通りにした。

口をゆすぐ翠を見ながら、「がっかりだ」と路近は盛大に嘆息する。

「とうとうお前が手を出して来たと思ったのに！　お前、何も知らなかったのだな」

「何を……？」

「まだ気付かんか。それ、甘辛くしてあるが、どうにもケイロウ臭いぞ」

ケイロウ、という言葉が何を意味するのか思案して一拍。

『敬卿』かと、当てはまる漢字に思い当たってぎょっとした。

それは、勁草院で覚えさせられた毒の名称だ。効きが強く、苦しまないで死に至ることから、貴人の処刑にも用いられる。

「あの小娘、一丁前に私を殺そうとしおったわ」

路近はうっすら笑っていたが、その声に温度は感じられなかった。

「放って来てしまったが、まあ、お仕置きが必要だな」

この後に何が起こるのか、翠にはよく分かっていた。

「やめろ、路近……」

「仕方あるまい」

「止めてくれ、頼む。彼女を殺さないでくれ！」

「私を殺そうとした者に、どうして私が容赦してやらねばならんのだ」

いっそ軽やかに言って笑い、路近は翠の坊を出ていった。

翠はその後を追おうと立ち上がりかけ、無様に倒れ込んだ。

今更毒が効いて来たのか、まるで、強い酒を一気に呷《あお》ってしまった後のように手足の感覚が覚束《おぼつか》ない。

体が痺《しび》れて冷や汗が湧き、視界も暗くなってきた。

こんなところで悠長に寝ている暇はない。

このままでは、路近は間違いなく鞠里を殺すだろう。なんとかして彼女を助けなければならない。

だが――どうする？　どうすればいい？

これから何をすれば、自分は鞠里を助けられる？

第五章　路　近

――なるほど。この世は、馬鹿のほうが生きやすいように出来ているらしい。路近《みちちか》が呆れながらそう思ったのは、新たな教育係が自分を滅多打ちにし、「力によって制する者は、より大きな力によって制されるのです」と、もっともらしい顔つきで説いてきた時であった。

最初がいつだったかは忘れてしまったが、父や師の説いて来る教えがあちこちで矛盾していることを、路近は早いうちから気付いていた。

まずはと覚えさせられた、古典からしてそれは明らかなのだ。過去の賢人達は、凡人たる読者に向けてこうあれかしと賢《さか》しらに説いているが、それは全く一貫していない。

力を求めることのおぞましさを説きながら、大いに力をふるうべきだという。

名声を求めるあさましさを説きながら、周囲の尊敬を集められない者は駄目だという。

君は臣を思いやってさえいれば君であり続けると言うが、臣は君が君たりえなくとも臣として振舞わねばならぬと説き、実際には奸臣《かんしん》によって裏切られて死んだ君がいて、奸臣こそが君となったりする。

これはどういうことかと問えば、当時、自分に詩文を教えていた師は朗らかに笑ってこう言った。

「よくぞお気付きになられた。これらは、より正しい道を求めた、古き人々の模索の記録なのです。ああでもない、こうでもないと、長い時間をかけて積み重なったものですから、それらを一度に並べるとあちこちが矛盾しているように見える」

なるほどそうかと思いつつ、路近はその不確かさを不安に思った。

「それでは、学べば学ぶほど、何が正しく、何が間違っているかが分からなくなってしまうのではないか？　これが正しいという答えがないのなら、私は何を手本にすればいい」

「それこそ、あなた自身が、あなたが正しいと思う行為をするのです」

なんて大変なことを言うのだろうと面食らった路近に、師は続ける。

「何も手掛かりがないというわけではありません。あなたさまの手元まで届いたこの書物は、長い時間をかけて吟味され、淘汰され、それでも価値があるとされたから残ったのです。こうあるべき、こうあって欲しいと多くの者が望んだ、言わばひとつの理想形ですな」

しかし現実は理想通りとはいきませぬ、とゆっくりと首を横に振る。

「ですから、あなたの目で現実と照らし合わせた上で、これらの中で『確かにこうあるべきだ』と思えることを実践すればよろしい。多くの者が長い時間をかけて作って来たものですから、一人で一から考えるよりもはるかに高みにあります。あなたこそが、先人の積み重ねた知恵のその上を行くのです。未来を見据えた時、これこそが、きっと良い参考になるでしょう」

貴族とはそういうもの。だから最初に詩文を学ばされるのだと説かれ、路近は大いに納得したのだった。

この師は、路近に最初に詩文を教えた男であり、路近が知る中でもすこぶる賢く、素直に尊敬の念を覚えた相手であった。だが、年老いていた師はこの問答があってからいくらもしないうちに亡くなってしまった。

残念なことに、後任となった者は彼ほど優秀ではなかった。詩文の解釈を説きはするが、あの師の言ったような『確かにこうあるべき』の形を彼自身は持っていないようで、そこに繋がる問いを投げかけると、決まって答えに詰まるのだ。

「若さまは、本当に優秀でいらっしゃる！」

感嘆する彼らに父は満足そうにしていたが、路近からすると参考にならない分、どうにも物足りなく思えてならなかった。

路近は、こうあるべきという形を、自力で模索しなければならなかったのだ。

暗記は得意だったから、先人達の模索を自分のものにするのに、そう時間は掛からなかった。だが、事は暗記すればいいという問題ではなく、早々に路近は躓《つまず》いてしまった。自分が『こうあるべき』と思ったことを実践していると、何故か父母の不興を買ってしまうのだ。

かつて、あれほどその賢さを褒めて喜んでくれていたというのに、母は路近に思いやりがないと嘆き、父はどうしてこんな簡単なことが分からないのかと頭を抱えた。わけが分からなかった。

母からは「情が育っていない」などという言い方をされたが、母の言う情というのは、その実、体《てい》のいい勘違いである。

路近の見る限り、人と人との関係というものは非常に単純に出来ていて、全てが『利害』の一言で説明がついた。

主が利益を配下に与えることで、配下は主に服従する。

下女らが母におもねるのは、あくまで母に仕えることで彼女らに利益があるからであり、決して母に思いやりがあるからではない。利がなければ、母がどれだけ優しく振舞ったとしても、彼女らは決して同じように仕えたりはしないだろう。

それなのに母は、自分と配下の関係が良好なのは、己《おの》が徳によるものだと幻想を抱いているようだった。そして、路近にもそうしろと見当違いの命令をするのだ。徳のありなしで世の中がうまく回るのならば、この世に政変なんてものは起こらない。必要なのは、利害関係が合致する相手との間に、主従関係を結ぶことである。それさえしっかり押さえておけば、問題は起こらないはずだ。

これを言うと、父はそんなに単純なものではない、と言った。

「現実を見よ。実際、お前は周囲との間に軋轢《あつれき》を生んでいるではないか」

「現実を見て申しております。実際、問題にしているのは父上と母上だけです。不満がある者は、配下を離れればいいだけのこと。自分が気に入らないから私に態度を改めろというのは、それこそ配下として弁《わきま》えぬ態度ではありませんか」

その時、父から明確な反論はなかったように思うのだが、納得していたわけではなかったのだろう。「力によって制する者は、より大きな力によって制されるのです」などと説いてくる馬鹿を送り込んで来る始末だ。

これには呆れたが、同時に納得もした。

周囲の者はどうして己の考えを理解してくれないのだろうと思っていたが、これはどうやら前提が違う。

彼らは路近よりもずっと愚かで単純であり、利益に即して生きていながら、そこに美辞麗句をくっつけて、世界はもっと美しい理論で回っているものと思い込もうとしている。もしかしたら、世界の仕組みに思いをめぐらせることすらしていないのかもしれない。

そして、そういう者が大部分を占めているのがこの世界の「現実」で、自分はそういった者に囲まれて生きて行かなければならないのだ。

一度そう思ってしまうと、途端に真面目に生きて行くのが馬鹿らしくなってしまった。

世の中は、路近には到底信じられないようなあやふやな幻想に満ちていて、そこに生きている人々は大概が馬鹿なので、その不確かさに気付いてすらいない。

これから先、この愚かな者どもの間でただひたすらに暇つぶしをして生きて行かなければならないのかと思うと、ほとほとうんざりするのだった。

父が自分を殺そうとして来たのは、ちょうどそんな風に思っていた時のことである。流石《さすが》に、これには驚かされた。

父は莫大な労力と費用をかけて、後継として路近を教育してきたはずだ。自分は十分その求めには応えて来たつもりだし、父に反抗したことすらない。

ここで自分を殺したところで、損になるばかりで、どこにも父に利はないはずだ。

人は利益で動いているはずなのに、父の行動はそこから外れているようにも見える。世界は利益によって支配されているという、自分の考えが間違っていたのだろうか。それとも自分が気付いていないだけで、自分が死ぬことで何か父の得になることがあるのだろうか。

動機を知りたかったのに、父はこの問いに答えてくれなかった。どれほど問い詰めても、路近に殺意を抱いたことすら頑《かたく》なに認めようとしないのだ。

路近には、父の考えが分からなかった。その内心を、あれこれ推測するしかなくなってしまったのだ。


――人は、どういった時に人を殺したいと思うのだろう?


路近には誰かを殺してやりたいと思った経験がなかったので、これにはしばし頭を悩ませることになった。

もし本当の理由を言い当てられたら、父も殺意を認めて、答え合わせをしてくれるだろうか。

そのようにも思ったが、しかしその仮説すら立てられない日々が続いた。

見聞を広げてみるのもひとつの手かと、中央花街《ちゅうおうはなまち》や谷間《たにあい》で遊んでみたり、南家《なんけ》筋の貴族らしく商いに嘴《くちばし》を挟んで小銭を稼いだりもしてみたのだが、そうしてみて確信したのは、やっぱり世界は利益で回っているということだ。それを裏付ける例はいくらでもあったが、覆《くつがえ》すような例はどこにも見つからなかった。

いくら一人で考えていても、何故、父が自分を殺そうとしたのかは分からない。

どうしたものかと悩んでいたところ、折よく屋敷を訪ねてきたのが、新任の山内衆《やまうちしゅう》である清良《きよら》であった。

「勁草院《けいそういん》には、山内《やまうち》における全ての階層の者が揃っております。それぞれがそれぞれのくびきを持ちながらぶつかり合って、人として磨かれていくのです。その中で得た学びは、机の上では見えぬもの、勁草院に入れなければ到底思いつきもせぬものでした」

そう語る姿はいかにも楽しそうで、かつてなく興味が湧いた。

この山内衆の言葉を信じるならば、自分はまだまだもの知らずだということなのだろうし、身の置き場所を変えて学んでみるのもいいかもしれないと思ったのだ。

生まれてこの方、そうなるものと刷り込まれて来た南橘家《みなみたちばなけ》の嫡男《ちゃくなん》という立場ではあったが、こうなってみると大して魅力には感じない。父とて、殺そうとするくらいなのだから出奔《しゅっぽん》しても別に構わないだろう。

そう思って「勁草院に入りたい」と希望すれば、案の定、父は一も二もなくそれを許したのだった。

しかし、思っていたほど勁草院は面白い所ではなかった。

清良の言っていたような交流はなく、その点に関しては期待外れと言わざるを得ない。

ただ、勁草院にも路近の命を狙う者はやってきたので、それだけは収穫だった。

父が手配した取り巻きや教官は、父の命を受けて毒を盛ったり首を折ろうとしたりするので、殺意を調べるための材料にするのにはちょうど良かったのだ。

自分を殺そうとした者を捕まえると、路近は質問攻めにした。

殺すという行為は、大事《おおごと》のはずだ。

それを思いきる切っ掛けは何だったのか。

父との間にどんな取引があったのか。

対価とされたものは何か。

個人的な恨みはない自分を殺すことに、抵抗はなかったのか。

何をやったら、自然と殺意を抱くようになるのか。

殺す覚悟があるのなら当然、自分も殺される覚悟があってのことだろうと思っていたのだが、詰問して分かったのは、彼らは殺す覚悟はしていても、殺される覚悟はしていないということだった。

頭の悪い者の動機は動機になっておらず、聞いてもがっかりさせられるばかりだ。馬鹿だな、と思うだけで、父の考えを探る上で大して参考にはならなかった。

取り巻きが皆逃げるか死ぬかすると、今度は部屋に路近が一人いるところを狙って、寝首を掻こうとする者も出るようになった。

ある時、短刀を持った賊が三名、寝込みを襲って来たことがあった。

うっかり殺してしまったので、豪華な坊を狙った賊であるという体《てい》で処理されてしまったのは失敗だった。山内一の武人を養成しようという場所を狙って来る命知らずの賊などいるわけがないのだ。誰が背後にいるのかは明らかだった。

一つ良かったのは、路近自身が八咫烏《にんげん》の命を奪うという経験を積めたことだ。

直接八咫烏の命を奪ったのはそれが初めてだったが、大して感慨はなかった。もとより、自分の命を狙って来た連中に情けをかける義理はなく、こういう時に感じるものだと聞いていた罪悪感とやらも全く覚えなかった。

こんなものか、という程度だ。

他者の命を奪ってもこのくらいにしか感じないなら、確かに大金の代わりに殺しを引き受ける者はいくらでもいるだろうなという参考にはなった。

打つ手がなくなったのだろうか。

草牙《そうが》への進級時、再び父の差配で送られて来た荳兒《とうじ》二人は、路近を殺すようにという命令は受けていないようだった。

あちらがこちらを殺そうとしない限り、別にこちらにあちらを殺さなければならない理由もない。同室の者がいなくなってから自分の身の回りを整える人手も欲しかったので、路近としても都合がよい。

そのうち一人は全く話にならないのですぐに返したが、残った一人、翠《みどり》と名乗った少年は、中々の掘り出し物であった。

簡単に聞いていた経歴からして一筋縄ではいかないだろうと予想していたのだが、ただ気が強いだけではなく、これが相当に優秀だったのだ。路近の問いにも正確に答えるし、物怖じしないのも使いやすい。働き者であり、側仕えとしても全く不足がなかった。

そうする動機が、貴族の身分が欲しいからというところも良い。

少なくとも、翠は世の中が利益で回っていると理解していた。おためごかしの美辞麗句や幻想を戴いていない分、意思の疎通が取りやすい。

自分とは全く違う人生を歩んで来た者として、話を聞くのに最適な相手であると言えた。

そうして、ある程度の話を聞き終えた後、今度は「どうしたら殺意を抱くか」を調べることにしたのだった。

翠は卑しい生まれだ。路近を利用してのし上がってやろうという野心を隠しもしないから、その方が得と見ればきっとすぐに殺しに来るだろうと思っていた。

だがここでも、翠は変わった反応を示した。

逃げ出すでもなく、反撃するでもなく、ただひたすらに耐え続けたのだ。しかも、これでもかというほど分かりやすい殺意を抱きながらである。

それまで、身近にありながら本気で路近を殺そうとする者は、あからさまな殺意を向けてくることはなかった。そういう時、彼らは睨《にら》むのではなく、むしろ笑う。

最初は、にこにこしながら毒を盛ってくる理由が分からなかった。

どういう感情なのかと不審に思って、よくよく考え、腕力で路近には敵わないと承知しているから、どうにかして油断させようとしているのだと気が付いた。

弱い者は、感情のままそれを表に出すわけではないのだ。

一度そうと分かれば、歪《ゆが》んだ笑顔の見分けもつくようになる。

笑いながら毒を寄越す者、死にたくなくてがむしゃらに刀を振るう者はいても、怒りのまま刀を振るう者はいなかった。真正面からやりあえば路近に負けると分かっていて、自分は死にたくないからだ。

翠のように、まっすぐに殺意を向けてくる者は稀《まれ》である。後ろめたくないからそれが出来るのだと思うと、ますますどこでその限界を迎えるのかが気になって仕方がなかった。

しかもこの翠という男、普段無表情でいる分、こちらを睨むと目がぎらっと光って、急に生気が溢れて別人のようになる。

神官に目を付けられるくらいなのだから、世間的な基準からして見目は良いほうなのだろうとは思っていたが、なるほど、これは確かに美しい生き物だと感心した。

外に置いた手の者に詳しく調べさせて、翠自身の生まれついての名は羽緑《はみどり》であることも知った。

当人はその名を疎《うと》んでいるらしいが、母親譲りであるという光沢の強い黒髪を見る限り、羽緑のほうが彼自身に似つかわしい名前だと路近は思っている。その名で呼ぶ度に睨みつけて来るのも愉快だったので、そのうち羽緑としか呼ばないようになったのだった。

路近は羽緑の限界が知りたくて際限なしに彼を嬲《なぶ》り、羽緑のほうは意地になって反抗的な態度を取りながらそれに耐え続けるという関係が完成した。

羽緑は相当に頑固だった。

状況は膠着《こうちゃく》し、にっちもさっちもいかなくなった頃になり、またもや南橘家から新手が送られて来た。

自分に勁草院の面白さを説いた清良が、清賢《せいけん》と名前を変えてやって来たのである。

彼もまた、羽緑とは全く違った意味で興味をそそる男であった。

清賢は路近を全く恐れず、路近の仕掛けた問答をも嬉々として受けて立ったのだ。一晩中語り合ったあかつきには、人生でこれほど話したことはないと思ったほどである。

「お前が私を殺すとしたら、それはどんな時だ？」

いつもと同じように問いかけると、戸惑うでもなく、大真面目に清賢は答えた。

「まず大前提として分かって頂きたいのですが、私は、あなたを殺したくはありません」

どのような経緯があったとしても、あなたを殺したことを一生後悔するでしょうからね、などと言う。

「その上で、私があなたを殺すとしたら、それはあなたが、私の大切な人を殺そうとする場合でしょう。でも、あなた自身も私にとっては大切な人なので、出来る限りそうならないように頑張るつもりです」

清賢は裕福な家の出であり、勁草院を卒院した時点で貴族の位も得ている。

今の時点で十分満たされているから、父の用意する利益よりも、自分がそれをしたいかしたくないかが一番に来るのかと合点がいった。

「では、私がお前の親しい者を殺そうとしない限り、お前は私を殺そうとは思わないのか？」

「ええ、その通りです」

さらりとした返答だったが、これは嘘ではないだろうという確信が持てた。

清賢に関しては殺意の検証をする必要がなくなってしまったので、そうなると、やはり気になるのは羽緑のほうである。

清賢がやって来てからというもの、羽緑は別室に移され、路近との接触は大幅に減った。

路近が清賢と話すことが増えるに従い、それと入れ替わるように、羽緑は同輩である荳兒達と付き合うようになっていた。

最近はどうやって過ごしているのかと少し調べてみれば、なんと、足しげく花街に通っているというではないか。懇意にしている花街の住人に連絡を入れると、どうも一人の遊女に執心しているらしい。

執心の遊女を奪われたら、流石のあの頑固者も怒り狂うに違いない。

これを使わない手はなかった。

早速遊女を身請《みう》けし、その反応を見るのをわくわくしながら待っていたのだが、思ったような反応は得られなかった。

羽緑はお上品に青くなるだけで、全く殺意を増したようには見えなかったのだ。期待していた分、これには拍子抜けしてしまった。

とはいえ、このままでは遊女を身請けした金が勿体ない。羽緑が遊女とある程度の関係を結んでいたのは確かだったようなので、なんとか挑発の材料に使えないかと模索していたところ、遊女のほうから毒を盛って来てくれた。

餅を差し出された時、女があの見慣れた笑みを浮かべていたため、毒が仕込まれているのはすぐに分かった。

おお、久しぶりだな、と思った。

その場で問い詰めたものの、女は「そんなの知らない」としらばっくれるばかりである。一瞬、本人に餅を食わせてやろうかと思ったのだが、その頑なな態度に、これはもしや羽緑と共謀してのことかと閃《ひらめ》いた。

羽緑が、この遊女になんとか連絡を取ろうとしていたのは知っていた。自分の気付かぬうちに、とっくに渡りを付けたのかもしれない。

あの羽緑にもとうとうこの日が来たのかと興奮した。

外に出る際、周囲をうろうろしていた——恐らくは毒殺の見届け役だろう——男をきっちり伸《の》してから、路近は勁草院へと向かった。

結局のところ、毒殺に羽緑は関係しておらず、遊女の独断であったようだ。

また駄目か、こいつはどうやったら私に殺意を抱くんだと、うんざりと感嘆が半々の思いを抱く羽目になった。

だがまあ、これによって遊女に容赦する必要がなくなり、用途が増えたのは良かったかもしれない。

清賢は、もし自分が路近を殺すとしたら、それは路近が清賢の大切な者を殺そうとした時だろうと言った。もしや、羽緑もそうなのかもしれないと思い至ったのだ。

自分への暴力には我慢強い男だが、他人への暴力にも同じとは限らない。ここは少し趣向を変えて、羽緑の前で遊女をいたぶってみよう。

遊女には、何不自由ない暮らしをさせていたつもりだった。

大方、父に対価をちらつかされたのだろうが、具体的に何が引き金になったのかはまだ知らないから、それを聞き出すと同時に、その様子を羽緑に見せてやれば一石二鳥になる。

そう思って屋敷に帰ってみると、しかし、女の姿は消えていた。

路近は焦らなかった。

どこに逃げたのか、ある程度は察しがついていたからだ。

大金をはたいて買った女だ。ただ逃がすというのも勿体ない。

手間をかけさせるものだと思いつつ、路近は屋敷を出たのだった。

＊　＊　＊

「翠！　おい、大丈夫か」

――知らぬ間に、意識が飛んでいたらしい。

自分を呼ぶ声に目を覚ますと、いくらか体は楽になっていた。手遅れかとひやりとしたが、窓から差し込む光の角度で、自分が倒れてからまだそれほど時間は経っていないことを知る。

とはいえ、既に路近の姿は影も形も見えなくなっていた。

「くそっ」

毒づいて汗を手の甲で拭《ぬぐ》い、ふらつきながら立ち上がる。

「おいおい、平気かよ。また路近草牙にやられたのか」

「清賢院士《せんせい》に、『鞠里《まりさと》が毒を盛った』と伝えてくれ」

「は？」

「それで分かるはずだ。出来る限り急いで、頼む！」

「わ、分かった……」

翠の剣幕に戸惑いながら頷《うなず》く同輩を横目に、庭に出て転身《てんしん》する。

むやみやたらに路近を探し回ったりはしない。自分がこれから向かうべき場所は決まっていた。

敬卿《けいろう》は、貴族の使う毒なのだ。鞠里が自力で用意出来たとは思えない。

となれば、誰かがそれを渡し、路近を殺すようにと唆《そそのか》したことになる。それをしたのは、南橘家の当主以外にあり得なかった。

「そこのお前、止まれ！」

鳥形《ちょうけい》のまま朝宅《ちょうたく》に入ろうとすれば、周囲を警戒していた警備の騎兵に見咎《みとが》められた。

勁草院の院生の身分を証明する珂仗《かじょう》のおかげで手荒な真似はされなかったが、まずは会う約束を取り付けろとうるさい。

それを無視して、翠は庭へと突っ込んだ。

寒々しい西日の中、美しい冬枯れの庭に降り立つと、どこからか兵達がわらわらと出て、翠を取り囲んだ。

「お主、翠ではないか。勁草院の院生ともあろう者が、一体どうしてこのような真似をする」

驚いたように声をかけて来たのは、峰入《みねい》り前、たまに剣術の稽古をつけてくれた顔見知りの兵だった。

「どうしても、お館《やかた》さまに急ぎお伝えしたいことがございます」

「お館さまはお忙しい。まずはこちらで用向きを聞こう」

「悠長にしてる暇はないんです。路近に関係することです。とにかく、お館さまにお目通りを！」

　怒鳴りつけるように翠が言った時、騒ぎを聞きつけてか、屋敷の奥から安近《やすちか》が姿を現した。

「翠か。いきなり訪ねて来るとは、何事だ」

　兵を押しのけ、翠はその場に膝もつかずに安近に話しかける。

「鞠里に路近を殺すよう命じたのはお館さまですね」

　前置きもなく本題に切り込めば、安近はぴくりとだけ眉を動かした。

「何？」

「全て、路近にばれました。路近は彼女を殺すつもりです。どうか、彼女はもう逃げたと、匿《かくま》っているから大丈夫だとおっしゃって下さい。もしそうでないのであれば、唆した者の責任として、せめて彼女の身を守って頂きたい」

「何の話をしている」

「この期《ご》に及んでとぼけるのですか！」

　つい悲鳴じみた声が出ると、つられたように周囲の兵が槍《やり》を構えた。

　嘘を言う相手に憤って手が出る路近の気持ちが初めて、分かった気がした。余計苛立ちに任せて周囲を睨むと、「お止めなさい」と静かな声が掛かった。

　安近の声ではない。

　一瞬、声の主を探し、屋敷の奥からやって来た者に翠は目を瞬いた。

「若さま？」

「あの遊女に接触したのは父上ではない。私だ」

何の臆面もなく言ってのけた国近《くにちか》に、翠はぽかんとした。

「若さまが、鞠里に毒を渡した？」

「そうだ」

「どうして」

「どうしても何も、もし兄上が隙を見せれば、その機を逃す前にそれをしていいということになっていた。今まで、兄上が遊女を手元に置いたことはないし、女相手ならば油断する可能性もある。試してみようと思っただけだ」

「そうではなく！」

国近は、自ら争いを好むような性質ではないと思っていた。いつも落ち着いて、確かに事の動静を見守る男だと。

このままでも、国近は南橘家の当主となれるはずなのに！

「どうして、路近を殺そうとなんか……」

国近は呆れた顔になった。

「それこそ言うまでもなかろう。兄上は南橘家の汚点だ。生かしておいたところで、誰にとっても百害あって一利なしの存在だ。排除出来るものならそうする。当然だろう」

決してこの地位を奪われると思ってそれをしたのではない。ただ、あれは生きていてはまずいと思ったのだと国近は全く悪びれずに語る。

「何より、一刻も早くあれを排除しようと思ったのは、他でもないお前のためだぞ」

「は？」

「お前が、あれにさんざんな目に遭わされていると聞き及んだから、助けてやろうと思ったのだ。むしろ、お前には感謝されると思っていたのだがな？」

皮肉っぽく言われて、翠の中に閃くものがあった。

こいつら、やっぱり兄弟だ。

どれだけ国近が路近を憎んでいようが、兄と通底するものがある。本人はきっと思いもよらないだろうが、翠にはこの兄弟の共通する部分――そして、ほんの少し違う部分――が、おそらくこの世の誰よりも分かってしまった。

真面目に返答することを放棄し、差し迫った問題へと無理やり話題を引き戻す。

「鞠里はどうなったんです」

「兄上がお前のもとに向かった後、逃げたようだ」

当初の予定では、暗殺が成功してもしなくても、鞠里の身は他所に移されるはずであった。だが、暗殺を試みた後、おそらくは何か予定外のことが起きたのだ。

路近の別邸の近くに控え、事が終わってから鞠里を移動させるはずだった兵は、昏倒した状態で見つかった。

肝心の鞠里の姿は見えず、どこに行ったのかと思っていたのだが、つい先ほど別口から連絡が入ったのだと言う。

「鞠里は谷間に逃げ込んだ。そして、兄上もそれを追って行ったらしい」

「谷間に……」

谷間を頼らざるを得なかった鞠里の気持ちが、翠には痛いほどよく分かる。

息子がやって来てから、黙って翠とのやり取りを聞いていた安近が、ここで不意に嘴を挟んだ。

「谷間の者から連絡がきたのか？」

「はい、つい先ほど。事が大きくなってしまったので一度父上にご相談しようと思いまして、返答は保留しております」

国近は父に向き直り、淡々と報告をする。

「鞠里を追って谷間に下りた兄上が、ひと悶着起こしたようです。身柄を押さえた後、兄上が南橘家の者と知って、先方がこちらに伺いを立ててきました。あちらの頭目は、出来るだけ我々と事を荒立てたくないそうで」

「身柄を押さえただと？」

「どうも乱闘になった挙句、谷間の連中に拘束されたようです。その過程で大怪我をした者もいるので、このまま無傷で返すわけにはいかないということでした」

「好機だな」

その時、やけにゆっくりと頷いた安近の瞳が、どうにも冷酷な色を宿したように見えた。

「伝えろ。そちらで処理してくれたら、いかようにも礼をすると」

――その言葉の意味するところは明らかだ。

国近は顔色を変えず、「ではそのように」とだけ答えた。

翠は呆然とした。

こいつらにとって、自分達の代わりに、谷間の連中が路近を殺してくれるなら万々歳だということなのだろう。


「狂ってやがる……」


喉から絞り出すように漏れた声が、向こうに聞こえていたかどうかは分からない。

これだから、貴族は大嫌いなんだ。

無言のまま兵を押しのけ、翠は南橘家の父子に背を向けて歩き出した。

「翠。どこに行くつもりだ」

翠の背中に向け、国近が呼びかけて来た。

「谷間です。鞠里さんを迎えに行かないと」

「お前が行く必要はない。巻き込まれないよう、このまま勁草院に戻れ。路近がこの世の者でなくなってから迎えに行けばいいだろう。お前も、正式に私の配下に迎えてやるから」

思わず、キッと振り返る。

「誰がてめえなんかに仕えるか、バーカ！」

そして、国近がどんな顔をしているのかも確認せずに転身し、谷間へ向けて飛び立ったのだった。

＊　＊　＊

「やっと話の分かりそうな奴が来たな」

慌てふためく配下に呼ばれて鵄《とび》が駆け付けた時、そこには惨状が広がっていた。

呻《うめ》き声をあげ、あちこちに倒れ伏す男どもは、いずれも喧嘩上手で鳴らした破落戸《ごろつき》である。中には腕がおかしな方向に曲がって冷や汗をかいている者、口から血を吐きながらのたうち回っている者もいる。

そして、その中央に悠々と立ち、手持無沙汰に刀で己の肩を叩いているのは、背の高い若者であった。

よく見れば、刀と思ったのは珂仗――見栄えだけはいい、竹光だ。

そいつが勁草院の院生であることにまず驚き、ついで、珂仗でこの惨状を創り上げたということに感心した。

「いい腕をしているな」

「こいつら、あんたの子分か。腕っぷしで飯を食っている割に、喧嘩が弱過ぎるぞ」

「面目ねえ。これはしっかり根性を叩き直さにゃなんねえな」

気軽に言って笑い、すっと真顔になる。

「俺は鶏だ。お察しの通り、そこに転がっている腰抜けどもの頭目だよ」

「親分衆のおひとりか。わざわざどうも。私は南橘家の路近だ」

——南橘の路近。

聞き覚えがある。数年前、賭場で異様な勝ち方をして問題になった小童《こわっぱ》だ。大貴族の嫡男で、あの時は見逃さざるを得なかった。

これは厄介なことになったな、と意識して表情を変えずに問う。

「宮烏《みやがらす》の坊ちゃんがどうしてこんな所に？」

「私の所有する遊女が大罪を犯してここに逃亡したようなので、引き渡してもらいに来ただけだ」

「大罪？」

「私の食事に毒を盛った。あやうく死ぬところだった」

なるほど、それは確かに大罪である。

「それなのに、こいつらは私が毒を盛られたのは自業自得だと言いおったのだ」

路近は、どうにも芝居がかった動作で憤慨して見せる。

「言っておくが、私は女に対し、ちゃんと主として振舞ったぞ。毒を盛られたその瞬間まで、手を上げたこともない。それなのに、女の主にはふさわしくないと、こいつらにいちゃもんをつけられたのだ」

そうなのか、と無言で視線を向けると、自分を呼びに来た子分が震え上がって反論した。

「とんでもねえこってす。話を聞く限り、こいつの女に対する行状は酷《ひど》いもんだ！　はいそうですかって、そのまま引き渡せるわけがねえ。オヤジに判断を仰ぐ前にこいつが女を連れ戻そうとするんで、俺達はとりあえず止めようとしたまでです」

「女の言葉を鵜《う》呑《の》みにしたのか？」

「あいつの話も聞こうとしたのに、突然殴りかかってきやがったんですよ！」

これを、路近は鼻で笑った。

「よく言うわ。その薄汚い手でつかみかかってきたのはそちらのほうだろうに」

特にそいつ、と路近は足元で腕を抱えて呻き、蹲《うずくま》っている男を顎《あご》で示す。

「あの女の縁者なのか？　最初から私を殺す気まんまんだったぞ。それで、容赦する必要はないと判断した。自分の身を守るために必要なことをしたまでだ」

「それでこの有様か」

「あの女の所有権は私が有している。そしてあの女は、あろうことか優しい主人である私に毒を盛った大罪人だ。それを庇《かば》うというのか？」

「本当にふさわしい主なら、そもそも毒を盛られることもねえだろうに」

苦し紛れの鵄の言葉を、路近はいかにも可笑《おか》しそうに笑い飛ばした。

「谷間の親分衆ともあろう御仁《ごじん》が、随分と夢見がちなことを言うものよ。人の命を金で贖《あがな》う連中がいることは、谷間の八咫烏《にんげん》こそ最もよく分かっているだろうに。あの女も同じだ。己も金で買われた挙句、結局は自身も報酬に目がくらんで私を裏切ったのだろう」

谷間の常識が抜けなかったのかな、とこちらを挑発してくるのだから手に負えない。

「なんだとてめえ！」

「俺達を馬鹿にしてやがんのか、ああ？」

自分が引き連れて来た手下が色めき立つのを、鵄は「うるっせえ！」と視線も向けずに一喝する。

「こいつは俺と話してんだ。てめえらは黙ってろ」

「貴様らが金よりも道義を重んじると言うのならば、さっさと女をこちらに引き渡してもらおうか」

下っ端の殺気にも鵄の大喝《だいかつ》にも怯《ひる》まず、路近はむしろ我が意を得たりとでもいうように薄く笑っている。

「あの女が私を殺そうとしたのは、動かしようのない事実だ。権利という意味でも、道理という意味でも、私の意見こそ通ってしかるべきであろう」

悠揚迫らぬその姿を見て、これでは三下《さんした》相手じゃ話し合いにもならなかっただろうよと鵄はうんざりした。あちらの思惑通りに動いてしまった馬鹿どもに内心で舌打ちしつつ、どうしたものかと頭を悩ませる。

大貴族と事を構えたくはない。

だが、その威光に怯《おび》えて要求を呑んでいては、谷間が存在する意義がなくなってしまう。

――そういう上の世界に呆れて、朔王《さくおう》は今の谷間を作ったのだ。

助けを求めてきた遊女と、それに応じようとして半死半生になった子分達を無視してこいつに言われるがままになったら、それこそ自分は親分衆としての面子《めんつ》も、子分どもの信頼も失うだろう。

「そっちの言い分は分かった」

路近を見据えながら、鵄は静かに言う。

「だが一度、女の意見を直接聞きたい」

「ご自由に」

ただその間、せめて茶は出してくれよと、路近はひたすら不遜《ふそん》に笑ったのだった。

＊　＊　＊

翠が谷間に着いたのは、日没とほぼ同時であった。

山の端《は》に陽が落ちるぎりぎりに転身して降り立った谷間は、薄っぺらい提灯がずらりとぶら下げられ、そこにさされた安い油と、水浴びをしない男達の匂いに満ちていた。

懐かしいとは思えども、悠長に物思いにふけっている暇はない。

翠の珂仗を見咎めてから来る者もいたが、それを無視して翠は走り出した。

――飛んでいる間に、これから自分がどうすべきかは考えていた。

谷間は、区画ごとに支配している親分が違う。鞠里がどこに助けを求めたかによって話が変わってくるが、恐らくはここだろう、と目星をつけていた場所があった。

中央花街の遊女を育てる、谷間で最も大きな置屋だ。

あそこの背後についているのは、親分衆の中でも最も有力な者だったはずだ。仮にも大貴族を相手にして逃げ切ろうというのならば、そこに助けを求める可能性は高い。

目指す置屋は谷間の中でも大きな建物で、目立った位置にあった。

迷うことなく辿り着けたが、高級な禿《かむろ》となる雛《ひな》を守るべく、そこには門番を務める破落戸が多数いて、翠は必死に取次ぎを頼まなければならなかった。幸いにも院生であることが功を奏し、悪戯《いたずら》や冷やかしだとは思われなかったようだ。

中に入ることは許されなかったが、いくらもしないうちに置屋の奥から責任者と思《おぼ》しき女が出て来た。

こういった置屋を実質的に取り仕切っているのは、大体が身請けされることなく引退した遊女だ。案の定、姿を現したのは自分がいた置屋を取り仕切っていた婆と雰囲気のよく似た老女だった。

「何用だね」

「勁草院荳兒の翠と申します。こちらに鞠里という遊女が逃げて来ませんでしたか」

珂仗を見せながら言うと、老女はなんとも嫌そうに顔をしかめた。

「そんなの知らないよ。さっさと帰っておくれな」

中央花街の遊女となった鞠里がここで仕込まれたのは間違いない。この女は嘘をついていると確信し、潔く頭を下げた。

「この通りです。翠が南橘家から来たとお伝え下さい。鞠里さんを助けるために来たのです」

だから知らないって、と翠を追い出そうとする老女に翠は取り縋《すが》る。

「彼女が南橘の路近に買われることになったのは俺のせいです。彼女を助けるためなら、何でもします」

ここで、ようやく老女は口を閉ざし、まじまじと翠を見た。

「あんた、鞠里の情人《イロ》かね？」

「では、ありませんが、彼女を買い取った路近にはそう誤解されていました。彼女が助けを求める羽目になったのも、それが原因です」

「ふうん？」

正確な説明は端折《はしょ》ったが、あながち嘘というわけでもない。目をそらさずにいると、老女は無感動にこう言った。

「いいだろう。そのたいそうな竹光をこっちに渡して、ついておいで」

躊躇《ためら》わずに珂仗を渡すと、今度こそ納得した顔になり、翠を先導して歩き出した。

薄々そうではないかと思っていたが、破落戸どもに見張られながら老女を追い、辿り着いたのは地下街であった。

地下街は、岸壁を蟻《あり》の巣のようにくりぬいて作られた親分衆らの城であり、いざという時、上の者と戦うための要塞でもある。

その入口である洞穴《ほらあな》まで続く一本道を狙うように、両側の岩肌には矢狭間《やざま》が開いている。見張りの男達の数も置屋の比ではなく、睨むような眼差しに緊張する。

洞穴の先は、いざこざがあった時には親分衆らの評定《ひょうじょう》にも使う場所であり、自分も入ったことがない。老女は慣れた様子で見張りに案内を頼み、翠はひたすらにその後を追ったのだった。

松明《たいまつ》の掲げられた通路を右に行ったり左に行ったりして、ようやくお目当てと思しき場所に着いた。

そこはちょっとした広間になっており、一段高くなった上座には、立派な風采《ふうさい》の男がいた。

おそらくは親分衆の一人だ。

彼を中心にして他に数名の男が何事かを話し合っていたが、いずれもその顔色は冴えない。

「トビの旦那。ちょいといいかい」

トビ――鵐は、あの置屋を有している、名の知れた大親分だ。

老女が広間に足を踏み入れると、男達が一斉に振り向いた。

「なんだババア。その小僧は何だ」

「今回の騒動の火付け役だそうだよ。今、あんたらを悩ませていることを解決するのにちょうどいいんじゃないかと思って、連れて来た」

鵐は老女と挨拶もなしに言葉を交わし、「火付け役?」とわずかに眉を顰《ひそ》める。

「鞠里の情人ではないが、そういう風にあの坊ちゃんに誤解されちまったんだとさ」

言うべきことは言った、と言わんばかりに腕を組んだ老女の視線を受け、翠は前に進み出て、上座からある程度の間合いを取って跪《ひざまず》いた。

「お初にお目にかかります。わたくしは南橘家から参りました、勁草院院生の翠と申します」

「南橘家からは、つい今しがた使者が来たばかりだが?」

「その使者が何とお伝えしたかは分かりませんが、わたくしほど、今回の事情に詳しいとは思えません。鵐親分には何卒《なにとぞ》詳細を吟味の上、道理にかなったご判断を頂ければと思い参りました。どうか、鞠里に慈悲のあるご対応を……」

ふむ、と鵄は頷く。

「谷間は公平でなきゃならん。真実を吟味した上で裁定を下す必要がある」

嘘はあっちゃならねえ、と厳《おごそ》かに言う。

「だが今、こっちにはその真実が見えてねえ。てめえの話を聞く前に言っておくがな、南橘家からは、あの坊主にはほとほと愛想が尽きた、こちらで始末して構わないと言われている。鞠里だけは、あっちで保護するので返してくれってな」

だろうと思った。

翠は黙ったままだったが、鵄は試すような目でこちらを見ている。

「当の鞠里は、あの坊主に酷い目に遭わされたってんで、耐えきれなくなって毒を盛ったと言っている。それがばれちまったんで、慌ててこっちに逃げて来たってな」

そこで鵄はすうっと目を細めた。

「ところがだ。坊主は坊主で、自分は鞠里には手を上げていないと言い張ってやがる。その言い分が本当なら、あいつの実家と鞠里が手を組んで坊主を殺そうとした挙句、それに失敗した尻拭いをこっちにさせようとしていることになる。どうにもきなくせえんで、そこのババアに鞠里の体を検《あらた》めてもらった」

老女は、懐手《ふところで》のまま渋い顔になる。

「鞠里は、あの坊ちゃんは自分を夜ごといたぶるのが趣味で、常日頃から殴る、蹴るは当たり前だったと言った。時には爪をはがされたり、火箸で皮膚を焼いたりされたってね。でもその割に──体は、綺麗なもんだった」

上座の親分は静かに言う。

「あの娘は嘘をついている」

「嘘じゃない」

考える前に言い返していた。

鵄は翠の不敬を咎めるでもなく、一瞬面白がるような表情になった。

「なんだ、庇うか？」

「いえ。彼女は、本当に嘘をついていないんです」

翠は、どうにも疲労を覚えて嘆息した。

「ただ──それをやられたのが、彼女じゃないってだけで」

翠は立ち上がり、羽衣《うえ》を解いた。

薄暗い中でも、その肌に色濃く現れた傷の数々ははっきり見て取れたはずだ。

現れた裸身を眉一つ動かさずに眺め、ああ、と納得したように鵄は頷く。

「なるほど。お前にされたことを、自分がされたと言っていたわけか」

「やっと分かったよ、あの子の本当の動機が」

いきなり、老女が声を殺して笑いだした。

「あの子ね、今、胎《はら》に卵がある」

えっ、と翠は思わず素《す》っ頓狂《とんきょう》な声を上げた。

「あんたの子なんだろう？」

からかうように言われて、すぐには返答が出来なかった。

心当たりは全くない。ただ、何と言うのが一番鞠里にとって都合がいいのか、すぐには判断がつかなかったのだ。

しかしその一瞬で、老女は翠の困惑を見抜いたようだった。

「なんだ、違うのかい。てっきり、不貞がばれたからあの小僧を殺すしかないと肚《はら》を決めたんかと……」

「違います」

翠は叫んだ。

「俺は、路近の奴を殺そうとしたことは一度もない」

思っていたよりも大きな声が出た。

広間に、うわん、と反響した自分の声に、誰よりも翠自身が驚いてしまった。

鵄は、そんな翠から視線を逸らさないまま、配下に命じた。

「鞠里をここに連れて来い」

＊　　＊　　＊

老女は帰され、入れ替わるように連れて来られた鞠里は、翠の記憶にある姿よりもずっとやつれていた。

あの輝くような笑顔は嘘のようにしおれ、ひどく疲れ切っているようにも見える。

「鞠里さん――」

思わず名を呼ぶと、翠がそこにいることに気付き、鞠里はぎょっとした顔になった。

「翠さん」

一瞬、目に光が点《とも》ったように見えたが、すぐにそれもしぼんでしまう。口を開きかけ、しかし結局は何も言わず、翠から少し離れた下座に腰を下ろす。

鞠里は、自分の嘘が暴かれたこと、胎に子がいると老女に見抜かれたことを告げられても動揺しなかった。ただがっくりと項垂《うなだ》れて「申し訳ありません」と鵼に向けて頭を下げたのだった。

「路近さまから、普段、そこの兄さんがどんな目に遭っているかは聞いておりました。そうして、あたしの反応を見て楽しんでいたんです。それで、あたしがどうして身請けされたかも知りました」

あのお人、あたしなんか心底どうでもいいんだ、と苦しい声で言う。

「ただ、兄さんへの嫌がらせのためだけに、あたしを身請けした。だから、もしこの子が産まれたら、きっとこの子も酷い目に遭わされると思って……」

「それで、路近を殺そうと？」

感情のこもらない鵼の確認に、鞠里は呻く。

「生まれてくる子を守りたくて、ただただ、必死だったんです」

その声は震えて、あまりに哀れだった。

鵄は盛大にため息をつく。

「だからと言って、南橘家の誘いに乗ったのは大馬鹿だったな。利用されているとは思わなかったのか？」

親分に呆れたように言われるがまま、鞠里は黙っている。

翠は下唇を噛んだ。

父親が放逐《ほうちく》されたとはいえ、生まれてくるのは南橘家の直系ということになる。人の命を命とも思っていないような連中だ。面倒を嫌って殺される可能性もある。

その時、翠の頭を駆け巡ったのは、自分の母と、育ての親となってくれた遊女達のことだった。

「発言をお許し下さい」

声を上げると、構わん、と鵄は軽く頷く。

「もしお目こぼし頂けるなら、俺の子ということにして頂けませんでしょうか」

鞠里が顔を上げる気配がしたが、翠は鵄から目を逸らさずに訴える。

「必要な金子《きんす》は、必ずわたくしが用意いたします。鞠里さんには谷間に戻ってもらい、親分さんに守ってもらいながらそのまま雛を育ててもらえば――」

「勝手なこと言わないでよ」

その、驚くほど冷ややかな口調に、翠は一瞬声の主が鞠里だと分からなかった。

振り返れば、鞠里は翠を睨んでいた。

さっきまでの弱り切った姿からは信じられないほど力強い、怒りに満ちた瞳である。あんなに少女じみていると思っていたのに、こうして見ると、呆れるほどに女そのものだ。

怯んだ翠に、鞠里は自身の腹を撫《な》でながら、静かだが激しい口調で言い募る。

「お人よしのつもりかもしれないけど、部外者が余計なお世話だよ。あんたとあたしは何の関係もないでしょう。あんたの子として育てるなんて、そんなのまっぴらごめん。この子は大貴族、南橘家の子なの。そういう人生を歩むの」

そして、鞠里は笑った。

嘲笑《ちょうしょう》であればまだ分かりやすかったのに、そうではなかった。悪人ぶろうとして失敗したような、苦笑というよりも皮肉っぽく、明らかに諦念が混じっていて、それでいてどうしようもないしたたかさを感じる――そんな、複雑な笑みであった。

「大体、国近さまはもう、あたしが卵を抱えていることをご存じです。路近さまが山神《やまがみ》さまの足元に召されたあかつきには、雛を南橘家の子として迎え入れて下さると約束なさったんだ。それくらいの甲斐性はあるとおっしゃって」

馬鹿な、と翠は声を上ずらせた。

「実の兄を簡単に殺そうとするような奴だぞ！　どうして自分達だけは平気だと思える

んだ。そのまま口封じされるかもしれねえのに。それなら、ここで親分衆に助けを求めたほうがよっぽどいいだろ」

「よくなんかない！」

よくなんかないよ、と鞠里は強く繰り返す。

それは拗《す》ねたような、子どもっぽい言い方ではなかった。むしろ理解出来ない者を憐れむような不思議な眼差しで翠を見て、続ける。

「あんたみたいに恵まれたおひとに、あたしの気持ちは分からない」

——恵まれたおひと。自分が？

有無も言わさず突き放されて、不意に足元が遠くなっていく心地がした。

鞠里は中央花街の遊女なのだから、一方的に憐れむのは失礼だと思っていた。谷間の女郎に比べれば極楽みたいな暮らしをしていて、それを手に入れるまでに涙ぐましい努力があったはずなのだ。その生き方を憐れむのは間違っている、と。

その身の辛さと、意地と誇りを、自分は他の男達よりも分かっていると思っていた。その上で敬意を持って接しているからこそ、彼女は自分に親しみを感じてくれているのだと。

だが、自分の立場からそれを言われることは、もしや彼女にとって、耐えがたい苦痛だったのかもしれない。

いつの間に、自分は谷間からこんなにも遠くなっていたのだろう。

口を開きかけ、今の自分に、語れる言葉は何もないのだと気付く。

黙ってしまった翠をどこか悲しそうに見て、鞠里は親分のほうを向く。その顔には、先ほどよりもよほどしっかりした表情が浮かんでいた。

「匿って頂いたこと、心より有難く存じます。後で必ずやご恩に報いますゆえ、お使いの方がそれで良いと言っておられるなら、どうか南橘家に行かせて下さいまし」

「そいつの言うように、殺されるかもしれんぞ？」

「その時ゃ、あたしのひとを見る目がなかったんでしょう」

覚悟の決まった目を向けられて、親分はしばし考える素振りを見せた。

「……谷間は、弱い者の味方だ。助けを真摯《しんし》に求める者を救うためにある」

だから、と言って苦笑する。

「そなたがいらんというのなら、これ以上の介入は不要であるな」

鞠里は黙って頭を下げた。

翠は、それを眺めることしか出来なかった。

鞠里の処遇は決まった。だが、肝心なことがもうひとつある。

「奴は——路近は、どうなさるおつもりですか」

「さて」

どうしたものかな、と息をついてあぐらを深くした鵼に、翠は自分でも不可解な焦りを覚えた。

「鵐さまは、奴を殺すおつもりなのでしょうか」

鵐はそれには答えぬまま怪訝《けげん》そうな顔になった。

「てめえ、そんな体にされたのに、路近を守りたいと思っているのか？」

「とんでもない！　俺はあいつには、出来るだけ速やかに、出来るだけ苦しんで死んで欲しいと思ってます」

考える前にするりと本音が出た。そして、自分で言ったことにそうだよなと納得する。別に、翠はあれを助けたいと思っているわけではないのだ。

「ただ――」

翠が続けようとした、その時だった。

「オヤジ、大変だ」

不意に通路の奥が騒がしくなり、若い衆と思しき者が駆け込んで来た。

「何事だ」

「おやっさんからの招集です。すぐ、大間《おおま》に来いと」

――おやっさん？

それまで余裕を崩さなかった鵐が、初めてわずかに動揺を見せた。

「オヤジが？」

鵐がオヤジと呼ぶ相手。ここで分かった。

この地下街を築いた伝説の大親分――朔王からの呼び出しがかかったのだ。

そして、若衆は翠をちらりと見る。

「そっちの小僧も連れて来いと」

＊　＊　＊

もぐら穴のような通路を行き来して連れて来られたのは、先ほどの場所を二回りは大きくしたような大広間だった。

無骨なこの場に似つかわしくない、金の屏風が壁際に飾られている。

ぐるりと円を描くように畳を敷き、親分の座席が設けられていた。奥には、一段だけ高くなった上座がある。親分衆が勢ぞろいしたわけではないが、鵺の他に二名ほど、それらしき貫禄を備えた男が来ていて、その配下の男達も控えていた。

まだ、朔王と思しきひとの姿は見えないと、周囲を見回した時だった。

「待たせちまったかな」

背後から、なんとも軽い声が響いた。

翠が振り返るよりも早く、ひらりとすぐ脇を通り抜けていく人影がある。

「おやっさん」

配下の者達が立ち上がって出迎えるのを当然の顔で受け止め、すたすたと軽快な足取りで上座へと向かうのは、銀髪の男だった。

伝説の大親分。地下街の王。山内の夜を統《す》べる男。たいそうなあだ名ばかりだったので、きっとすさまじく強面《こわもて》の大男なのだろうと思っていた。だが一段上ってくるりとこちらを向き、灰色の羽織をさばくようにして腰を落としたのは、細身の老爺だった。

にこにこと笑顔で、背筋がしゃんと伸びて美しい。

これが朔王なのかと面食らっていると、鵄の配下に引っ張られて、鵄のすぐ後ろへと座らされた。

大広間に集まった八《や》咫烏《たがらす》達が謹聴《きんちょう》の姿勢となるのを見まわし、朔王はにっこりと笑う。

「さてと。今日は外からお客さんが来ているからな。行儀よく頼むぞ」

朔王がそう言ったのを合図にしたように、広間の入口に人影が現れた。

路近だ。

破落戸どもに囲まれても平気な顔をしている。ともすれば、彼らを率いて現れたようにすら見える。

その姿を見た瞬間、反射のように嫌な動悸がした。

拘束されていると聞いていたのに、縄を打たれているわけでもない。

堂々とした仕草だけ見れば、親分衆の一人と何ら遜色がなかった。

「随分と大事《おおごと》になっているようだな？」

ぽっかり空いた広間の中央、朔王の前に引き出された路近は、立ったまま周囲を睥睨《へいげい》して呟《つぶや》く。

朔王は首肯《しゅこう》する。

「おうとも。本当は俺だってこんな面倒したかねえのよ。前置きはなしでいこう」

――お前、ここで死ぬことになったぞ。

あっさり告げられて、路近はゆっくりと目を瞬く。

「あんた、朔王だろう。地下街の主ともあろう者が、父上に買収されたか」

馬鹿にしたような口調に周囲の者が色めき立ったが、朔王本人は楽しそうに笑うばかりだ。

「それとは別件で、お前さんに恨みがあるっていう連中がいてな」

「恨み？」

「おい」

朔王の視線を受けて、畳に座していた親分衆の一人が口を開く。

曰《いわ》く、一年前に彼の配下が、三人行方知れずになったという。

「調べて分かった。お前が殺したな？」

凄まれて、路近は目をぱちくりさせた。

「ええと、三人で一年前っていうと、あれか。勁草院に入ってきた賊！」

思い出した、と言わんばかりに路近は手を打つ。

「谷間の者だったか。道理で蛮勇だと思ったよ。使い捨てられて可哀想に」

「奴らの兄分が、貴様に報復したいと言っている」

「なんとまあ」

「それと、二年前のいかさま騒ぎだ」

ここで、もう一人の親分が苦虫を嚙み潰したような顔で割り込んできた。

「お前と、お前の連れに好き勝手されて賭場を荒らされた」

忘れたとは言わせんぞ、と低い声で威嚇《いかく》する。

「あの時は南橘家の手前大事にはしなかったが、今やその後ろ盾はない。南橘家に買収されたんじゃねえ。今までのツケが回ってきたってだけのことだ」

そして極めつけに、今回の大暴れ。

理由はともかくとして、怪我人は多数出ており、完治は無理だと思われる傷を負った者もいる。ここまでされては、無事で返したら面子が立たないと唸《うな》るように言う。

「ちょいとおイタが過ぎたな、坊主」

お前をここに呼んだ理由のひとつは弁明が聞きたかったからだ、と朔王が茶目っ気を見せて言う。

「話を聞いてみないことには、事情も何も分からん。言いたいことがあるなら言ってみな」

「特にない」

「なんだ、報いと受け入れたか？」

「馬鹿な。報いなど、この世に存在せぬわ」

路近は傲慢極まりない態度で鼻を鳴らした。

「報いがあるというのは、目に見えぬ何かが公平であると信じているということだろう。偶然に審判を委ねているということだ。ただ正しくあれば守られると信じているとは、随分と行儀がよいものだ」

この状況がまるで見えていないかのように、路近は朔王を嘲弄《ちょうろう》する。

「ここで貴様らが私を殺したとしても、それは報いではない。ただ、父上がそなたの買収に成功して、それを見越して動けなかった私の手落ちであったというだけのことだ」

「じゃあ、死んでもらうしかないな」

朔王は路近の言葉に特に腹を立てた風もなく、ただ軽く手を上げた。

その瞬間、うう─、とどこからか唸り声のようなものが上がり、地下街の手勢が一斉に武器を構えた。白い鉢巻をまいた一団が出てきて等間隔で路近を囲み、短い槍の穂先をまっすぐに中心に向ける。

路近は目を細め、周囲を見回した。

空間の広さ。人数。武器。

それぞれの親分衆の両脇の側近も、短刀を構えている。

袖の中に隠し持っていたのだろう。最前列には、短弓を構える者達がいる。

的を外せば相打ちになりかねない位置だが、それでも構うかといった体《てい》の布陣である。

そのいずれもが、谷間でたむろしているちんぴらとは雰囲気も体つきも違う。地下街の中で、親分衆の警護についている者達だ。ただの喧嘩のようにはいかないだろう。

路近は強い。だが、今奴は珂仗すら取り上げられている。

まっとうに戦うには他の者の武器を奪わなければならないが、そのためにはまず誰かに近付く必要がある。そうする前に毒でも塗られた矢を射込まれれば、満足に動くのも難しくなるだろう。

しかも、地下街の手勢はおそらくこれが全てではない。一方的な路近の持久戦となる。この場で路近が一暴れすればあちらも無傷では済まないだろうが、あちらが本気になったら、生きて帰れるかどうかは怪しいものだ。

翠と同じ考えに行き着いたのだろう。路近は再び上座へと顔を向けた。

「……地下街の王というからどんな大物かと思えば、結局は力で押し通すか」

「いやいや、こっちは暴力でおまんま食ってんだからよ。これこそ地下街の王にふさわしいやり口ってもんだろう」

朔王には、路近の挑発にも全く乗る気配がない。

「おいお前ら。今寝返ったら一生食うに困らぬようにしてやるぞ」

駄目でもともと、という顔で路近が言うと、「誰がするか」「舐《な》めるなクソガキが」と、あちこちから呆れたような野次が飛ぶ。

路近はここでようやく、少しばかり困った顔つきになった。

「うーん、打つ手なしだな……」

「残念だったな」

朔王に、再び路近は向き直る。

「本気で私を殺すつもりなら、私はここで力の限り抵抗するぞ」

「当然だな」

「お前の配下も無傷では済まぬだろうよ」

「構わねえさ。こっちも、お前が死ぬまで頑張るだけだ」

「最初にあんたの首を狙うつもりだが？」

朔王はにっと笑う。

「威勢がいいのは好きだよ。やれるものならやってみな」

これは勝てない、と翠は悟った。

朔王が一言「やれ」と言えば、間違いなく路近は死ぬだろう。奴の命運もここまでか、とどこかほっとするような思いがして、しかし、気付けば翠は叫んでいた。

「お待ち下さい！」

待て、と鵄に止められるのを振り払い、円の中央に走り出る。

目を丸くする路近も、こちらに槍の先を向ける者も無視して、ひたすら朔王の顔を見ながらその場に滑り込むようにして跪《ひざまず》く。

「賊三人の件については、路近の寝込みを襲ったと聞き及んでおります。だったとしたら、それを返り討ちにしたことをお咎《とが》めになるのはあんまりです」

自身の護衛が翠に近付こうとしたのを、朔王は目の動きひとつで押し留める。

「お前は？」

「勁草院荳兒、翠でございます」

「さんざんそいつの玩具《おもちゃ》にされてたっていう院生はお前か」

「はい」

「それで、なんでそんなクズを庇うかね」

「庇っているのではありません。むしろ、さっさと死んじまえと心から思っています。でも、俺が今生きているのは、俺があいつを殺そうとしたことがねえからです。こいつは少なくとも、自分から進んでひとを殺したことはありません。多分、それが奴の中の線引きなんです」

「――何が言いたい？」

「こいつが、何を根拠に殺されるのかが気になる」

翠は必死で訴えた。

「あいつを、ここで殺すだけの道理が、俺には見えない」

谷間にこそ道理は生きているものと翠は思っている。理不尽に人殺しをするようなことが、谷間であって欲しくなかった。

路近がここで殺されるならば、それは貴族同士の醜《みにく》い争いの結果ではなく、筋の通った報いの形であって欲しかったのだ。

「随分と谷間を買ってくれているんだな」

朔王は少しだけ笑ってから「お前さんの言う通りだ」と物々しく言う。

「いかさまはその場で押さえなきゃならん。やられたほうがのろまなんだ。その上、背景にびびって何も出来なかったんじゃ、腕力で食っている奴の名折れだよ。挙句、自分から殺そうとしておいて、返り討ちに遭ったから恨みに思うなんてひどいもんだ。喧嘩ふっかけておいて自分が怪我をしたから許せねえってのと同じだよ」

こいつが死ななきゃならん道理はどこにもない、とひとりごちるように結論付ける。

「では——」

「だが、それはこいつが死ななきゃならん理由とは、あまり関係がねえ」

翠はぽかんと朔王を見上げた。

そんな翠を見て、お前さんもそこの馬鹿もひとつ勘違いしているよ、と朔王は朗らかに笑う。

「ここを支配しているのは道理じゃねえ。この俺だ」

翠の心を代弁するかのように路近が「はあ？」と調子外れな声を出す。

「たまたま俺が道理を好きだったから、そう見えているというだけのこった。こいつが死ななきゃならないのは、俺を舐めたからだよ」

朔王の口調は穏やかで、言って聞かせる風ですらあったのに、話しているうちに周囲の空気がぐっと粘って重くなった気がした。

声の出ない翠を無視して、なあ路近、と朔王はいっそ優しく呼びかける。

「お前、俺だけじゃなく世の中を舐め腐っているだろう。だから好き勝手やったんだよな。その態度が、俺は見てて気に入らなかった。だから死んでくれ」

路近はゆっくりと瞬き、朔王を見つめた。

「……そういう理由は」

言いかけて、参ったように頭を掻く。

「流石に考えたことがなかった。いや、確かに好き勝手やってきた自覚はあるが……」

「自分の立場なら、許されると思ったか」

路近は何も言わず、静かな目で朔王を見返している。

「許されるわけがなかったな」

朔王は淡々と続ける。

「お前、報いなんざこの世にねえっつったな。因果応報って意味ならその通りだよ。山神さまは悪人に報いなんざ与えてくれねえ。だから、俺が与えるのよ」

路近はじっと朔王の言葉を聞いている。

「力によって制する者は、より大きな力によって制される」

ぽつりと路近は呟く。

「それを聞いた時は馬鹿なことを言うと思ったが、馬鹿なのは俺のほうだったか

「……？」

それからわずかに姿勢を正し、ひとつ訊きたい、と路近は朔王に問いかける。

「私はいい貴族で、いい息子だったつもりだ。それなのに父が、私を殺そうとする理由が分からなかった。何故かと聞いても、誰も答えてはくれなかったのだが、あんたには理由が分かるか？」

「そりゃ、親父さんもお前が目障りだったんだろうよ」

朔王はけろりと答える。

「力を持つ者は恨まれやすい。だからそうならねえように気を遣う。権威は力の一種であって、力そのものじゃねえからな。力には、力を下支えするものが必要だ。それを必死になって守ろうとしている奴からすれば、何も理解せずに振舞ってる奴が目障りなのは当然だろうよ」

「力を下支えするもの……」

「分からんか？」

さっきのがいい例だ、と朔王は配下達を指し示す。

「もし他に何のしがらみもなかったとしても、こいつらは俺とお前、どっちにつくかと聞かれたら、必ず俺につくだろう。そうなるように俺自身が振舞って来たからだ」

大貴族に生まれちまったのがお前の不幸だったな、と独白のような調子で朔王は言う。

「貴族は強者として生まれて来るだろう。だが、ここにいる奴らはみんな弱者として生まれて来た。助け合わねえと生きられねえから、群れることが強さになると最初に学ぶのよ。お前さんの場合はそれがなくても通用しちまったせいで、どうしようもない糞野郎に育っちまったわけだ」

家に見捨てられたお前は弱いだけだけどな、と続けた朔王は、なんとも可笑しそうだった。

路近は、どこかぼんやりとした様子で首を傾《かし》げる。

「――私は弱いのか？」

「だから、今死にかけているんだろう？」

「それもそうか」

納得したように頷いてから、路近は不意に天を仰ぎ、はああ、と全身で息をついた。

「確かにそれが理由なら、私には反論の余地がない！」

死ねと言われても仕方ないなとあっさり言う路近に、朔王はとうとう噴き出した。

「てめえ、やっぱりただのガキか！　聞き分けが良くて結構なことだ」

はっはっは、と快活に笑ってから、膝をついたままの翠へと目を向ける。

「ミドリっつったか。お前、羽緑の息子だろう？」

ハッとする。

「母をご存じなのですか」

「似てるよお前、母ちゃんに。すこぶる負けん気の強い、良い女だった。母ちゃんと一緒に逃げてきて、谷間で育ったお前がこうしてここにいるってのも、中々に因果なもんだね」

何もかも見透かしたような目に怯んでいると、朔王は懐から短刀を取り出し、それを翠へと放り投げた。

「ここにいる連中の中で、路近を痛い目に遭わせるのに一番ふさわしいのはてめえだ」

朔王は命じる。

「刺せ」

翠は呆気に取られて朔王を見返した。

「お、俺ですか」

「そうするのが、お前の言う道理に一番適っているだろう？」

「でも殺すのは」

「お前に免じて妥協してやってんだ。刺す場所によっちゃ助かるかもしれんぞ」

知ったことかと言わんばかりに笑い、路近、と朔王は命令に慣れた口調で呼びかける。

「てめえが下手に動いたら、そん時は間違いなく殺すからな。まだ生き残る可能性があるほうがいいだろ。大人しくこれまでの報いを受けな」

路近はわずかに苦笑し、観念したように両手を広げて見せた。

動かない翠を見かねて、若衆が床に落ちた短刀を拾い、無理やりその場に立たせて両手に握らせてきた。翠は、手の中の短刀と路近を見比べる。

無抵抗に手を広げている路近を見て、翠は呻いた。

「……俺、言ったよな。嫌だって」

「うん？」

「何度も言ったよな、嫌だし、止めてくれって。それなのにお前は止めなかった。鞠里さんまで巻き込んで……」

恨み言かと察した路近は、反論するでもなくただ目を瞬いている。

「謝れ」

ずっと言ってやりたかったことだ。

これまでだったら「どうして自分が」と笑っていただろうが、路近はそうしなかった。

「――悪かったよ」

確かに、私の振る舞いには道理がなかった、と素直に謝る。

「まあ、他でもないお前に刺されるなら、納得だな」

それでも特に悪いと思っているようにも見えない路近に、翠は急に何もかもが馬鹿らしくなった。

「やらねえよ」

吐き捨てて、短刀を無造作に放り捨てる。

なんで皆、俺にこいつを殺させようとするんだと、そちらのほうに腹が立っていた。

路近はきょとんと目を見開く。

「なんで」

うるせえ、と翠は怒鳴る。

「俺はてめえが憎い。出来るだけ速やかに、出来るだけ苦しんで死んで欲しいと思っているよ。でも、俺はてめえを殺さない。いいか、勘違いするなよ。殺せないんじゃない。殺さないんだ。貴様には、きっと一生この違いは分からねえだろうよ！」

翠はキッと上座に目を向けた。

「朔王！　あなたは、こいつに報いを与えるのに一番ふさわしいのが俺だと言った。その俺がしないと決めたんだ。これ以上、ガキの喧嘩みたいなことは止めて下さい」

まるで見世物でも鑑賞しているかのような態度でこちらを見ていた朔王は、笑い含みに片手を上げる。

「客人をお連れしろ」

何を言っているのかと思ったところ、金屏風の裏から、さるぐつわを噛まされ、後ろ手に縄を打たれた人物が連れて来られた。

朔王を睨むそれが誰か気付き、翠は思わず叫んだ。

「清賢院士《せんせい》！」

慌てて駆け寄ると、清賢の周囲にいた若衆が離れる。

急いでさるぐつわと縄を外すと、口の端が真っ赤になっているのが痛々しかった。

「どうしてここに」

「路近の延命を願ってきたのは、お前で二人目だったってことだ」

呟き込んで答えられずにいる清賢に代わり、朔王が答える。

「勁草院からの使いとして来てな。院生を返して欲しいとうるさいんで、ちょいと静かにしてもらってた」

本当は、路近にはすぐに死んでもらって構わなかったんだ、と朔王は嘯《うそぶ》く。

「何せ、やっていることがやっていることだからな。でもあんまり先生が熱心なもんで、どんなもんか一回試させてもらうことにしたのよ」

「どんなって……」

「この世には、どうしようもなく、死ぬしか道がないって奴がいる。周囲の者にとっても——そいつ自身にとってもな」

そう語る朔王の目は、これまでになく凪《な》いだものだった。

「本人がどれだけ努力しても、周囲がどれだけ助けても、そうしないわけにはいかないって奴は、確かにいる。そういう上が投げ出したもんを引き受けてきたのが、谷間だ。路近もそれならば、責任をもって殺してやんなきゃならんと思っていたんだが」

「死ななきゃならん者など、この世に存在しない！」

急な大声に翠は小さく跳ねた。

口元を拭った清賢は、真っ向から朔王を睨んでいる。

「確かに、私には思いもつかないような、どうしようもない悪人をあんたは見てきたんだろう。だが、生まれつきそうだった者なんて絶対にいない。何か絶対に理由があるはずだ。子どもならなおさら、会う大人次第で必ず道は拓ける」

「と、先生がおっしゃるもんでな」

くすりと朔王は笑う。

「――世の中には、きっと先生みたいな者も必要なんだろう」

皮肉っぽくない、本当に嬉しそうな笑みだったが、それを向けられた清賢は頭の血管が切れそうなほどに怒り狂っていた。そんな清賢を怒れる仔猫を見るような眼差しでいなして、「とはいえ」と朔王は仕切り直す。

「こちらも、路近をこのまま返すわけにもいかんのでな。先生とミドリに免じて、命は助けてやる。だが、せめて腕一本くらいは貰わねばならん」

「なら、私の腕を持って行きなさい」

清賢のその声は、あまりに迷いのない、厳然たるものだった。

路近はあんぐりと口を開き、それまで固唾《かたず》を呑んで見守っていた周囲の者までがどよめいた。

朔王は楽しそうに目を細める。

「いいのか。利き腕だぞ?」

「構いません」

翠は悲鳴を上げた。

「院士《せんせい》、お願いだから止めて下さい。こうなったのはあの馬鹿の自業自得です！　勉強代だと思って、それくらい――」

「そういうのは勉強とは言いません。教え子の腕を落とされそうになって、それを傍観する院士《いんし》がどこにいますか」

はっきりと言い切り、自分から右腕の付け根を羽衣《うえ》で縛りだした。

「……羽衣は、痛みでほどけやすくなるぞ。誰か、布を貸してやれ」

見かねた鶏が嘴を挟み、若衆の一人が躊躇いがちに自分の襷《たすき》を差し出した。

「ご親切に、どうも」

清賢はにこりと微笑《ほほえ》んでそれを受け取り、きつく肩に巻き始める。

朔王の意を受け、ようやく周囲の者が動き出した。松明を壁から外す者、それで刀をあぶり出す者、茣蓙《ござ》や薬と思しきものを持ってくる若衆達の姿に、翠は恐れ戦《おのの》いた。

「驚いた……」

いつしか放置されていた路近が、今自分が見ているものが信じられないという顔で呟く。

「何か、私を助けることで利益があるのか？」

どこかから恩賞が出るのか、と困惑のままに問う路近を、清賢は笑い飛ばした。

「そんなものはありません。言ってみれば、これは意地です」

「意地で腕が落とせるものか。表面に現れたものが意地だとしても、それを下支えする何かがあるはずだ。お前に資する何かが」

「では道楽だとでも思いなさい」

「道楽……」

それこそあり得ない、と、路近はこれまでになく混乱しているようだった。

清賢は路近から翠へと視線を移した。

「翠は君を殺さない。私はあなたの腕を守るために、自分から腕を落とします。何故だか分かりますか？」

「分からない」

「なら、考え続けなさい。その複雑さこそが君を救うだろう」

無言になった路近を見て、清賢は壮絶に笑う。

「君が思うよりも世界は広く、人の心は深遠だ。そう簡単に解るものじゃない。だから面白いんだろう？　どうなるか分からないから」

それを聞いた路近の目に、これまでにない光が点ったように見えた。

だが、路近が口を開く前に、周囲の支度が整ってしまった。

翠が「お願いです、止めて」といくら言っても、止まらなかった。若衆が翠を引き離すと、清賢は自分から茣蓙に上がる。

「やって下さい」

「おう。やれ」

朔王の命令には躊躇《ちゅうちょ》がない。

――そして、すみやかに清賢の腕は斬り落とされたのだった。

＊　＊　＊

清賢は、右腕の肩から先を失った。

直後には高熱が出て何度か生死の境をさまよい、翠はその度に泣く羽目になったが、なんとか一命は取り留め、院士として勤め続けることになった。南橘家は、清賢の行為を咎めなかったが、褒賞を与えもしなかった。

そして、翠の恐れていたようなこともなく、鞠里は無事に南橘家に引き取られた。

そのまま南橘家当主安近の側女《そばめ》という形におさまり、生まれた子は南橘家三男としての戸籍が与えられることになったらしい。立場上、翠が今後鞠里と親しく付き合うことは二度とないだろう。翠としては、ただただ彼女が幸せであるようにと祈るばかりである。

肝心の路近といえば、あの一件以来、他者に対し理不尽な暴力をふるうことがぴたりとなくなった。

南橘家の中で、どのような決着がされたのかは知らない。

だが、家の者から路近に刺客が向けられることはなくなったようであり、理不尽な暴力が鳴りを潜めると、後にはもうただひたすらに路近の恐ろしいほどの優秀さだけが残った。

同輩や先輩にはこれまでの無礼を詫び、後輩を健全に可愛がるようになった路近に、欠点は何一つ見当たらなかった。

貞木《ていぼく》の頃には昨年までの凶行を知らない荳兒に大いに好かれ、将来路近の下につきたいと熱望する者が後を絶たなかったほどである。

それを見る度に翠は苦虫を嚙み潰す思いがした。

人の本質はそう簡単に変わるものではない。路近は性根からして残虐で、荒事が好きなのだ。確かに多少態度は改善したが、あの男が今でも「使えない」と見切りを付けた者には冷淡極まりなく、人の命をどうとも思っていないことを翠は知っていた。

皆騙されてやがると思っていたが、当人は荳兒から草牙にかけての問題児ぶりはどこへやら、結局、峰入り以来一度も首席の座を譲らないまま、勁草院を華やかに卒院して行ったのだった。

翠に対して、路近が乱暴を働くことはなくなった。

例外はたった一度だけ、翠が卒院してすぐのことである。

誰にも言わなかったが、翠の視力は悪化の一途を辿っていた。以前、自ら傷つけたほうの視界が欠け、それを補おうとしているうちに、ひどく両目が疲れるようになってしまったのだ。

なんとかばれずに卒院まではこぎつけたが、剣術や、動くものを射落とす弓術、騎乗した状態での仕合の成績はどんどん落ちていた。

それを、どこで嗅ぎつけられたのかは分からない。

無事に山内衆となり、安堵していた翠のもとに路近はふらりと現れ、唐突に翠の怪我したほうの目を指で突いて来たのだ。

これにはほとほと参った。

悲鳴を上げ、手当をしながら罵《ののし》る翠に、しかし路近は不本意そうに言い放った。

こうでもしなければ、お前、山内衆を辞めんだろうが、と。

結果、視力は致命的に悪化し、山内衆として勤めることは難しくなってしまったのだった。

兵術の成績を買われ、勁草院の院士候補の補助教官として残れることになったのは幸運だった。しばらくは清賢の下で働き、働きぶりによっては正式な院士として認められることになったのである。

もとより、貴族の身分が欲しかっただけで、山内衆として勤めたいという確固たる思いがあったわけではない。翠にとって最も尊敬出来る大人が清賢であった分、結果論ではあるが院士を目指すのも悪くはないかと思うようになった。

清賢に倣《なら》い、翠も院入りに際して出家することにした。

新たに与えられた名は翠寛《すいかん》である。

名付けてくれたのは清賢であり、視力に不安がある中、慣れ親しんだ勁草院で暮らせるようになったのはむしろ良かったかもしれない。

ただし、補助教官になることが決まった際、路近がきまぐれに眼鏡を贈って来たのには猛烈に腹が立った。澄んだ緑の留石《とめいし》と銀の鎖がついた眼鏡が、絹を敷いた桐箱に入った状態で勁草院に届けられたのである。

自分でやっといてどの面下げて、と怒れる翠寛に、清賢は苦笑した。

「この店は山の手の最上級品を扱うところですよ。これを持って行けば、細かく見え方を調整してくれるはずです。大店《おおだな》ですから、お代の請求はちゃんと路近に行くようになっているでしょう。今度の休みにでも行って来たらいい」

「あれの寄越したものかと思うと反吐《へど》が出るのですが……」

「おや。嫌なのですか？」

「物に罪はないので、貰える物は貰っておきます」

渋々言うと、清賢は明るく笑ったのだった。

路近は、卒院後も時々勁草院を訪れた。

翠寛は出来る限り顔を合わせないようにと必死だったが、清賢は訪問を歓迎し、時間の許す限りのんびり茶でも飲んでいるようであった。

ある時、講義について確認してもらおうと清賢の自室に足を向けた翠寛は、そこで路近と出くわして悲鳴を上げそうになった。

だが、そんな翠寛の様子は全く気にせず、路近は機嫌よく言った。

「ずっと根無し草を続けていたのだがな。最近、面白い奴を見つけたのだ。いよいよ私にも主君が出来るぞ！」

何が主君だ、仕える気なんぞこれっぽっちもないくせにと思いながら、翠寛は適当に相槌《あいづち》を打った。

「良かったたな。それで、その主とやらは誰なんだ？」

よくぞ訊いてくれたと言わんばかりに、路近はにっこりした。

「弟宮に日嗣《ひつぎ》の御子《みこ》の座を追われた一の皇子——長束《なつか》さまだ」

第六章　翠寛

『長束《なつか》様は赤ん坊です。あなたが育てて差し上げなさい。』


白い紙の中央に書かれていたのは、たったそれだけだ。

これを見た瞬間には、流石《さすが》に唖然《あぜん》とした。不敬もいいところである。

相手は宗家《そうけ》、明鏡院《めいきょういん》だ。舐《な》め腐った態度をとっていた自分が言えることではないかもしれないが、本人に見つかっていたらどんな罰が与えられるか分かったものではない。

それを堂々と本人に預けるなんて、清賢院士《せいけんせんせい》は何を考えているのかと冷や汗が出たが、当の長束は見ようともしていなかったというのだから眩暈《めまい》がした。

何で見なかったのかと尋ねると「それが誠意だ」などと澄んだ瞳で見返されて、なるほど、確かにコイツは図体のでかいだけのガキだと得心したのだった。

見なかったものを見たふりは出来ないが、見たものを見なかったふりは出来るのだ。もしとんでもないことが書かれていたらどうするつもりだったのか。自分だったら間違いなく中を検《あらた》め、その上で態度を決めている。

だが、実際に長束が中を見なかったということは、そうするだろうという確信があって清賢はこれを持たせたのだろう。

清賢は、大人に厳しく、子どもに優しい男だ。

同じ立場になった時点で、翠寛《すいかん》にも院士《いんし》としてある程度の水準を求めるようになっていた。

長束に仕えると決めた直後、南橘家《みなみたちばなけ》の路近《みちちか》はあっさり出家して、路近《ろこん》と名乗るようになった。

相変わらず翠寛が路近を心底嫌っているのは承知しているので、清賢は普段なるべく二人が鉢合わせしないようにしてくれているはずである。それを無視して、路近とべったりの長束のもとに翠寛を送ろうとしているというのは、それだけ「赤ん坊」の長束に翠寛が必要だと判断したのだろう。

翠寛自身、一度長束が子どもだと思ってしまうと、色々と話が変わってくる。

路近が長束を面白がっているのは、過去の己を見ているような心地なのではと翠寛は推察していた。路近ほど酷《ひど》くはないが、宗家の長子としてこの世に生を受けただけあって、長束は実に宮烏《みやがらす》らしい宮烏である。

山内《やまうち》を第一に、という態度はいかにも宗家の者らしく、ある意味では立派ではあるのだろうが、翠寛からすれば世間知らずの傲慢さがどうしても鼻につく。

路近は路近でそれを助長しているというか、長束の高貴な愚かしさを楽しんでいる節があった。その愚かさが長じて身を滅ぼしていくさまを、悪趣味に眺めているのだろうと思っていたのだ。

長束も長束で路近の思惑に乗っかって、その道を驀進《ばくしん》しているようだったから、お楽しみは二人でやってくれ、頼むからこっちに関わってくれるなと祈っていたのである。

だが、長束が路近と同類ではなく、被害者なのだと分かってしまえば、それまでと同じとはいかなくなった。

こうなった以上は肚《はら》を決めなければならない。

誠実さを純粋に信じている以上、どれほどそれらしく振舞うことに長《た》けているように見えても、その実態は子どもであると翠寛は思っている。

――もしかしたら、そこが路近は気に入ったのだろうか。

そう思うと、嫌な予感しかしなかった。

世話になった寺の者に挨拶を終えると、翠寛はすぐに中央へ向かった。

長束のもとに身を寄せる上で、今上金烏《きんじょうきんう》との面談は絶対に外せないものである。金烏自身もそれを望んでいると長束は言ったが、翠寛はあまり本気にしてはいなかった。

己が、中央においてどういった位置にあるのかはよくよく承知している。

金烏自身の考えは分からないが、その懐刀《ふところがたな》と称されて久しい北家《ほっけ》の雪哉《ゆきや》が自分を歓迎するわけがないのだ。何かしらの横槍《よこやり》はあるだろうし、最悪の場合は難癖をつけられ、長束に仕えるという話そのものがご破算になる可能性だって十分にあると考えていた。

その想定がやや違うようだと気付いたのは、中央に着いて早々のことであった。

荷ほどきをするよりも前に、金烏から直接の呼び出しが掛かったのだ。しかも長束の同行は認められず、翠寛一人で来るようにと、わざわざ金烏のほうから条件を付けて来た。

同行する気まんまんだった長束は戸惑っていたが、これを翠寛は金烏からの宣戦布告と受け取った。

具体的には分からないが、少なくとも、長束の前では憚《はばか》られる何かを語るつもりなのだ。

当日、翠寛は半ば死地に赴く心持ちできっちり身を清め、無礼と咎《とが》められかねない羽《う》衣《え》姿で固めて参内したのだった。

「よく来てくれたな」

しかし、若く美しい八咫烏《やたがらす》の長にして山内の君主――真の金烏こと奈月彦《なづきひこ》は、端然と座しつつも、丁重に翠寛を出迎えたのだった。

いざ金烏を前にした翠寛は、仏頂面《ぶっちょうづら》の陰で密かに戸惑っていた。

非公式の形で招かれたのは、金烏が相当に信用する者しか招かないはずの御座所《ござしょ》である。その上金烏は、最低限の近衛《このえ》すら、こちらの話している内容が聞こえるかどうかの位置にまで下がらせてしまったのだ。

「どうして……」

あまりに無防備な様子に思わず呟《つぶや》くと、金烏はこだわりなく答えた。

「聞かれると、後々面倒になりそうなのでな」

そなたとは一度、腹を割って話すべきだと考えていた、と金烏は微笑《ほほえ》む。

「まず言っておくが、私はそなたが逆賊になるとは思っていない」

妙に確信を持って言い切られて面食らったが、すぐに翠寛は皮肉っぽく笑って見せた。

「随分と見る目がないのですね」

自分の何を知っているのかと言下に断じたのだが、金烏は動じない。

「そうだろうか。常に弱い民の味方であろうとするそなたは、私の敵にはなり得ないと思っているのだが」

私の見当違いだったかな、などとすっとぼける男に、食えない野郎だなと歯噛みする。

だが、このまま負けてはいられなかった。

長束との一件を置いておくとしても、直接金烏に会う機会があったら、どうしても言ってやりたいことがあったのだ。

「是非、陛下のご存念をお聞かせ願いたい儀がございます」

「遠慮なく申せ」

「猿の大侵攻の折、凌雲山《りょううんざん》を囮《おとり》にしたのは、あなたの本意であったか、どうか」

当時、あの山に逃げた者を囮とし、結果として猿を一網打尽とした作戦。

一歩間違えれば、多くの民が犠牲になったであろうこの作戦を立案、実行したのは、あの雪哉である。

彼はこれを最上の策であると断じ、翠寛は最低の策だと猛反発した。最後まで民を逃がすべきだと主張し続けた結果、翠寛は幽閉される羽目になったのである。

当時、この決定に金烏は関わっていなかった。

実に折よく外界に逃れていた金烏に対し、翠寛はずっと憤懣《ふんまん》やるかたない思いを抱いていたのである。

あの囮作戦が彼の本意であったならとんでもない糞野郎だが、本意でなかったとほざくのならば、責任逃れに必死な無能だ。

たとえ不敬を咎められてこの身が危うくなったとしても、自分以外に、他の誰が金烏を痛罵《つうば》出来るというのか。

さあ、何と答えるつもりだと挑むように向けた眼差しを、しかし金烏は穏やかに受け止めるばかりであった。

「それはずるい問い方だ。どう答えても、私はそなたに糾弾されるしかない」

少なくとも、糾弾されるだけのことをした自覚はあるらしい。

胡乱《うろん》に見返した翠寛の前で、金烏は淡々と語る。

「真の金烏も私も、決して望んではいなかったよ。だが、雪哉にそれをさせたのは、間違いなくこの私だ」

――まるで、真の金烏が別の人格を持っているかのような口ぶりだ。

違和感を覚えつつも、その後に続けられた言葉のほうにムッとした。

「望んでいなかったなら、雪哉を止めるべきだったでしょう！」

手遅れだったと言うのなら、せめてそれは間違いであったと意見を表明すべきだったのだ。それをしないから雪哉が増長することになったのだと睨《にら》めば、金烏は静かに首を横に振った。

「弁明する前に一つ言わせてくれ。やりたくなかったのは雪哉も同じだよ。やりたくない。だが、出来てしまう。やらねばならないと分かっているからだ」

翠寛は閉口した。

雪哉は、翠寛が勁草院《けいそういん》で出会った頃から鼻持ちならない大貴族だった。

現実への眼差しはすこぶる厳しく、そういった意味では既に「大人」だったのだろう。自分の立場をよく理解し、どう振舞えば周囲が自分の思い通りに動くのかを冷徹に見極める目を持っていた。

それを良いことだと思ったことは一度もないし、そうならざるを得なかった身の上を差し引いたとしても、翠寛は雪哉が大嫌いだった。

その感情が表に出ていたのか、金烏は苦笑する。

「雪哉には、私には出来ないことをあえてさせている。私が慈悲深い君主であり続けるために、私はあれを利用し続けなければならない。そうしなければ、山内は回らないからだ」

翠寛は反射的に吐き捨てた。

「反吐《へど》が出る」

「うん」

酷い話だ、と応えた金烏を睨もうとして、翠寛は口を噤《つぐ》んだ。他人事のように相槌《あいづち》を打った金烏は、感情をまるごとどこかに落としてきたような顔をしていたからだ。

罵《のの》しってやろうと思っていたのに、その顔を見た瞬間に声が出なくなった。

すうっと、空気が冷えていくのを感じた。

「あなたは、分かっていてやらせているのですね」

「そうだ。分かっていてやらせている」

しばらくしてから翠寛が振り絞った声は力を失っていたが、それに対する金烏の声は、先ほどまでと何も変わっていなかった。

「分かっていてやらせてはいるが、私は、そうせねばならない現状を懸念してもいる」

おそらくはそなたと同じ意味で、と付け加えられ、翠寛はとうとう、何と返したらよいものか分からなくなってしまった。

「……あなたが雪哉のやり方を肯定し続けるのであれば、いずれ私は長束さまを担ぎ出して、あなたを討とうとするかもしれません」

苦し紛れの言葉にも、金烏は動じなかった。

「その時は、私にそれだけの手落ちがあったということだろう。少なくとも、私はそなたのような者がいることは、八咫烏の一族にとって喜ばしいと思っているよ」

そう言って微笑んだ金烏は、自分よりずっと若いのに、ずっと老成しているように見えた。何かに疲れ切っているようにも見えて、ふと、彼はとっくの昔に覚悟を決めてしまっているのかもしれないと思った。

「私が長束さまに仕えることを、雪哉は何と言っていましたか」

まさか知らないわけはあるまいと思って問えば、今度は分かりやすく苦笑する。

「そなたは能力はあるが、それを政治に応用する能のない小物だと言っていたな」

あの野郎。だが、いかにも言いそうだ。

「他には？」

「そなたよりも路近が怖いと言っていた。そなたが兄上のもとに行くことで、万が一の事態になった時、足を引っ張ってくれるはずだとな」

「舐められたものですね」

あまりの言いぐさに、腹が立つ前に笑ってしまった。

「でも、きっと事実なのでしょう」

自分はどうあったってそっちの側にはなれないし、なりたいとも思わなかった。

笑う翠寛を穏やかな表情で見つめて、金烏は言う。

「そなたはやらねばならないという前に、やって堪《たま》るか、という意思がある。そこが雪哉とは決定的に違うな」

どちらが正解で間違っているというものではないが、と金烏は続ける。

「雪哉はそなたのそれを甘さだと言った。実際そうだろう。そなたは甘いし、現実は厳しい。だが、私はその甘さが通用する世界のほうが望ましいと思っている」

翠寛はつと金烏の目を見た。

金烏も、ひたむきな眼差しを翠寛へと向けていた。

「分かるか、この言葉の意味が」

翠寛は小さく唾を呑んだ。

「はい」

――これは、この先山内をどう導くか、という話だった。

金烏は息をつき、脇息《きょうそく》によりかかる。

「残念ながら、兄上にその話をしても、おそらくは本当の意味での理解は得られんだろう。血腥《ちなまぐさ》い闘争で汚い部分を分かったつもりになってはいるが、それでも兄上にとっては今の山内こそ、美しく正しい形に見えているだろうから」

その言い方に、翠寛は妙に引っかかるものを感じた。

「美しく、正しい形でございますか」

「見えているものがあまりに違い過ぎるのだ。教えたところで、分かってもらえるかは分からないが――せめて同じものが見えるように、兄上を助けてやってはくれまいか」

「私にそれが出来ますかどうか」

「兄上はたやすく『文選《もんぜん》』を諳《そら》んじるが、瓜がどのように生《な》っているかは知らぬ」

そういうことから始めてほしい、と金烏は言う。

「そなたから見れば私とて似たようなものだろうが、それでも、私から見ても兄上は経験が不足している。そうあれかしと育てられた方だ。あの方自身の問題と言うよりも、そうならざるを得なかった宗家の問題でもある」

――古き善き美しき、山内のための皇子《みこ》。

翠寛は大人しく黙ったまま、金烏の言葉を聞いていた。

「真の金烏のあり方と似たところがある。以前はそれでいいと思っていたけれど、今は違う」

「それは、山内が滅びるからですか?」

「それもあるが、それだけではないな。とにかく、このままではいけないし、このままにしておくつもりもない。そのために兄上に変わらずにいてもらっては困るのだ。なるべく早く、兄上と目指すところを一つにする必要がある。本当の意味での味方を増やすために、そなたの力を借りたい」

それを聞いて、ああ、この男はそれでも絶望はしていないのだなと思った。

この時初めて、翠寛は真の金烏奈月彦に対し尊敬の念を覚えた。

「かしこまりました」

声の調子で、翠寛の変化を感じ取ったのだろう。真の金烏は、最後に真摯《しんし》な眼差しで言った。

「兄上を頼んだぞ」

＊　＊　＊

真の金烏の要請を受けて、まず翠寛が何をしたか。

金烏との会話を何度も反芻《はんすう》し、よくよく考えた挙句、文字通り瓜を食わせることから始めようと決めた。

「これで、どうして路近の真意を知ることになるのだ？」

長束は大いに困惑していたが、「いずれ分かりますから」と適当に言いくるめ、明鏡院の庭に瓜の種を植えさせ、自分で毎日水を与えるように言いつけたのである。

それから、ひたすらに羽衣を編ませた。

呆れたことに、長束はこれまで羽衣をろくに編んだ経験がなかったのだ。転身《てんしん》しない上に終生美しい衣をまとう貴人は、羽衣を編む必要もないというのは分かる。だが、庶民なら幼児でも出来ることに四苦八苦する長束を見て、これは思っていた以上に断絶は深いかもしれないと翠寛は覚悟した。

「なんだ、なんだ。楽しそうなことをしているな」

跳ねるようにしてやって来たのは、全ての元凶となった路近である。

路近は、翠寛が長束の下につくと聞いた時点で大喜びしていた。どうも、そうなればいいとずっと考えていたらしい。ひとしきりはしゃぎ、隙を見てはちょっかいをかけてきたが、翠寛はこれにぶち切れた。

邪魔な時は容赦なく蹴りを入れて追い払い、苦労して長束との時間を確保したのである。

羽衣をまともに編めるようになると、最低限の護衛だけで、城下町へと連れ出した。

大通りを自分の足で歩かせ、小銭を与えて筍《たけのこ》を買わせると、ろくに状態も見ずに籠ごと買って来たので、その日の長束の食事は全て筍になった。

「何をやってるんですか！　有り金を全部使うなんて馬鹿なんですか？」

呆れて叫ぶと、長束は気まずそうに反論してきた。

「お、お前が筍を買えと言うから……」

「いや、最初に今日のお小遣いだって教えたでしょう」

「お小遣いとはなんだ。あの小銭が持ち金の全てだとは思わんだろうが」

「まっとうに使えば普通に夕飯まで食べられる額です。しかもあなた、交渉もしないからぼったくられていますよ」

大の大人が道の端で言い合っているのを横目に、くすくすと笑いながらご婦人が通り過ぎていく。

「交渉とは何をするのだ。値切るなんて、作り手に失礼ではないか」

「大変結構なお考えですが、それは作った者相手の交渉の時だけにして下さい。あなたがそれを買った店は買い付けをして店先に並べているんですよ。交渉も込みでの値付けをしているんです」

「でも、値切るなんてみっともないだろう」

「そういうみっともないことをして家計をやりくりしてんですよ、庶民は。蕪《かぶ》の葉っぱの先まで食い尽くす気概を持ちなさい。五歳児だってもっとまともにお使いしますよ。次は一緒に行きますから、どうやって買うか見ていて下さい。それと、帰ったら料理もしましょうね」

「なんで私が？」

「あなたがこんなに筍ばっかり買って来たからでしょう。予定が狂ったんですよ。そういうお勉強です。つべこべ言わないで包丁を握りなさい」

普通の里鳥《さとがらす》の男だって料理なんてせんだろうに、とぶつぶつ言いながらも、長束は危なっかしい手つきで筍の皮を剝《は》ぐことになった。

こうした城下町への外出は、一度では終わらなかった。

「私は何をさせられているんだ……」

遊んでばかりいるではないか、と買い付けた食料を背負いながら文句を言う長束に、翠寛は無慈悲に告げる。

「こちとら遊びじゃないんですよ。真剣にやって下さい」

これは先に衝撃を与えたほうがいいかと思い直し、次に谷間《たにあい》へ足を運ぶことにした。

「谷間には何度も行った経験がある」

弟宮との政治闘争が激しかった折、自分を担ぎ出す勢力との秘密の会合で使っていたのだと長束は語る。

どうにも行くのを渋るので詳しく話を聞けば、地下街の連中と揉めたことがあるらしい。

「私のような者が行くべき場所ではないのだ」

どういうつもりかは分からないが渋い顔でそんなことを言うので、これは是が非でも行ってもらわなければならないと思った。

「遊びに出た下級貴族のふりすりゃ大丈夫ですって」

「私と気付かれたらどうするのだ！」

「昔、無礼を働いたってだけでぶっ殺されやしませんよ。そもそもあなたが親分衆と揉めたのって、貴人ぶって上から目線であれこれ要求を出したせいでしょう？　そういう態度をしなければ問題は起こりません」

過去に谷間に来た時はいかにも護衛に囲まれてのことだろうし、賭場で遊んだりもしなかったのだろうから、それで谷間を知った気になっているならお笑い種だ。

実際、遊びに来た貴族の坊ちゃんの体《てい》で賭場に突っ込んだところ、特に問題なく鴨にされて身ぐるみを剝がされるだけで済んだのだった。

あれよという間に素寒貧《すかんぴん》で放り出された長束は途方に暮れていた。

豪華な上着をはぎ取られた途端、周囲の扱いが一変したことも、長束としては衝撃であったようだ。

貴族然とした姿の時は谷間の者は慇懃無礼《いんぎんぶれい》であったが、羽衣姿になると扱いは一気に雑になる。着飾っている時はあちこちから声を掛けられて賭場やら女郎宿へ引きずりこまれそうになったから、こうして初めて谷間をゆっくり歩いて見て回れるようになったのである。

不快な臭いのまま放置された塵捨《ごみす》て場《ば》や、道に横たわる病人、手足がないのに普通に働いている者を前にして、長束はどういう顔をしてよいものか分からなくなっているようだった。

最初は憐れみが勝っていたようだったが、すぐにそうも言っていられなくなった。

痩せて可哀想な子どもに袖を引かれ、先ほどよりもさらに粗悪な賭場に案内された末、かろうじて残っていた単《ひとえ》から下着まで剝ぎ取られそうになったためである。

「何とかしろ翠寛！」

身も蓋もなく助けを求める長束は、掛け値なしに情けなかった。

「いやあ、すみません。私も手持ちがないので」

「嘘つけ、面白がっているだろう貴様！」

半泣きになって胴元に許しを請うた結果、足りない分は皿洗いで補塡《ほてん》する羽目になったのだった。

「ま、これも勉強だな」

他でもない、あの客引きしてきた子どもにニヤニヤしながら肩を叩かれた長束は、貴人にあるまじき顔になっていた。

流石に長束一人に皿洗いをさせるわけにもいかないので、翠寛も手伝うことになった。慣れない手つきながらも、長束は必死に働いた。おそらくはとにかく終わらせて早く帰りたいという一心だったのだろう。あの子どもに「油汚れが残ってんぞ」「雑巾がけの手つきがなってねえ」などと言われながらも途中で投げ出さなかったのは、偉かったと褒めざるを得ない。

逃げ出さなかったことには、あの子どもも感心したようだ。

「兄ちゃん、真面目なんだな」

仕事が終わり、ぼろぼろになって帰る間際、「お疲れさん」という一言と共に渡されたものがあった。

長束はぽかんとしていたが、翠寛は懐かしくてつい笑みがこぼれた。

それは、青々とした胡瓜《きゆうり》であった。

「毒見はせんでいいのか」

こっそり声をかけてきた長束の目の前で、翠寛は自分に与えられた分のヘタを齧《かじ》り取って吐き捨て、バリバリと音を立てて貪《むさぼ》り食って見せた。

「そこで採れたのを井戸で冷やした奴ですからね。ぬるくなる前にさっさと食べなさい」

長束はおそるおそる胡瓜のヘタを齧り、懐紙に吐き出そうと一瞬手を彷徨《さまよ》わせてから、そんなものはないと気付き、何故か絶望した顔つきになった。もごもごロを動かしてから、諦めたように屈み込み、ぺ、と地面にヘタを吐き出す。

それから立ち上がり、やはりおっかなびっくり胡瓜を齧った。

胡瓜を食うだけでどんだけ時間かけてんだこいつ、と呆れる翠寛の前で、「あっ」と妙に驚いた声を上げる。

「どうしました?」

「うまい!」

「それは良かったです」

一事が万事そんな調子であった。

谷間での経験を経て少しは肝が据わったようなので、改めて中央花街《ちゆうおうはなまち》や湖畔の芝居小屋、中央近辺の四領関所周辺と、行動範囲を徐々に広げていくことにした。

中央花街では、あえて金のない粗末な身なりで歩かせ、芝居を見た後は適当な酒場に放り込んで酔っ払いと食事をさせた。関所周辺では中央から来た寺奴《やっこ》のふりをさせ、物々交換で鮎の干物やらの買い付けなどもさせたのだった。

最初は困惑し、緊張するばかりだった長束も、回数を重ねるごとに徐々に楽しむ余裕が出て来たようであった。

明鏡院の庭に小ぶりな瓜が生《な》る頃には、虫や黴《かび》には竹酢を薄めた液をかけること、食べ頃のものを鳥に奪われる悲しみと憎しみも知っており、城下町においてぼてふりの売る野菜を見かけると「良い出来だな」などと一丁前に声をかけるようになっていた。

同時に、翠寛は明鏡院での仕事にも少しばかりの嘴出《くちだ》しをした。

普段の長束の仕事に同席しているうちに思うところがあり、神官が精査する前の陳情書を一度見たほうがいいと進言したのだ。

「なぜだ？」

「多分ですが、そこから分かることがあるはずです」

半信半疑ながら、長束は素直に翠寛の提案を受け入れ、陳情の場に足を向けた。

すると翠寛の思った通り、民の持って来た陳情書の大半は、とても読めたものではなかったのである。

長束のもとに届く陳情書とは、明らかに書式が異なる。

ではどうしているのかとよくよく見れば、体裁の整った陳情書だけを上に持って行き、読めない陳情書は捨ててしまう神官と、読めない陳情書を自分で書き直し、直接聞き取って清書する神官がいたのである。

わざわざ聞き取りをしていた神官を呼んで話を聞くと、そうしろと定められているわけではないが、訴えて来る者達が憐れで、助けてやりたいと思ったからそうしたのだと語った。

調べれば、その神官は他からは仕事が遅く、出世はしないだろうと囁《ささや》かれていた者であった。ずっと自分が接していた仕事の実態を知り、長束は少なからず衝撃を受けた様子であった。

「そなたの心意気、まことに天晴《あっぱれ》である。これまで、私の怠慢ですまないことをした。仕事ぶりには必ず報いよう」

何か叱責を受けるのかと怯《おび》えながらやって来た神官は、直接長束から声をかけられて目を見開き、ぼろぼろと涙をこぼして喜んだ。

その姿を、長束は何事かを考えながら見つめていた。

「もし報告だけ聞いていたら、私は、あの者はただ仕事が遅いだけだと思っていただろう……」

そう呟いた長束に嫌な予感を覚え、翠寛は一応釘を刺しておくことにした。

「勘違いなさらないように申し上げますが、山内の隅々の実情を全てその目で確かめるというのは不可能ですし、そうしろと申しているわけではありませんよ。あなたがここにいることで果たす意味というものがありますから、それをおろそかにしては元も子もありません」

ただ、上が知っているのと知らないのとでは、事情は大きく変わるものですと、翠寛は嚙んで含めるように言って聞かせた。

「あなたさまの意を正しく理解し、目となり耳となり、手足となってくれる者を見極め、正しく重用すること。そして、彼らを信じると同時に、決して信じ過ぎないことです。己とは違う八咫烏を使う以上、たとえ悪意がなかったとしても、歪《ゆが》みは必ず起こります。あなたは、そこにこそ気付けるよう努めるべきでしょう」

「ふむ」

そなたが私にさせていることの意味が少しは分かって来たぞ、と長束は真面目な顔をして頷《うなず》いたのだった。


「彼は運が良かった」

夕食の席で翠寛の漏らした一言に、長束は箸を止めた。

この頃、長束と翠寛は共に食事を摂るのが常となっていた。もとは城下で買ってきた筍やら大根やらを調理した流れでの同席だったが、いつしか食事の時間を利用して様々な話をすることのほうが目的となっていた。

「単に運が良かったというのは違うだろう。あの者は、日頃から努力していたからこそ認められたのだ」

評価されて当然だ、と断言して佃煮《つくだに》をつまんだ長束に、翠寛は何と言ったものかをしばし考えた。

「長束さまは、私が今こうしてここにいるのは、私が努力したからだとお思いですか」

佃煮を咀嚼《そしやく》していた長束は、それをしっかり飲み込んでから答えた。

「実際、そうだろう。お前が優秀で、お前がそうなるように努力したからだ」

「いいえ、違います。単に運が良かったからです」

長束はすっと顔色を変え、箸を置いた。

「聞こうか」

傾聴する姿勢を見せた長束に、翠寛も箸を置いた。

「私は谷間の生まれです。幼い頃は自分がどういう身の上かも知りませんでしたが、父親とされている者が裕福な里烏であったために、谷の底から出て来ることになりました。そして、父の家を叩き出されて、寺で稚児《ちご》になりかけ、そこで問題を起こして大貴族に拾われ、たまたま自由の身になったわけです。何かひとつでも違っていたら、ここにはいないでしょう」

長束は相槌すら打たず、真剣に話を聞いている。

「私より優秀な者は、きっと谷間に山ほどいます。でも、私のように谷間を出られて、教育を受けられ、それを評価されるようになるには、とんでもない運が必要です。私は生まれも育ちも性格も悪い。でも、運だけは良くて、こうしてあなたと話せる立場を得ました」

　あの神官とて同じだ。

　彼が評価されたのは、たまたま貴人である長束がその行動に気付いたからである。

　運を幸運に変えたのは彼自身の行いであるのは間違いない。長束から注意を向けられたのは他の神官達も同様であり、常日頃、まっとうな行いをしていたからこそ彼だけが取り立てられたのだ。

　しかし、そもそもの話として、翠寛が注意しなければ、長束はそこに目を向けようとも思わなかっただろう。

　あの神官は以前から同じことをずっとしていたのに、貴人の気まぐれひとつで、人生は一変してしまったとも言える。

　これを単なる美談と思ってはいけない。

　今の山内においては、運自体に大きな偏りがあるのだ。

「私の恩師である清賢院士は、手当するあてがあるからと言って、怪我をさせていい道理にはならないとおっしゃいました」

「手当……？」

「はい。谷間が引き受けてくれることに甘えて、そこに行かざるを得ない者を自業自得と断ずるのは貴族の怠慢に他ならないと」

頑張った者が貴人に取り立てられ、怠け者が谷間に落ちる、というのは嘘だ。

役割をある程度は認めつつも、清賢は谷間を大いに嫌っていた。何より、自分の立場でその存在を肯定するのは、単なる甘えであると考えているのだ。

そんな清賢は現在、勁草院にて副院長の座におさまっている。

宗家の忠直なる近衛を養成する機関の幹部として正しいかは分からないが、少なくとも、今の金烏の意には正しく応える運営をするだろう。

「山内には、どうにもならない身の上の者、どうにも出来ない性質の者がいます。でも、必ずしも彼らが悪いわけではないのです。そんな彼らの不遇を当然だと思う者に、上に立って欲しくないとも思っています。私は、あなたに明鏡院の院主として、不運な者達にとって都合の良い大人になって頂きたいのです」

「都合の良い……」

「はい。そして、利用し尽くされて下さい」

「私が利用されるのか」

「利用されることの何が悪いのです」

不満そうな長束を見て、翠寛は笑った。

「むしろ、それ以上のものを求めるほうがおかしいのです。人の心はままなりません。上からただそうせよと強いれば、下の者は必ず嘘をつきます。嘘が重なれば重なるほど、あなたの目に真実は見えなくなっていく」

「では、どうすればいいのだ」

「それでいいのだと許す心をお持ちなさい」

これに、長束は釈然としない顔になった。

「誠実であってほしい、誠実でありたいということが間違っているというのか？」

「間違っていません」

「でも甘いというのだろう？」

「分かっていませんね。利用し、利用される関係であっても誠実であり続けることは出来るんですよ」

長束は腕を組み、「両立するものなのか、それは」と眉間《みけん》に皺《しわ》を寄せて呟く。

「大人になるということは、まず、そこを飲み込めるか否かだと私は考えています。順番が違うのです。誠実でなければならないと断じて、利用すること、されることを受け入れられないというのは、あまりに現実が見えていない」

長束はこれに押し黙った。翠寛は続ける。

「理想論ばかりではどうにもならないことがある。まず、それを飲み込むこと。その上で理想を目指すか否かは、全くの別問題なんですよ」

その言葉を、難しい顔で聞いていた長束がどこまで受け入れたかは分からない。

だが、徐々に明鏡院は、より下々の者に開かれた形になっていった。

全ての上訴文の聞き取り、清書は正式な業務のひとつとして行われることになり、責任者には、自発的にそれを行っていた例の神官がつくことになった。

その分、上訴の数は増え、明鏡院は忙しくなったが、長束はその精査を嫌がらなかった。

そんな変化を、誰よりも喜んだのは金烏だった。

「いつか、兄上は私の不足を埋めて下さると言った。覚えておられるだろうか。いざ金烏の玉座についてみると、視界はどんどん狭くなる。以前はこの足で見て回れたものを、配下の目や耳を通してしか感じられなくなる。きっと不足があるだろう」

その不足を埋めて欲しい、と希《ねが》う金烏に、長束はよく応えたと言える。

二年、三年と経つうちに、長束は明鏡院に割く時間が増え、以前よりも金烏と顔を合わせる機会は減っていったのだった。

＊　＊　＊

真の金烏には男児がなく、可愛らしい内親王だけがあった。

これまでにないことに、その内親王を次の金烏代《きんうだい》にという話があり、長束はこれに賛同した。

姫宮は紫苑寺《しおんじ》で育てられたことで、紫苑の宮と呼ばれていた。

金烏の意向で紫苑寺の薬草園の管理者として権限が与えられていると聞いた翠寛は、

なるほど、自分の娘にも瓜を育てさせているのかと、即位への本気を感じたのだった。

長束は自分の娘のように彼女を可愛がり、女金烏の誕生を心待ちにするようになったのである。

そして真の金烏は、そんな兄のことを注意深く見極めようとしているように見えた。

翠寛はそんな金烏の態度に、少なからずやきもきさせられていた。

かつて金烏が翠寛に求めたことを自分は出来ているのか、その期待に応えられているのか、自信があるとは言えない。しかしその度に、上訴文を持って来た民と生き生きと言葉を交わす長束を見て、決して間違ってはいないはずだと思い直すのだった。

長束は成長した。金烏が何を待っているのかは分からないが、きっとこのまま行けば、長束を真に理想を共にする味方として信頼してくれるだろう、と。


――だが、間に合わなかった。

真の金烏、奈月彦が殺されたのは、紫陽花《あじさい》が今を盛りと咲き誇る、涼暮月《すずくれづき》のことであった。

＊　　＊　　＊

真の金烏の死は、彼の信奉者にとってはあまりに唐突に、しかし彼の敵対者にとっては必然の形で訪れた。

雨の夕暮れ時、奈月彦は、妻子のいる紫苑寺の庭に、鳥形《ちょうけい》のまま舞い降りた。

長束が報《しら》せを受けて紫苑寺に駆けつけた時、尊敬する主君であり最愛の弟でもある男は、力なく項垂《うなだ》れる妻の腕の中で血を流し、こときれていたのだった。

最初は、一体どこで何があったのか、全く分からなかった。

奈月彦はすでに政務を終え、宮中の奥深くにいるはずの刻限である。どうして刀傷を負って紫苑寺に来たのかも分からなければ、傍にいるはずの山内衆《やまうちしゅう》も見当たらなかった。

ただ、裏で糸を引く人物だけは、誰の目にも明らかであった。

以前から、ずっと奈月彦の命を狙っていた者――長束の母だ。

紫雲《しうん》の院《いん》こと高子《たかこ》は、奈月彦さえ死ねば息子が即位するものと思い込んでいた。たとえ自分が捕まり、処刑されたとしても、長束が金烏になりさえすればよいと考えていたのだ。

悪びれもせずに「してやったり」と笑う母の姿はそれだけで吐き気を催すものであったが、下手人の正体は、それを上回る衝撃を長束に与えた。

奈月彦を密かに呼び出してその体を刺し貫いたのは、自分達の妹、藤波《ふじなみ》の宮であったのだ。

その名前を聞いた瞬間、長束は咄嗟《とっさ》に、それが自分の妹と結びつかなかった。

藤波は有力な後ろ盾も持っておらず、奈月彦の后選びの際に問題を起こしたことで、ほとんど懲罰のような形で尼寺へと送られていた。政治的にも無力で、顔を合わせた記憶もろくにない彼女の存在は、いつしか長束にとって忘却の彼方に追いやられていたのだ。

それを自覚して、愕然《がくぜん》とした。

長束は異腹の弟である奈月彦を愛し、その娘である紫苑を愛している。それなのに、奈月彦と同じく異腹の妹である藤波の宮の存在は、いつしか「ないもの」になっていたのである。

ある意味で、嫌うよりもなお悪い。

妹が何を思って奈月彦を刺したのかは分からないが、自分のこの無関心が彼女を凶行に駆り立てたのではないかという嫌な感覚は、どうあっても拭《ぬぐ》えなかった。

動機はなんであれ、真の金烏がその同腹の妹に刺されるなど、醜聞もいいところだ。

高子は金烏弑逆《しぎゃく》の罪で断罪されたが、藤波の名前は伏せられた形で、事態は処理されることになった。

母の処分が決まった時点で、長束はほとほと疲れ切っていた。

この上、愚かな母の思惑通りに即位しなければならないと考えると息が出来なくなりそうだったが、現実は長束の最悪の想定を軽々と越えて行った。

――譲位していた父に、隠し子がいたのだ。

実母である高子の罪を理由に、長束は次の金烏として認められなかった。

そして、その瞬間まで存在を秘匿されていた父の隠し子である凪彦《なぎひこ》が、次代の金烏として指名されたのである。

凪彦の母親は、よりにもよって藤波が尼寺に行く切っ掛けを作った東家《とうけ》の姫、あせびの君であった。

時ここに至り、奈月彦の暗殺から凪彦の親王宣下《しんのうせんげ》までの流れが、貴族達によって周到に仕組まれたものであったと気付かされたのである。

だが、今更気付いたところでもう遅い。

何より、奈月彦という絶対の指針を失った時点で、これまで足並みを揃えて理想に向かっていたはずの仲間達が内輪揉めを始めてしまっていた。

意見が分かれたのは、奈月彦の妻であった皇后、浜木綿《はまゆう》の御方《おんかた》と、北家の雪哉である。

皇后は、夫を殺した者達の言いなりになる事態を受け入れられなかった。

もともと彼女は政争によって敗れ、平民に交じって暮らしていたところ、偶然奈月彦と出会って彼を慕うようになった女である。情が深い分、愛する夫を殺され、さらにはかつて夫の后候補として並んだあせびの君が次の金烏の母になることが許せなかったようだ。

彼女は生前の夫の希望通りに娘を金烏にするべきだと主張し、日嗣《ひつぎ》の御子《みこ》の入るべき招陽宮《しょうようぐう》に娘と共に立てこもってしまったのである。

その一方、凪彦の即位を認め、新体制下で陣営の立て直しを図るべきであると主張したのが雪哉であった。

ここまでしてやられては、今更何をやっても勝てない。交戦すれば多数の犠牲が出るのは明らかであり、何より、真の金烏によるお膳立てがない状態で女金烏の即位など到底無理であると言い切った。

皇后と姫宮の身の安全を考えるならば、むしろ凪彦の即位を認めたほうが良いと断じたのだ。

抗戦を謳《うた》う皇后と、負けを受け入れるべきと説く懐刀《ふところがたな》。

真っ向から意見が対立した二人のもと、奈月彦の配下は統制を取れずにいた。

そんな中、生前より奈月彦と個人的な親交を持っていた大天狗《おおてんぐ》が、彼から遺言状を託されていると言ってやって来たのだった。

彼が持っていたのは、奈月彦が封印し、彼の他はその血を引いた者にしか開けない箱――血盟箱《けつめいばこ》である。

その存在に驚きつつも、とにかく、中身を検《あらた》めようということになった。

浜木綿の御方も雪哉も、奈月彦が己にまかせてくれるはずと信じて疑っていなかった。

大広間へと向かううちに、どういった内容であれ、この遺言状に従おうという空気が自然と作られていった。

かくして、雨に閉ざされた招陽宮の一画に、奈月彦に仕えて来た者達は集められた。

一同の視線を受けながら、緊張した顔の紫苑の宮の手によって、血盟箱は開かれたのだった。


『全て、皇后の思うように』

――それこそが、真の金烏、奈月彦の遺志であった。

＊　＊　＊

招陽宮本殿の大広間は日嗣の御子の政務の場であり、即位の際にはその機能をそっくり移管すべく、紫宸殿《ししんでん》を模して造られている。

本来、広々として静謐《せいひつ》であるはずの空間は、今や阿鼻叫喚《あびきょうかん》の最中にあった。

雪哉を信奉する山内衆の中には、困惑する者、口論の末に怒鳴り散らす者もいて、女房はあちこちで不安そうに囁きを交わし、すすり泣いている。

怒号に怯えた女房が、青い顔をした姫を連れて退出していった。

自分が選ばれるものと思い込んでいた雪哉は、あまりのことに顔色を失って出て行ってしまった。

指名を受けた皇后は、雪哉が出ていったほうを睨みつけたまま、昏《くら》く笑っているようなのが不気味であった。どこか勝ち誇っているようでもあり、普段の快活な素顔を知っている長束はぞっとした。

収拾のつかない八咫烏達を前にして、大天狗は厳しくも、どこか諦めたように沈黙したままである。

こうなった以上、彼らをまとめる号令をかけられるとすれば自分だけだと分かっていたが、長束にはどうしたらよいか、まるで分からなかった。

ひどい頭痛がする。

本当に、悪い夢なら今すぐ醒めてほしかった。

「さあ、いかがいたします。皇后に従って朝廷をめちゃくちゃにしてやりましょうか？」

未だ、その場にいる誰もが遺言を受け入れられずにいる最中、なんとも愉快げに声をかけてきたのは路近であった。

「あなたが一声それを命じれば、私が実現して差し上げよう。あなたがその気になりさえすれば、いくらでも盤面はひっくり返る。全ての駒は揃っておりますぞ！」

そう言った路近は明らかにわくわくしており、これまで見た中で、最も楽しそうな顔をしていた。

「お前――このためか」

その顔を見た瞬間、これまでどうしても分からなかったことが、ようやく分かった。

「このために、私に仕えてきたのだな」

今日、この瞬間のためだけに。

「ご名答」

路近は、にやぁ、と歯を見せ、何とも嬉しそうに笑った。

「私は頭の悪い者が嫌いなのです。単純で、考えが読める者はつまらない。己の欲望と行動が直結している者は退屈極まりない。何を考えているか分からず、時に思いもかけない行動をとる者こそ、見るのが面白いというもの」

その点、あなたは素晴らしかった、とうっとりと路近は言う。

「大きな権力の上に立っているのに、びっくりするほどに純だ！　賢く美しく、そして実に愚かだ」

――その立場にいるのであれば、絶対にそのままではいられまい。

求められていることと自身の信じる美しいものとの間に、恐ろしいほどの乖離《かいり》がある。今はそれに気付いていないが、彼は決して阿呆ではないから、必ず気付く時が来るだろう。

そう思ったからこそ、路近は長束に仕えることを決めたのだと、まるで歌うように言う。

「その時、あなたが何を選択し、この山内をどうするのかが、ずっと楽しみでならなかったのです！」

長束が何を選ぶのか、想像出来ないからこそ見てみたいと思ったのだ、と。

「だから言ったでしょう？　あなたさまの口から命令が頂けるのであれば、どんな命令でも構わんのだと」

けらけらと声を上げて笑う路近は、やっぱり獣《けだもの》に他ならなかった。

「さあ、選べ長束彦《なつかひこ》。山内は全て、お前の思うがままだ。私を楽しませてくれ！」

長束は思わずふらつき、自身の頭に爪を立てた。

――いっそ、誰か私を殺してくれ！

弟を殺した連中の行いは道理から外れている。それを飲み込むということは、理不尽に屈するということだ。だが、そうすれば山内が戦《いくさ》になるのは目に見えている。八咫烏同士が殺し合い、山内を二分する時代が来てしまう。すでに、山内は滅びに向かっているというのに！

「時間はありませぬぞ。さあ、決めなさい！　今！」

路近が、心の底から楽しそうに叫んだ瞬間――満面の笑みのまま、その顔が横に吹き飛んだ。

ゴッと、鈍い音がした。

床を揺るがすような衝撃と共に、路近の巨軀《きょく》がその場に倒れ伏す。

「うるせえんだよ、糞野郎！」

呆然とする長束の前で、ぴくりとも動かぬ路近に吐き捨てたのは、燈台《とうだい》を逆さに構えた翠寛であった。

金属で出来た台座部分で路近のこめかみを力任せに叩いたのだと悟り、その瞬間だけ、状況も忘れて声が出た。

「死んだのでは?」

「これくらいでくたばるようなら、俺は苦労しなかった」

鼻で笑い、翠寛は燈台を無造作に投げ捨てた。

いつしか、周囲はしんと静まり返っている。

翠寛は自分が注目を集めていることも気付かぬ様子で、長束の前に跪《ひざまず》いた。

「長束さま。あなたが守りたいものは何ですか」

長束は答えられなかったが、翠寛は激しい口調で続ける。

「山烏《やまがらす》は一日先、里烏は一月先、宮烏は一年先を見るので精いっぱいだ。ならばその上に立つ者は、さらにその先を見据えなければなりません。綺麗事でもいい。こうしたいという理想を持って、そちらに進む努力をしなければ。少なくともあなたの弟は、それをしていた。それが分かっていらした。私も北家の小倅《こせがれ》も、所詮は戦術屋です。普段宗家の誇りをさんざん語っているあなたが、我々と同じではいけません」

「だが、理念で動けば、山内は滅びる」

「そうですね。まずは現実を見据えなければ。癪《しゃく》ではありますが、雪哉の言っていることは正しい。我々は負けたのです」

翠寛は泣きそうに笑った。

――我々は負けた。

そうか、負けたのかと、長束は弟が死んでからずっと見ていた悪夢から、急に醒めたような心地がした。

今や、広間にいる全員が、自分の反応を窺《うかが》っている。

怯えた顔、怒れる顔、縋《すが》るような顔。

その表情のひとつひとつが、現実のものとして迫って来る。

こっちを見ていないのは、皇后だけだった。

そうだ。これは現実の問題だ。

取りこぼしたものは、いくら惜しんでも戻らない。

ぐるりと彼らを見回し、深く息をついてから、長束は口を開いた。

「理不尽は受け入れられない。だが、理想のためだけに、民の命を犠牲には出来ない」

自然と口から出た声は、自分のものとは思えないほど落ち着いていた。

ここで武力に訴えて己の正義を通すことは出来る。だが、それでは弟の命を奪った奴らと同じだった。

「皇后。ここは引きなさい」

その瞬間、皇后は顔を上げて長束を睨んだ。

「この理不尽を受け入れろというのか？」

これは正義の問題だ、道理の問題だ、と皇后は叫ぶ。

「奴らは、奈月彦を殺した。ただ、自分達に都合が悪いから殺したんだ。これを受け入れろと言うのか。道理を犯した側が、ただ強いからという理由でその主張が認められることがあってはならない！」

分かっているのか。ここで引くということは、あの理不尽を認めるということだぞと皇后は広間を見回した。

「決して、受け入れてはならぬ……！」

「浜木綿の御方」

息の荒い皇后の前に進み出た翠寛の声は、こんな状況にもかかわらず優しかった。

「私は、あなたさまが恐れていることの一端を、少しだけ分かるつもりです。ここで引いたら、姫宮は一生逃げ続けなければならない。どこにも逃げ場なんてない。だから、戦うしかないと思っていらっしゃる」

皇后が、鋭く息を呑んだように見えた。

翠寛は首を横に振る。

「そんなことはありません。大丈夫、逃げられます。そのために、我々がおります」

我々は、あなた達を守ろうとしているんですと翠寛は根気強く続ける。

「どうか、我々を信じて下さい」

翠寛からちらりと視線を向けられ、長束は頷いて前に進み出る。

皇后の表情は相変わらず睨むようだったが、その足が怯えたように、一歩下がった。

「あなたの主張は何ひとつ間違っていない。理不尽を受け入れる必要はない。必ず糺《ただ》す。だが、それをここで行うことは出来ない」

自分達は負けた。

ここで破れかぶれに打って出ても、もはや守れるものは何もないのだ。今下手《へた》を打てば、本当に自分達は再起不能になる。

だが、皇后は激しく言い返した。

「奈月彦を殺されて、それなのに奴らの言い分を全て呑むというのか！」

「奈月彦を愛していたのは己だけだと思うか？　そなたの夫は、私の弟だ。憎いのは同じだ。だが、我々は宗家の者だ。委ねられたものがある。道理を盾に憎しみのまま振舞うわけにはいかない。少なくとも、奈月彦があなたに自分の仇を討って欲しいと思って全権を委ねたとは、私にはとても思えない」

皇后は口を開きかけて閉じる。

取り残された少女のような顔をしていた。

その時、つと目の前の女が、かつて両親を殺され、長く逃亡した挙句、宮廷に連れ戻された過去があることに思い至った。

「私の大切な妹御よ。あなたが少女だった頃とは、決定的に違うことがある。今、あなたはひとりではない。私は奈月彦の味方であり、あなたの味方だ。私はあれの意思を守り、あなたと姫宮を守るために動く。そのためなら、どれだけの苦汁も飲み干してみせよう」

「だが……だって……」

皇后は震えている。

凜《りん》として、あれほど理知的だったいつもの様子とはかけ離れたその姿は、あまりに頼りなく憐れだった。

その時、天啓のように閃《ひらめ》くものがあった。

彼女をこんな風にしてしまったのはこの山内なのだ、と。

「何をしている」

不意に、鋭く強い声がかかった。

一瞬、声質は全く違うというのに、奈月彦の声に聞こえてハッとした。

「姫宮——？」

いつの間に外に出ていたのだろう。

ずぶ濡れになり、しかし、年に似合わぬ冷然たる面持ちで、真の金烏の唯一の娘が堂々たる足取りでこちらに歩み寄って来た。

服喪の衣は水を吸って重そうだったが、背筋はまっすぐに伸びている。

血の気の失せた頬に、漆黒の黒髪が張り付いていた。

瞳は最上の玉《ぎょく》のように煌《きら》めき、目尻ははっきりとした切れ長だ。面差しはどこまでも可憐であどけなかったが、小さな唇は強く引き結ばれ、その全身に威厳と称するしかない空気を纏《まと》っている。

「金烏陛下の意思は明らかである。皇后に従いなさい」

臣下の間に動揺が走ったが、長束が揺れたのはその声が弟のそれに聞こえた一瞬だけだった。姫宮であると分かった後は、何も驚きはしない。

宗家の者は、物心がつく前から、そういうふうに振舞うように叩き込まれるのだ。常に賢く、正しく、偉く、強く見えるように。

――今更のように、なんて重く醜悪なものを飲み込まされてきたのだろうかと、目が開かされる心地がした。

おそらくは、ここにいる誰よりも、長束は今の姫宮の気持ちが分かっていた。

「紫苑《しおん》。ここから先は、我々大人の仕事だ」

「わたくしの命令に従わぬと申すのか？」

「あなたは金烏の後継者であると同時に、子どもでもある。いい年をした大人がこれだけ雁首《がんくび》揃えている以上、あなたにそれを背負わせるわけにはいかないのだよ」

長束は姫宮の前に膝をついた。

「紫苑。私に頼りなさい。助けを求めなさい。そうしたらおじさまは、必ずそれに応えてみせよう」

それまで毅然《きぜん》としていた紫苑が、はじめて、わずかに顔を歪ませた。

「わたくしは……」

「大丈夫。私は味方だ」

厚く糊塗《こと》された宗家の仮面が外れてしまえば、そこに立っていたのは、ずぶ濡れで途方に暮れた、たった八つの少女だった。

「……助けて、おじさま」

紫苑は今にも消え入りそうな声で言い、長束の袖をつかむ。

「わたくしはどうなってもいいから、だから、お母さまを助けて」

紫苑、と浜木綿が途方にくれたような声を上げる。

長束は痛いほどに胸が詰まった。

「分かった。よく分かったよ、紫苑。お母上もお前も、必ず助けてやる」

だから今は逃げよう、と言いかけた長束に「いいえ」と紫苑は強い口調で返す。

その表情を見て、長束は驚いた。

姫宮は泣いていた。だが、そこに浮かんでいた表情は、明らかに悲しみではなく、怒りだったからだ。

「わたくしは戦います」

その気迫に一瞬怯《ひる》み、長束は、深く息を吐いた。

「こうなってしまったのは私のせいだな……」

一度下を見てから、パッと顔を上げ、紫苑の顔を覗き込む。

「すまない。その償《つぐな》いは必ずするから、今はおじさまを信じてくれ」

「おじさま！」

「いつか、必ずお前自身が、お前自身の力で戦えるようにする。そこまでは、こういう山内を作ってしまったおじさまの責任だから、どうか許して欲しい」

紫苑は、不信感も露わに長束を睨む。

「約束して下さる？」

「ああ、約束だ。だから今は、私に免じて逃げてくれ」

「……分かりました」

そこでようやく、紫苑は小さく頷いたのだった。

「では、一刻も早く逃げたほうがよろしいでしょうな」

すっかり存在を忘れていたが、それまでずっと死んだように倒れていた路近が足を振り上げ、びよん、と勢いをつけて起き上がった。

側頭部から血がどくどく出ていたが、本人はいたって平気な顔で、ちょっと残念がっているような表情をしている。

「雪哉はとっくに覚悟を決めました。ここでぐずぐずしていたせいで、我々は出遅れております」

「分かっている。翠寛！」

長束が呼ぶと、は、と声を上げて翠寛が飛んできた。

「姫宮が全ての鍵だ。そなたに任せる」

目と目が合う。一瞬だけ見つめあった後、翠寛は晴れやかに笑った。

今になって、ようやくこの男と全てが通じあった気がした。

「こちらは心配するな。お前は姫宮を守ることに専念しろ」

「かしこまりました」

この時、翠寛が初めて臣下の礼を取った。ごく自然に武人式の敬礼をして、三本目の足をこちらに捧げる仕草をする。それから「さあ、こっちへ」と姫宮を抱き上げ、皇后と、その取り巻きの女房らを促し、招陽宮の奥に向かって駆けだした。

もう、皇后は何も言わなかった。

長束は招陽宮の庭に出た。

雨のそぼ降る空を見上げ、じっと雪哉を待つ。

「やれやれ。また、随分と地味な道を選びましたな」

拍子抜けしたように路近に言われて、長束は笑う。笑える自分に驚いた。

「馬鹿を言え。地味な道こそ、一番苦しくて、一番まっとうで、だからこそ一番楽しいのではないか。それが理解出来ぬとは、お主もまだまだ子どもだったのだな」

路近が、そういうもんですかと不思議そうに首を捻《ひね》る。

初めて、路近が可愛く見えた。

「見ていろ路近。何もかもここからよ」

遠くからこちらにやって来る鳥影《ちょうえい》を見る。

さあ来い、雪哉。

最愛の者が死に、道は分かたれたが、それでも我々は生きている。

私は、私の進むべき道を選んだぞ。

たとえこの先、どれだけ傷つき、悩むことがあったとしても、この決断を後悔することはないだろう。

終章

その日は唐突にやって来た。

真の金烏《きんう》が亡くなって、六年が経った。

政変を経て、政治的な敗北を喫しつつも奇跡のように踏みとどまった明鏡院《めいきょういん》は、強硬な政策によって住処を奪われた貧民や、家族を馬にされ、頼る先を失くした者などの不満を汲み取る受け皿として存在感を増していた。

ある時から、進んで上訴の人々の前に姿を現すようになった長束《なつか》は、目の前で膝を折る貧民の父娘に強烈な既視感を覚えた。

「お初にお目にかかります、明鏡院さま」

やってきた男は着るものは粗末で、薄汚れている。

だが、被っていた布の下から、ふてぶてしく笑いかけて来る顔は、見間違いようもないものだった。

よくぞ戻った、と言いたいのをぐっとこらえる。

どこに、あの忌々しい博陸侯《はくりくこう》の耳が潜んでいるか分からないのだ。

澄まして尋ねる。

「要件を聞こうか」

「実は、私の娘は大変に賢いのです。明鏡院さまのお役に立ちたいと考えているのですが、何か手立てはありませんでしょうか?」

「私の手伝い?」

「はい」

「顔を上げなさい」

すっと上げられた娘の顔は、襤褸《ぼろ》を纏《まと》っていても全く気にならないほど、輝くように美しかった。

「具体的に、何をしたいのだ?」

長束の問いに、彼女はその瞳を燦然《さんぜん》と輝かせて言う。

「戦うこと以外に、一体何がありましょう?」

解説　売り場から愛を叫ぶ

山口奈美子（書店員）

八咫烏シリーズに出会った時、私は売り場の担当ではなく、新刊書籍とはあまり関係のない部署におり、新しい商品にあまり手が出せないでいました。そんな時に「ファンタジーが好きならこれきっと好きだよ」と売り場担当の知り合いに勧められたのが『烏に単は似合わない』でした。

それはもう面白かったです。あせび姫の可愛らしさにやられ、白珠の危うさにヒヤヒヤし、浜木綿カッコいい！となり、真赭の薄になんやねんこいつ、と思っていた私は完全に阿部智里の手のひらで踊っていたと言えるでしょう。

行ったこともない山内に魅了され、結末に驚愕したあの時の衝撃は忘れられません。すぐに二巻目の『烏は主を選ばない』を購入したところ、別視点からの物語に唖然として、これはとんでもない良作に出会ったと確信し、改めて本を読む楽しさを実感したのです。

二〇一八年の春、運命の人事異動が発令されました。そう、売り場の担当になったのです！　とはいえ着任当初は腕利きの文芸担当が売り場を仕切っておりましたので、そんなに出しゃばらずそっと息をひそめておりました（多分ひそめられていたはず）。

それがもう抑えられなくなったのは『楽園の烏』読了時です。

『楽園の烏』のゲラ（本になる前の校正紙）をいただいた私はとある休日の朝に自宅でワクワクしながらページをめくり始めました。

ここを読んでいる皆様ならお分かりいただけると思いますが、読み終わった私はあまりの展開にゲラを抱えてお店に走りました。

「この衝撃をひとりでは抱えきれない…！」と同志を増やそうとしたのです。

レジにいた烏仲間の店員は休みの日にもかかわらず突然現れた私に何事かと思ったそうですが、私から回ってきたゲラをしっかり読んで次の日には事務所で一緒に絶叫してくれたものです。

ところでそのころ時代はコロナ禍真っ只中。本来ならサイン会などで我々読者の感想を阿部さんに直接ぶつけたいところなのですが、リアルなイベントはまだ自粛傾向にありました。

しかしゲラを読んだあの日の衝動を考えると何もしないわけにはいかない。絶対に読者の皆様も言いたいことがあるに違いない！と思った我々は考えました。読了した皆様が思う存分感想を語り、その感想をぶつけられた阿部さんの反応が見られる場。ネタばれOKで多少は互いにやり取りのあるイベントができないものか。

文藝春秋の担当の方にも相談して検討した結果、実現したのがオンライントークイベント「ネタばれ上等！『楽園の烏』の舞台裏を語りつくす」でした。

阿部さんのトーク力と文藝春秋様の設備あってのイベントでしたが、読者の皆様の悲鳴を阿部さんにとどけ、作品だけではない阿部智里という作家の魅力を多少なりとも読者の皆様にお伝え出来たのではないかと思います。

阿部さんとお話をさせていただいていつもすごいと思うのは、山内という世界が阿部さんの頭の中に細部までリアルに存在しているということです。本編には関係の無いようなふとした疑問にも「あぁそれは…」と迷うことなく（ネタばれにならない範囲で）回答があるのです。それだけしっかりとした世界があるので、その一部が文章化された八咫烏シリーズはこんなにも読者に届くお話になるのですね。

ということで第二部が始まり『楽園の烏』で衝撃を受け、『追憶の烏』であまりの展開にショックを受け、この先が少しだけ不安になっていた私ですが、本作『烏の緑羽』読了後一発目の感想は「早く続きが読みたい！」でした。

『烏の緑羽』は第二部が始まってから動きの見えていなかった長束とその周りの男たちについて、そしてかつて雪哉と敵対した「翠寛」と長束の護衛「路近」の因縁の関係を描いています。

いやぁ長束さまと周りの男たち。キャラが濃い！　翠寛院士《せんせい》が想像以上に苦労人だったり、清賢院士がけっこうぶっ飛んでる人だったり。両名そこそこ変態だと思ったのは私だけでしょうか。

　そして長束さまの扱い！　頭の中のテーマソングはもちろん「はじめてのおつかい」です。我々読者が長束さまに「さま」を付けたくなる理由がなんとなく分かった気がします。

「化け物どもの青春！」と書かれた阿部さん直筆の色紙にはものすごく納得してしまいました。

阿部さん直筆の色紙

　奈月彦の山内の未来を思う言動や、覚悟を決めて進むべき道を決断した長束の思い、それが雪哉の行動と合わさりどう進んでいくのか、俄然続きが気になってしょうがありません。

　ちなみに八咫烏シリーズきっての化け物、路近の行動原理がやっと理解できるぞと読み進めたのですが、最終的に「やっぱりこいつ怖い」と思ったことをここに記しておきます。暴力ダメ絶対。

さて先にお伝えしました通り、書店員は発売日前にゲラを読ませていただけることがあります。

八咫烏シリーズは特にこのゲラが重要で、各書店の店員はこのゲラの内容をもとに店頭装飾の準備を進めます。八咫烏シリーズは山内のイメージがしっかりとしていますし、名司生さんの美麗なイラストだけでも店頭では目を引くので、その世界観を壊さず引き立てられるよう飾りつけをするのは書店員の腕の見せ所でもあります。

ミニ山内を手作りしてしまったり切絵の飾りを作成したり、そんな他書店の素敵な飾りつけを見るのも毎回楽しみで、店頭装飾コンクール開催時の画像は今でも時々見返してしまうほどです。見たことのない方は是非とも検索していただきたい。感動モノの芸術的な飾りつけがこれでもかというほどご覧いただけます。

あいにく私は芸術的センスをどこかに落としてきてしまった人間なのですが、それでも八咫烏シリーズへの思いを何とか伝えたいので、ゲラを読んだイメージとアイデアで勝負です。幸い最近の一〇〇円ショップには飾りつけに必要なものが沢山そろっています。四季折々の造花、雪を表現するための綿、いろいろな緑を使いたいとマスキングテープや模造紙なんかを用意し、絵心のあるスタッフに八咫烏の絵を描いてもらってはコピーして増殖させ、紫陽花が欲しくなれば折り紙を皆に配ります。自分の不器用さは人海戦術で何とかするのが当店流！（わけもわからず手伝ってくれた同僚の皆ありがとうございます）

そうして新刊入荷と同時もしくは少し前から展開予定地に飾りつけを行い、発売をお知らせするとともに売り場からの愛を叫ぶのであります。

お客様からの反応が大きいのも八咫烏シリーズの特徴でしょうか。新刊が出る度にPOPやディスプレイを楽しみにして下さっている方やサイン本の入荷を心待ちにしている方、いつもありがとうございます。棚の前でお友達に「これ面白いから！」と勧めている方、お一人でじっとオススメコメントを読んでくださっている方。本来なら声をかけて猛烈にプッシュしたいのですが、語り過ぎでドン引きされるといけないので柱の陰から念を送るに留めております。万が一お話したいという方がいらっしゃいましたらお声をおかけくださいませ。

このように八咫烏シリーズは読んだ人間を突き動かす力を持っている物語です。そんな物語に出会えてそれを読者の皆様へお届けできる。書店員にとってこれほど幸せなことはありません。

完結して欲しくない、でも早く続きが読みたい、という複雑な気持ちの方も多いと思いますが、山内の行く末をみんなで見届

2022年　単行本刊行時の飾り付け

けようではありませんか。

阿部さん！　今後も我々の感情をかき乱してくれるお話をお待ちしておりますので、よろしくお願いします!!

（三省堂書店有楽町店　売り場担当）

単行本　二〇二二年十月　文藝春秋刊

文春文庫

烏《からす》の緑《みどり》羽《ば》

定価はカバーに
表示してあります

2024年10月10日　第1刷

著　者　阿《あ》部《べ》智《ち》里《さと》
発行者　大沼貴之
発行所　株式会社 文藝春秋

東京都千代田区紀尾井町 3-23　〒102-8008
TEL 03・3265・1211㈹
文藝春秋ホームページ　https://www.bunshun.co.jp

落丁、乱丁本は、お手数ですが小社製作部宛お送り下さい。送料小社負担でお取替致します。

印刷・TOPPANクロレ　製本・加藤製本　Printed in Japan
ISBN978-4-16-792280-1